COLLECTION JULES VERNE

COLLECTION JULES VERNE
BAND 1

Von der Erde zum Mond

Direkte Fahrt in 97 Stunden 20 Minuten

Pawlak Taschenbuch Verlag, Berlin, Herrsching

Nachdruck mit freundlicher Genehmigung des
Verlages A. Hartleben, Inh. Dr. Walter Rob, Wien I.
Die Vorlagen für die Umschlagillustrationen der
Collection Jules Verne sind Jules Verne Bänden,
erschienen im A. Hartleben's Verlag, Wien, entnommen.
Umschlaggestaltung: Bine Cordes, Weyarn
Die Orthographie wurde der heutigen Schreibweise angeglichen.

Gesamtherstellung: Elsnerdruck GmbH, Berlin
Printed in Germany
ISBN: 3-8224-1001-2

Inhalt

Erstes Kapitel

*Der Gun-Club**

Während des Bundeskriegs der Vereinigten Staaten bildete sich zu Baltimore in Maryland ein neuer Club von großer Bedeutung. Es ist bekannt, wie energisch sich bei diesem Volk von Reedern, Kaufleuten und Mechanikern der militärische Instinkt entwickelte. Einfache Kaufleute brauchten nur in ihrem Comptoir auf und ab zu schreiten, um unversehens Hauptleute, Obristen, Generäle zu werden, ohne die Militärschule zu Westpoint durchzumachen; bald standen sie in der »Kriegskunst« ihren Kollegen der Alten Welt nicht nach und verstanden gleich diesen durch Vergeuden von Kugeln, Millionen und Menschen Siege zu gewinnen.

Aber in der Ballistik übertrafen sie die Europäer ganz außerordentlich. Sie fertigten Geschütze nicht allein von höchster Vollkommenheit, sondern auch von ungewöhnlicher Größe, die folglich eine noch unerhörtere Tragweite haben mußten. In Beziehung auf rasante und Breche-Schüsse, Schüsse in schiefer, in gerader Richtung oder vom Rücken her – kann man die Engländer, Franzosen, Preußen nichts mehr lehren; aber ihre Kanonen, Haubitzen und Mörser sind nur Sackpistolen gegen die fürchterlichen Maschinen der amerikanischen Artillerie.

Das ist aber nicht zum Verwundern. Die Yankees, die ersten Mechaniker auf der Welt, sind geborene Ingenieure, wie die Italiener Musiker, die Deutschen Metaphysiker. Ganz natürlich, daß sich ihre kühne Genialität in ihrer Geschützkunde zu erkennen gab. Daher jene Riesenkanonen, die zwar weit weniger

*Gun = Geschütz, Kanone.

nützen als die Nähmaschinen, doch ebensoviel Staunen und noch mehr Bewunderung erregen. Bekannt sind von solchen Wunderwerken die Parott, Dahlgreen, Rodman. Die Armstrong, Palliser, Treuille de Beaulieu mußten vor ihren überseeischen Rivalen die Segel streichen.

Daher standen denn auch während des fürchterlichen Kampfes der Nord- und Südstaaten die Artilleristen im allerhöchsten Ansehen; die Journale der Union priesen ihre Erfindungen mit Enthusiasmus, und es gab keinen armseligen Krämer, keinen einfältigen Buben, der sich nicht den Kopf zerbrach mit unsinnigen Schußberechnungen.

Wenn aber einem Amerikaner eine Idee im Kopfe steckt, so sucht er sich einen zweiten Amerikaner, um sie zu teilen. Sind ihrer drei, so wählen sie einen Präsidenten und zwei Sekretäre; vier, so ernennen sie einen Archivisten, und das Bureau tritt in Wirksamkeit. Bei fünfen berufen sie eine Generalversammlung, und der Club ist fertig. So ging's auch zu Baltimore. Einer erfand eine Kanone, assoziierte sich mit einem, der sie goß, und einem anderen, der sie bohrte. Aus einem solchen Kern erwuchs auch der Gun-Club. Einen Monat nach seiner Bildung zählte er 1833 wirkliche Mitglieder und 30575 korrespondierende.

Unerläßliche Bedingung für jedes Mitglied des Clubs war, daß man eine Kanone oder mindestens irgendeine Feuerwaffe erfunden oder doch verbessert hatte. Aber, offen gesagt, die Erfinder von Revolvern zu fünfzehn Schuß, von Pivot-Karabinern oder Säbelpistolen genossen kein großes Ansehen. Die Artilleristen behaupteten in jeder Hinsicht den ersten Rang.

»Die Achtung, welche sie genießen«, sagte einmal einer der gescheitesten Redner des Gun-Clubs, »steht im Verhältnis zur Masse ihrer Kanonen, und zwar nach direktem Maßstab des Quadrats der Distanzen, welche ihre Geschosse erreichen?«

Noch etwas mehr, das Newtonsche Gravitationsgesetz verpflanzte sich in die moralische Welt.

Man kann sich leicht vorstellen, was, nachdem der Gun-Club einmal gegründet war, das erfinderische Genie der Amerikaner in dieser Gattung zutage förderte. Die Kriegsmaschinen nahmen einen kolossalen Maßstab an, und die Geschosse flogen weit über die ihnen gesteckten Schranken hinaus, um harmlose Spaziergänger zu zerreißen. Alle diese Erfindungen ließen die schüchternen Werkzeuge der europäischen Artillerie weit hinter sich. Man urteile aus folgenden Zahlen.

Einst, »wenn's gut ging«, vermochte ein Sechsunddreißigpfünder in einer Entfernung von dreihundert Fuß sechsunddreißig Pferde von der Seite her zu durchbohren und dazu achtundsechzig Mann. Die Kunst lag damals noch in der Wiege. Seitdem hat sie Fortschritte gemacht. Die Rodman-Kanone, die eine Kugel von einer halben Tonne * sieben (engl.) Meilen weit schleuderte, hätte leicht hundertundfünfzig Pferde und dreihundert Mann niedergeworfen. Es war im Gun-Club gar die Rede davon, eine förmliche Probe damit anzustellen. Aber, ließen sich's auch die Pferde gefallen, das Experiment zu machen, an Menschen fehlte es leider.

Wie dem auch sei, diese Kanonen leisteten Mörderisches, und bei jedem Schuß fielen die Menschen wie die Ähren unter der Sense. Was wollte neben solchen Geschossen die berühmte Kugel zu Coutras bedeuten, welche im Jahre 1587 fünfundzwanzig Mann kampfunfähig machte, und die andere, welche bei

*Fünfhundert Kilogramm.

Zorndorf 1758 vierzig Mann tötete, und 1742 bei Kesselsdorf die österreichische, die bei jedem Schuß siebzig Feinde niederwarf? Was war dagegen das erstaunliche Geschützfeuer bei Jena und Austerlitz, das die Schlachten entschied? Da gab's während des Bundeskriegs ganz andere Dinge zu schauen! Bei Gettysburg traf ein kegelförmiges Geschoß aus einer gezogenen Kanone dreiundsiebzig Feinde, und beim Übergang über den Potomak beförderte eine Rodmankugel zweihundertfünfzehn Südländer in eine ohne Zweifel bessere Welt. So verdient auch ein fürchterlicher Mörser, den J. T. Maston, ein hervorragendes Mitglied und beständiger Sekretär des Gun-Clubs, erfand, erwähnt zu werden; seine Wirkung war noch mörderischer, denn beim Probieren tötete er dreihundertsiebenunddreißig Personen – freilich beim Zerspringen!

Diese Zahlen sprechen beredt ohne Kommentar. Auch wird man ohne Widerrede die folgende vom Statistiker Pitkairn aufgestellte Berechnung gelten lassen: dividiert man die Anzahl der durch die Kugeln gefallenen Opfer mit der Zahl der Mitglieder des Gun-Clubs, so ergibt sich, daß auf Rechnung jedes einzelnen des letzteren durchschnittlich 2375 Mann kommen, nebst einem Bruchteil.

Nimmt man diese Ziffern in Erwägung, so ist's augenscheinlich, daß das Trachten dieser gelehrten Gesellschaft einzig auf Menschenvertilgung zu philanthropischem Zweck und auf Vervollkommnung der Kriegswaffen als Zivilisationsmittel gerichtet war. Es war ein Verein von Würgengeln, sonst die besten Menschenkinder der Welt.

Diese Yankees, muß man weiter anführen, von erprobter Tapferkeit ließen's nicht beim Reden bewenden und traten persönlich ein. Man zählte unter ihnen

Offiziere jedes Grades vom Lieutenant bis zum General, Militärpersonen jedes Alters, Anfänger im Kriegsdienst und bei der Lafette ergraute Männer. Manche fielen auf der Walstatt, und ihre Namen wurden ins Ehrenbuch des Gun-Clubs eingetragen, und von denen, welche davonkamen, trugen die meisten Beweise ihrer unzweifelhaften Unerschrockenheit an sich. Krücken, hölzerne Beine, gegliederte Arme, Haken statt der Hände, Kinnbacken von Kautschuk, Schädel von Silber, Nasen von Platin, nichts mangelte in der Sammlung, und der obgedachte Pitkairn berechnete ebenfalls, daß im Gun-Club nicht völlig *ein* Arm auf vier Personen kam und nur zwei Beine auf sechs.

Aber diese wackeren Artilleristen machten sich nicht so viel daraus, und sie waren mit Recht stolz darauf, wenn das Bulletin einer Schlacht zehnmal mehr Opfer anführte, als Geschosse waren abgefeuert worden.

Eines Tages jedoch – ein trauriger, bedauerlicher Tag – unterzeichneten die Überlebenden den Frieden, der Geschützdonner hörte allmählich auf, die Mörser verstummten, die Haubitzen wurden für lange Zeit unschädlich gemacht, und die Kanonen kehrten gesenkten Hauptes in die Arsenale zurück, die Kugeln wurden in den Zeughäusern aufgeschichtet, die blutigen Erinnerungen erblichen, die Baumwollstauden sproßten üppig auf den reich gedüngten Feldern, mit den Trauerkleidern wurde auch der Schmerz abgelegt, und der Gun-Club versank in vollständige Untätigkeit.

»Trostlos!« sagte eines Abends der tapfere Tom Hunter, während seine hölzernen Beine am Kamin verkohlten: »Nichts mehr zu tun. Nichts mehr zu hoffen! Welch langweiliges Leben! O goldene Zeit, da einst jeden Morgen lustiger Kanonendonner uns weckte!«

»Die Zeit ist hin?« erwiderte der muntere Bilsby. Das war eine Lust! Man erfand seinen Mörser, und war er gegossen, so probierte man ihn vorm Feind; dann begab man sich wieder ins Lager mit einer Belobigung Shermans oder einem Handschlag Mac-Clellans! Aber nun sind die Generale wieder auf ihren Comptoirs und versenden harmlose Baumwollballen! Ja, wahrhaftig, die Artillerie hat in Amerika keine Zukunft mehr!«

»Ja, Bilsby«, rief Obrist Blomsberry aus, »das sind grausame Täuschungen! Eines Tags verläßt man seine friedlichen Gewohnheiten, übt sich in den Waffen, zieht aus Baltimore ins Feld, tritt da als Held auf, und zwei, drei Jahre später muß man die Frucht seiner Strapazen wieder verlieren, in leidiger Untätigkeit einschlafen.«

»Und kein Krieg in Aussicht!« sagte darauf der berühmte J. T. Maston und kratzte dabei mit seinem eisernen Haken seinen Guttapercha-Schädel. »Kein Wölkchen am Himmel, und zu einer Zeit, da noch so viel in der Artilleriewissenschaft zu tun ist! Da hab' ich diesen Morgen einen Musterriß fertiggebracht, samt Plan, Durchschnitt und Aufriß, für einen Mörser, der die Kriegsgesetze umzuändern bestimmt ist!«

»Wirklich?« erwiderte Tom Hunter, und dabei fiel ihm unwillkürlich der letzte Versuch des ehrenwerten J. T. Maston ein.

»Ja, wirklich«, entgegnete dieser. »Aber wozu nun so viele Studien, das Überwinden so vieler Schwierigkeiten? Ist das nicht verlorene Mühe? Die Bevölkerung der Neuen Welt scheint entschlossen zu sein, nun in Frieden zu leben, und unsere kriegerische Tribüne hat bereits Katastrophen in Folge des Anwachsens der Bevölkerung geweissagt!«

»Indessen, Maston«, fuhr Obrist Blomsberry fort, »in Europa gibt's immer noch Kriege fürs Prinzip der Nationalitäten!«

»Nun denn?«

»Nun denn! Da könnte man vielleicht einen Versuch machen, und wenn man unsere Dienste annähme?...«

»Was meinen Sie? Ballistik zugunsten von Ausländern.«

»Besser, als gar nichts damit treiben«, entgegnete der Obrist.

»Allerdings«, sagte J. T. Maston, »es wäre wohl besser, aber an so einen Ausweg darf man nicht einmal denken.«

»Und weshalb?« fragte der Obrist.

»Weil man in der Alten Welt über das Avancement Ideen hat, die unseren amerikanischen Gewohnheiten schnurstraks zuwiderlaufen. Die Leute dort meinen, man könne nicht kommandierender General werden, wenn man nicht zuvor Unterlieutenant gewesen, was auf dasselbe hinausläuft, als man verstehe nicht, eine Kanone zu richten, wenn man sie nicht selbst gegossen hat! Nun ist aber selbstverständlich...«

»Lächerlich!« erwiderte Tom Hunter, indem er mit einem Bowie-Messer Schnitte in die Arme seines Lehnsessels machte; »und weil dem so ist, so bleibt uns nichts übrig, als Tabak zu pflanzen oder Tran zu sieden!«

»Wie!« rief J. T. Maston mit laut hallender Stimme, »wir sollen unsere letzten Lebensjahre nicht auf die Vervollkommnung der Feuerwaffen verwenden! Es sollte sich keine Gelegenheit mehr ergeben, unsere

Geschosse zu probieren! Der Blitz von unseren Kanonen sollte nicht mehr die Luft erhellen! Es sollte sich keine internationale Streitfrage ergeben, die Anlaß gäbe, einer überseeischen Macht den Krieg zu erklären. Sollten nicht die Franzosen eins unserer Dampfboote in Grund bohren, und die Engländer sollten nicht mit Verachtung des Völkerrechts etliche unserer Landsleute hängen!«

»Nein, Maston«, entgegnete der Obrist Blomsberry, »dies Glück wird uns nicht werden! Nein! Kein einziger dieser Fälle wird eintreten, und geschähe es, so würden wir ihn nicht benützen! Das amerikanische Selbstgefühl schwindet von Tag zu Tag, und wir werden zu Weibern!«

»Ja, wir sinken herab!« erwiderte Bilsby.

»Und man drückt uns herab!« entgegnete Tom Hunter.

»Dies alles ist nur allzu wahr«, erwiderte J. T. Maston mit erneuter Heftigkeit. »Tausend Gründe, sich zu schlagen, lassen sich aus der Luft greifen, und man schlägt sich nicht! Man will Arme und Beine schonen, und das zugunsten von Leuten, die nichts damit anzufangen wissen! Und, denken Sie, man braucht einen Grund zum Krieg nicht so weit herzuholen: hat nicht Nord-Amerika einst den Engländern gehört?«

»Allerdings«, erwiderte Tom Hunter, indem er mit seiner Krücke das Feuer schürte.

»Nun denn!« fuhr J. T. Maston fort, »warum sollte nicht England einmal an die Reihe kommen, den Amerikanern zu gehören?«

»Das wäre nur recht und billig«, erwiderte lebhaft der Obrist Blomsberry.

»Machen Sie einmal dem Präsidenten der Vereinigten Staaten den Vorschlag«, rief J. T. Maston, »und Sie werden sehen, wie er Sie empfangen wird!«

»Gewiß wohl schlecht«, brummte Bilsby zwischen den Zähnen, die er noch hatte.

»Meiner Treu!« rief J. T. Maston, »auf meine Stimme hat er nicht mehr zu rechnen!«

»Auch auf die unsrigen nicht«, erwiderten einstimmig die kriegerischen Invaliden.

»Unterdessen«, erwiderte J. T. Maston zum Schluß, »gibt man mir nicht Gelegenheit, meinen neuen Mörser auf einem wirklichen Schlachtfeld zu probieren, so trete ich aus dem Gun-Club und vergrabe mich in den Savannen von Arkansas!«

»Da gehen wir mit«, erwiderten die Genossen des kühnen J. T. Maston.

So standen die Dinge, die Geister erhitzten sich, und der Club war mit naher Auflösung bedroht, als ein unerwartetes Ereignis dazwischenkam. Tags nach dieser Unterredung erhielt jedes Mitglied der Gesellschaft ein folgendermaßen abgefaßtes Zirkular:

Baltimore, 3. Oktober.

»Der Präsident des Gun-Clubs beehrt sich, seine Kollegen zu benachrichtigen, daß er in der Sitzung am 5. d. eine Mitteilung zu machen hat, welche sie lebhaft interessieren wird. Demnach bittet er sie, ungesäumt der im Gegenwärtigen enthaltenen Einladung zu folgen.

Mit herzlichem Gruß
Impey Barbicane, Präsident.«

Zweites Kapitel

Mitteilung des Präsidenten Barbicane

Am 5. Oktober um acht Uhr abends drängte sich eine dichte Menge in den Sälen des Gun-Clubs, 21. Union-square. Alle zu Baltimore einheimischen Mitglieder der Gesellschaft hatten sich auf die Einladung ihres Präsidenten dahin begeben. Die korrespondierenden langten mit Expreß zu Hunderten in der Stadt an, und so groß auch die Sitzungshalle war, so konnte die Menge der Gelehrten darin nicht mehr Platz finden; sie strömte über in die anstoßenden Säle, die Gänge bis mitten in die äußeren Höfe, wo sie mit dem gewöhnlichen Volk zusammentraf, das sich an den Eingängen drängte; indem jeder in die vordersten Reihen zu gelangen trachtete, alle voll Begierde, die wichtige Mitteilung des Präsidenten Barbicane zu vernehmen, stieß und schob man sich herum, zerdrückte sich mit jener Freiheit des Handelns, welche den in den Ideen des *selfgovernment* erzogenen Massen eigentümlich ist.

An jenem Abend hätte ein zu Baltimore anwesender Fremder um keinen Preis in den großen Saal gelangen können; derselbe war ausschließlich den einheimischen Mitgliedern oder den Korrespondenten vorbehalten; kein anderer konnte darin einen Platz bekommen; und die Notabeln der Stadt, die Mitglieder des Rates der »Auserkornen«, hatten sich unter die Menge ihrer Untergebenen mengen müssen, um flüchtig zu erhaschen, was drinnen vorging.

Die unermeßlich große Halle bot den Blicken einen merkwürdigen Anblick dar. Das umfassende Lokal war zum Erstaunen für seine Bestimmung geeignet. Hohe Säulen, aus übereinandergesetzten Kanonen gebildet, auf einer dicken Unterlage von Mörsern, trugen die feinen Verzierungen des Gewölbes, gleich Spitzen aus Guß gefertigt. Vollständige Rüstungen von Stutzern, Donnerbüchsen, Büchsen, Karabinern, alle Feuerwaffen alter und neuer Zeit, waren an den Wänden mit malerischen Verschlingungen gruppiert. Das Gas strömte in vollen Flammen aus tausend Revolvern, die in Form von Lüstern zusammengeordnet waren, während Girandolen von Pistolen und Kandelaber, aus Bündeln von Flintenläufen gebildet, die glänzende Beleuchtung vollendeten. – Die Kanonenmodelle, die Probemuster von Bronze, die durchlöcherten Zielscheiben, die von Kugeln des Gun-Clubs zerschossenen Platten, die Auswahl von Setzern und Wischern, die Rosenkränze von Bomben, die Halsbänder von Geschossen, die Girlanden von Granaten, kurz, alle Werkzeuge des Artilleristen überraschten das Auge durch ihre staunenerregende Anordnung und erweckten den Gedanken, daß sie in Wahrheit mehr zum Schmuck als zum Morden bestimmt seien.

Am Ehrenplatze sah man unter einer glänzenden Glasglocke ein zerbrochenes, vom Pulver zerdrehtes Stück von einem Kanonenstoß, kostbares Reststück von der Kanone J. T. Mastons.

Am Ende des Saales saß auf einem breiten Sonderplatze der Präsident, umgeben von vier Sekretären. Sein Sitz, der sich auf einer mit Schnitzwerk gezierten Lafette befand, war im ganzen gleich einem starken Mörser von zweiunddreißig Zoll geformt, unter einem Winkel von neunzig Grad aufgeprotzt und an Zapfen befestigt, so daß der Präsident sich auf demselben wie auf einem Schaukelstuhl (rocking-chair) in angenehmster Weise schaukeln konnte. Auf dem Schreibtisch, einer breiten Platte von Eisenblech auf sechs Karonaden, sah man ein Tintenfaß von besonderem Geschmack, das aus einer kostbar gemeißelten Biskayer Büchse gebildet war, und eine Donnerglocke, die bei Gelegenheit wie ein Revolver knallte. Bei heftigem Streit reichte diese neu erfundene Glocke manchmal kaum hin, die Stimmen dieser Legion von erhitzten Artilleristen zu übertönen.

Vor dem Schreibtisch waren kleine Bänke im Zickzack, gleich den Linien einer Verschanzung, aufgestellt und bildeten eine Reihenfolge von Basteien und Kourtinen. Auf diesen saßen die Mitglieder des Gun-Clubs, und diesen Abend konnte man sagen, »es fehlte nicht an Mannschaft auf den Wällen«. Man kannte den Präsidenten gut genug, um zu wissen, daß er ohne den gewichtigsten Grund seine Kollegen nicht in Bewegung gesetzt hätte.

Jmpey Barbicane war ein Mann von vierzig Jahren, ruhig, kaltblütig, streng, von außerordentlich ernstem und konzentriertem Geist, pünktlich wie ein Chronometer, von erprobtem Temperament, unerschütterlichem Charakter, wenig ritterlich, doch abenteuerlich, aber voll praktischer Ideen, selbst bei den verwegensten Unternehmungen; – er war in hervorragender Weise der Mann Neu-Englands, der nordische Pflanzer, der Abkömmling jener Rund-Köpfe, die einst den Stuarts so gefährlich wurden, der unversöhnliche Feind der südlichen Gentlemen, jener vormaligen Junker des Mutterlandes. Mit einem Wort, er war ein Yankee reinsten Wassers durch und durch.

Barbicane hatte sich im Holzhandel ein großes Vermögen erworben; während des Krieges zum Artilleriedirektor ernannt, zeigte er sich fruchtbar an Erfindungen, kühn in Ideen, trug viel zu den Fortschritten dieser Waffe bei und gab den experimentalen Forschungen einen unvergleichlichen Schwung.

Ein Mann von mittlerer Statur, hatte er – seltene Ausnahme im Gun-Club – ganz wohl erhaltene Glieder. Seine scharf ausgeprägten Gesichtszüge waren wie mit dem Lineal nach dem Winkelmaße geschnitten, und wenn es wahr ist, daß man, um eines Menschen instinktiven Charakter zu erkennen, ihn im Profil ansehen müsse, so konnte man bei ihm darin die deutlichsten Anzeichen von Energie, Kühnheit und Kaltblütigkeit wahrnehmen.

In diesem Augenblick war er in seinem Lehnstuhl unbeweglich, stumm, in Gedanken versenkt, den blick nach innen gerichtet, mit einem hochgeformten Hut – schwarzem Seidenzylinder –, welcher, scheint es, den amerikanischen Schädeln angeschraubt ist.

Das lärmende Geplauder seiner Kollegen um ihn her störte ihn nicht; sie fragten sich einander, schweiften auf dem Feld der Vermutungen, forschten in den Zügen ihres Präsidenten und trachteten vergeblich, das X seiner undurchdringlichen Physiognomie herauszubekommen.

Als die Uhr des großen Saales mit Donnerschlägen die Stunde verkündete, erhob sich Barbicane plötzlich, als wie von einer Sprungfeder emporgeschnellt. Alles lauschte, und der Redner ließ sich mit etwas emphatischem Ton folgendermaßen vernehmen:

»Tapfere Kollegen, schon allzu lange hat ein unfruchtbarer Friede die Mitglieder des Gun-Clubs in bedauerliche Untätigkeit versetzt. Nach vier so ereignisvollen Jahren mußten wir unsere Arbeiten einstellen und auf dem Wege des Fortschritts plötzlich haltmachen. Ich nehme keinen Anstand, es laut auszusprechen, jeder Krieg, der uns wieder die Waffen in die Hand gäbe, würde willkommen sein . . .«

»Ja, der Krieg!« rief stürmisch J. T. Maston.

»Hört! Hört!« vernahm man allerwärts.

»Aber der Krieg«, sagte Barbicane, »ist unter gegenwärtigen Umständen unmöglich; und was sich auch der ehrenwerte Kollege, welcher mich unterbrach, für Hoffnungen machen mag, es wird eine Reihe von Jahren verfließen, ehe unsere Kanonen wieder auf einem Schlachtfeld donnern. Das muß man sich nun gefallen lassen, und in einem andern Ideenkreise Nachahmung für unseren Tätigkeitstrieb suchen.«

Da die Versammlung merkte, daß ihr Präsident nun auf den Hauptpunkt kam, verdoppelte sie ihre Aufmerksamkeit.

»Seit einigen Monaten, wackere Kollegen«, fuhr Barbicane fort, »habe ich darüber nachgedacht, ob wir nicht – doch innerhalb unseres Spezialfachs – imstande wären, eine große, des neunzehnten Jahrhunderts würdige Forschung vorzunehmen und ob nicht die Fortschritte in der Ballistik uns in den Stand setzten, sie glücklich auszuführen. Zu dem Ende habe ich geforscht, gearbeitet, Berechnungen angestellt, und das Ergebnis meiner Studien war die Überzeugung, daß wir bei einer Unternehmung, die in jedem anderen Lande unausführbar sein würde, zu einem glücklichen Ziele gelangen müssen. Über dieses reiflich durchdachte Projekt will ich Ihnen nähere Mitteilung machen; es ist Ihrer würdig, würdig der Vergangenheit des Gun-Clubs, und wird unfehlbar großes Aufsehen in der Welt machen!«

»Viel Aufsehen?« rief ein leidenschaftlicher Artillerist.

»Sehr viel Aufsehen, im echten Sinne des Worts«, erwiderte Barbicane.

»Nicht unterbrechen!« rief es von anderen Seiten.

»Ich bitte Sie also, wackere Kollegen«, fuhr der Präsident fort, »mir Ihre volle Aufmerksamkeit zu schenken.«

Unwillkürliche Bewegung ergriff die Versammlung. Barbicane rückte rasch seinen Hut und drückte ihn fest, dann fuhr er mit ruhiger Stimme fort:

»Es ist keiner unter Ihnen, wackere Kollegen, der nicht den Mond gesehen oder mindestens von ihm sprechen gehört hätte. Wundern Sie sich nicht, daß ich Sie hier über das Gestirn der Nacht unterhalte. Vielleicht ist's uns vorbehalten, für diese unbekannte Welt die Rolle des Kolumbus zu spielen. Begreifen Sie mich, unterstützen Sie mich mit allen Kräften, so will ich Sie führen, diese Eroberung zu machen, und der Name des Mondes wird sich denen der sechsunddreißig Staaten anreihen, welche den großen Bund dieses Landes bilden.«

»Hurra dem Mond!« rief der Gun-Club wie mit einer Stimme.

»Man hat viel Studien über den Mond gemacht«, fuhr Barbicane fort. Seine Masse, Dichtigkeit, sein Gewicht und Umfang, seine Beschaffenheit, Bewegungen, Entfernung, seine Rolle in der Sonnenwelt sind nun genau bekannt; man hat Mondkarten gefertigt, welche an vollkommener Ausführung den Erdkarten wenigstens gleichkommen, wofern sie dieselben nicht übertreffen; die Fotografie hat von unserem Trabanten Musterbilder von unvergleichlicher Schönheit geliefert. Kurz, man weiß von dem Mond alles, was die mathematischen Wissenschaften, Astronomie, Geologie, Optik uns lehren können; aber bis jetzt ist noch nie ein direkter Verkehr mit demselben hergestellt worden.«

Bei diesem Satz des Redners gab sich eine heftige Bewegung des Interesses und der Überraschung zu erkennen.

»Gestatten Sie mir«, fuhr derselbe fort, »mit einigen Worten daran zu erinnern, wie einige glühende Geister in phantasievollen Reisebeschreibungen vorgaben, die Geheimnisse unseres Trabanten ergründet zu haben. Im siebzehnten Jahrhundert rühmte sich ein gewisser David Fabricius, die Bewohner des Mondes mit eigenen Augen gesehen zu haben. Im Jahre 1649 veröffentlichte ein Franzose J. Beaudoin, eine *Reise in den Mond, von dem spanischen Abenteurer Dominico Gonzalez* unternommen. Zu derselben Zeit ließ Cyrano de Bergerac die berühmte Expedition, welche in Frankreich so viel Erfolg hatte, erscheinen. Später schrieb ein anderer Franzose, Fontenelle mit Namen, über die Mehrheit der Welten ein Hauptwerk; aber die Wissenschaft überbietet in ihrem Fortschritt auch die Meisterwerke! Ums Jahr 1835 erzählte ein aus dem New-York Americain übersetztes Werkchen, Sir J. Herschel, der zum Zweck der astronomischen Studien ans Kap der Guten Hoffnung gesendet worden war, habe vermittelst eines vervollkommneten Teleskops den Mond bis auf eine Entfernung von achtzig Yards* nahe gebracht. Da habe er ganz deutlich Höhlen beobachtet, worin Flußpferde hausten, grüne mit Goldsaum befranzte Berge, Schöpse mit Hörnern von Elfenbein, weiße Rehe, Bewohner mit pergamentgleichen Flügeln, wie bei den Fledermäusen. Dieses von einem Amerikaner namens Locke verfaßte Werkchen hatte großen Erfolg. Bald aber erkannte man darin eine Mystifikation der Wissenschaft, und die Franzosen lachten zuerst darüber.«

»Über einen Amerikaner lachen!« rief J. T. Maston, »da haben wir ja einen Casus belli ...«

»Beruhigen Sie sich, mein würdiger Freund. Bevor die Franzosen lachten, haben sie sich von unserem

*Der Yard ist etwas kleiner als ein Meter.

Landsmanne vollständig anführen lassen. Ich füge bei, daß ein gewisser Hans Pfaal aus Rotterdam in einem Ballon, der mit Stickstoffgas gefüllt war, welches fünfunddreißigmal leichter als Wasserstoffgas ist, in neunzehn Tagen bis zum Mond gelangte. Diese Reise war, gleich der vorausgehenden, nur eine Phantasie-Unternehmung, aber sie hatte einen populären amerikanischen Schriftsteller, der ein Genie von seltenem Tiefsinn war, Poe zum Verfasser.«

»Hurra dem Edgar Poe!« rief die Versammlung voll Begeisterung.

»So viel«, fuhr Barbicane fort, »von den Versuchen, die als lediglich wissenschaftlich durchaus ungenügend sind, um ernstlich Verbindungen mit dem Gestirn der Nacht einzurichten. Doch muß ich hinzufügen, daß einige praktische Geister den Versuch machten, sich wirklich mit ihm in Verbindung zu setzen. Vor einigen Jahren machte ein deutscher Geometer den Vorschlag, eine Kommission von Gelehrten in die Steppen Sibiriens zu schicken. Dort solle man auf ungeheuer ausgedehnten Ebenen unermeßliche geometrische Figuren mit Hilfe beleuchteter Metallspiegel entwerfen, unter anderen das Quadrat der Hypothenuse, das die Franzosen gewöhnlich »Eselsbrücke« nennen. »Jedes intelligente Wesen«, sagt der Geometer, »muß die wissenschaftliche Bedeutung dieser Figur begreifen. Wenn es nun Mondbewohner gibt, so werden sie mit einer ähnlichen Figur antworten, und ist einmal die Verbindung eingerichtet, so ist's keine schwere Sache, ein Alphabet zu schaffen, welches instand setzt, sich mit den Bewohnern des Mondes zu unterhalten.« So lautet der Vorschlag des deutschen Geometers, aber er kam nicht zur Ausführung, und bis jetzt ist noch keine direkte Verbindung zwischen der Erde und ihrem Trabanten eingerichtet.

Aber es ist dem praktischen Genie der Amerikaner vorbehalten, die Verbindung mit der Sternenwelt ins Leben zu rufen. Das Mittel dafür ist einfach, leicht, sicher, unfehlbar; mein Vorschlag wird's Ihnen auseinandersetzen.«

Lautes Beifallgeschrei, ein Sturm von Zurufen erfolgte. Es war auch nicht ein einziger unter den Anwesenden, der nicht von den Worten des Redners bewältigt, hingerissen wurde.

»Hört! Hört! Stille doch!« rief man auf allen Seiten.

Als es wieder ruhig geworden, fuhr Barbicane mit ernsterer Stimme fort:

»Sie wissen, welche Fortschritte die Ballistik seit einigen Jahren gemacht hat und zu welch hohem Grade der Vollkommenheit diese Waffen gelangt wären, wenn der Krieg fortgedauert hätte. Ebenso ist's Ihnen im allgemeinen nicht unbekannt, daß die Widerstandskraft der Kanonen und die Treibkraft des Pulvers ohne Grenzen sind. Nun! Von diesem Grundgedanken ausgehend, habe ich mir die Frage gestellt, ob es nicht vermittelst hinreichender Vorrichtung innerhalb bestimmter Widerstandsbedingungen möglich wäre, ein Geschoß bis zum Mond zu entsenden!«

Bei diesen Worten entfuhr ein staunendes »Oh!« aus beklommener Brust von Tausenden; dann nach einer kleinen Pause, gleich der Stille, welche dem Donner vorausgeht, entlud sich ein gewitterartiger Beifallssturm von Schreien und Rufen, daß der Sitzungssaal davon erbebte. Der Präsident versuchte zu sprechen; vergebens. Erst nach zehn Minuten konnte er zu Wort kommen.

»Lassen Sie mich ausreden«, fuhr er kalt fort. »Ich habe die Frage unter allen Gesichtspunkten betrachtet, habe sie entschlossen angefaßt, und aus meinen unbestreitbaren Berechnungen ergibt sich, daß jedes Geschoß, das mit einer anfänglichen Geschwindigkeit von zwölftausend Yards* in der Sekunde in der Richtung nach dem Mond hin abgeschleudert wird, notwendig dort anlangen muß. Ich habe daher die Ehre, meine wackeren Kollegen, Ihnen dieses kleine Experiment vorzuschlagen!«

Drittes Kapitel

Welchen Eindruck Barbicanes Mitteilung machte

Der Eindruck, welchen diese letzten Worte des ehrenwerten Präsidenten machten, läßt sich nicht beschreiben. Das war ein Schreien! ein Grunzen! ein Rufen mit Hurra! Hipp! Hipp! Hipp! und allen den Naturlauten, woran die amerikanische Sprache so reich ist; es war ein Getümmel, ein Lärmen ohnegleichen! Die Kehlen schrien, die Hände klatschten, die Füße stampften den Boden. Kein Wunder das: es gibt Kanoniere, die im Lärmen mit ihren Kanonen wetteifern.

Barbicane bewahrte mitten in diesem Enthusiasmus seine Kaltblütigkeit; seine Handbewegungen forderten vergebens zur Stille auf, die donnernden Töne seiner Glocke wurden nicht gehört. Man riß ihn von seinem Präsidentenstuhl und trug ihn im Triumph umher.

Ein Amerikaner läßt sich nicht in Bestürzung versetzen. Für den Begriff »unmöglich« findet sich in seinem Wörterbuch kein Ausdruck. In Amerika ist al-

*Ungefähr elftausend Meter.

les leicht, einfach, die mechanischen Schwierigkeiten sind wie totgeboren. Ein wahrer Yankee war nicht imstande, nur einen Schein von Schwierigkeit zwischen Barbicanes Vorschlag und seiner Ausführung zu erkennen. Gesagt, getan.

Der Triumphzug des Präsidenten dauerte den ganzen Abend! Es war ein echter Fackelzug. Irländer, Franzosen, Schotten, alle die gemischten Nationalitäten, woraus die Bevölkerung Marylands besteht, schrien in ihrer Muttersprache, und es mischten sich die Vivat! Hurra! und Bravo! in einem Schwung, der über alle Beschreibung geht.

Luna, als begriffe sie, daß es sich um sie handle, strahlte in heiterer Pracht, die irdischen Feuer verdunkelnd. Alle Yankees richteten die Blicke nach ihrer glänzenden Scheibe; die einen grüßten sie mit der Hand, die anderen mit zärtlichen Worten; diese maßen sie mit den Augen, andere drohten mit der Faust: ein Optiker hatte bis Mitternacht nur Augengläser zu verkaufen. Frau Luna wurde wie eine Dame der hochvornehmen Welt lorgnettiert, und das mit einer Rücksichtslosigkeit, wie sie amerikanischen Gutsbesitzern eigen ist. Gerade als gehöre die blonde Phöbe bereits ihren kühnen Eroberern an als Gebietsteil der Union. Und doch handelte sich's erst darum, ein Geschoß zu ihr zu schleudern: eine ziemlich brutale Art, Verbindungen anzuknüpfen, selbst gegenüber einem Trabanten; doch ist sie unter den zivilisierten Nationen sehr in Gebrauch.

Es war Mitternacht, und der Enthusiasmus war auf seinem Höhepunkt, verbreitete sich gleichmäßig unter allen Klassen der Bevölkerung; die Stadtbehörden, Gelehrten, Großhändler und Kaufleute, Lastträger, verständige Leute und Gelbschnäbel fühlten sich bis in die zartesten Fasern des Daseins aufgeregt; es handelte sich um eine Nationalunternehmung; so waren denn auch die Ober- und Unterstadt, die Quais an den Ufern des Patapsco, die Fahrzeuge in ihren Bassins dicht voll gedrängt von einer Menge im Rausch der Freude, des Gins und Whiskys*; jeder plauderte, schwatzte, disputierte, diskutierte, billigte, klatschte, von dem Gentleman der auf dem Kanapee der Schenkstube vor seinem Schoppen Sherry-Cobbler** flegelhaft hingestreckt lag, bis zu dem Bootsmann, der in den dunklen Kneipen von Fells-Point sich mit »Knock me down«*** betrank.

Gegen zwei Uhr legte sich die Aufregung. Nun gelang es dem Präsidenten heimzukommen, wie ein geräderter Mann. Es gehörte eine Herkulesnatur dazu, solch einen Enthusiasmus zu bestehen. Die Menge auf den Straßen verlief sich allmählich. Die vier Eisenbahnen, welche in Baltimore zusammentreffen, nach dem Ohio, Susquehanna, Philadelphia und Washington, führten das auswärtige Publikum nach den vier Weltgegenden zurück, und die Stadt kam wieder in einen verhältnismäßig ruhigeren Zustand.

Übrigens wäre es ein Irrtum, wenn man glaubte, nur zu Baltimore habe diesen Abend solche Aufregung geherrscht. Die großen Städte der Union, New-York, Boston, Albany, Washington, Richmond, Crescent-City****, Charleston, Mobile, von Texas bis Massachusetts, von Michigan bis Florida, nahmen alle teil an der Schwärmerei der Begeisterung. Die dreißigtausend korrespondierenden Mitglieder des Gun-Clubs kannten ja den Brief ihres Präsidenten

*Wacholder- und Kornbranntwein.
**Eine Mischung von Rum, Orangensaft, Zucker, Zimt und Muskat. Dieser gelbe Trank wird mit gläsernen Röhren aus den Schoppengläsern eingezogen.
***Ein starkes Bier.
****New-Orleans.

und warteten mit gleicher Ungeduld auf die merkwürdige Mitteilung des 5. Oktober. Sowie daher die Worte des Redners seinen Lippen entströmten, wurden sie noch denselben Abend von den Telegrafendrähten durch alle Staaten der Union befördert, mit einer Schnelligkeit von zweihundertachtundvierzigtausendvierhundertsiebenundvierzig (engl.) Meilen* in der Sekunde. Man kann also ganz bestimmt sagen, daß die Vereinigten Staaten von Amerika, welche zehnmal so groß als Frankreich sind, in demselben Augenblick in einem einzigen Hurra zusammenstimmten und daß fünfundzwanzig Millionen Herzen, von Stolz geschwellt, denselben Pulsschlag fühlten.

Am folgenden Morgen nahmen fünfzehnhundert Journale, Tags- und Wochenblätter, monatliche und zweimonatliche Zeitschriften, die Frage in Betrachtung; sie prüften dieselbe unter den verschiedenen Gesichtspunkten, dem physischen, meteorologischen, ökonomischen oder moralischen, auf dem Standpunkt des Übergewichts in Politik oder Zivilisation. Man fragte, ob denn der Mond ein fertiger Weltkörper sei oder noch Umbildungen unterworfen. Glich er der Erde zu der Epoche, da dieselbe noch keine Atmosphäre hatte? Welchen Anblick würde seine unsichtbare Seite unserer Erdkugel darbieten? Obwohl es sich nur erst darum handelte, eine Kugel dahin zu schleudern, so sahen doch alle, daß eine Reihe von Untersuchungen von diesem Punkte ausgehen würden; alle gaben sich der Hoffnung hin, Amerika werde in die tiefverhüllten Geheimnisse der mysteriösen Scheibe dringen, und manche schienen sogar zu befürchten, seine Eroberung werde auffallend das europäische Gleichgewicht stören.

---

*Hunderttausend Lieues, die Schnelligkeit der Elektrizität.

Nachdem das Projekt besprochen war, setzte kein einziges Blatt seine Ausführbarkeit in Zweifel; die von den gelehrten, wissenschaftlichen oder religiösen Gesellschaften herausgegebenen periodischen Blätter, Broschüren, Bulletins, Magazine strichen seine Vorteile heraus, und die »Gesellschaft für Naturgeschichte« zu Boston, die »Amerikanische Gesellschaft der Wissenschaften und Künste« zu Albany, die »Geographische und Statistische Gesellschaft« zu New-York, die »Amerikanische Philosophische Gesellschaft« zu Philadelphia, das »Smithsonsche Institut« zu Washington, sendeten in tausend Zuschriften dem Gun-Club Glückwünsche mit unverzüglichen Anerbietungen von Geld und Dienstleistung.

Darum, kann man kecklich versichern, gab's auch nie einen Vorschlag, dem so viele Anhänger zufielen; von Zweifeln, Bedenken, Besorgnissen war keine Rede. In Europa, zumal in Frankreich, hätte wohl die Idee, ein Geschoß bis zum Mond zu schleudern, Scherzreden, Karikaturen, Spottlieder hervorgerufen: so etwas hätte sich jemand nicht einfallen lassen dürfen; kein »Lebenssicherer«* auf der Welt hätte gegen die allgemeine Entrüstung geschützt. In der Neuen Welt gibt's Dinge, die übers Lachen hinaus sind.

Jmpey Barbicane wurde daher von dem Tag an den größten Bürgern der Vereinigten Staaten angereiht, er galt etwa für einen Washington der Wissenschaft. Ein einziger Zug kann unter anderen zeigen, bis zu welchem Grad die Hingebung eines Volkes an einen Mann plötzlich gestiegen war.

Einige Tage nach der famosen Sitzung des Gun-Clubs kündigte der Direktor einer englischen Thea-

*Eine Taschenwaffe, bestehend aus biegsamem Fischbein mit einer Metallkugel.

tertruppe zu Baltimore das Shakespearesche »*Viel Lärmen um Nichts*« an. Da das Stadtvolk darin eine verletzende Anspielung auf die Projekte Barbicanes sah, drang es in den Theatersaal, zertrümmerte die Bänke und nötigte den unglücklichen Direktor, seinen Zettel abzuändern. Als gescheiter Mann beugte er sich dem Volkswillen, setzte an die Stelle des leidigen Stücks desselben Dichters »*Wie es Euch beliebt*« und bekam einige Wochen beispiellos enorme Einnahmen.

Viertes Kapitel

Gutachten des Observatoriums zu Cambridge

Inzwischen verlor Barbicane inmitten der Huldigungen, die ihm zuteil wurden, keinen Augenblick. Vor allem ließ er die Bureaux des Gun-Clubs zu einer Beratung sich versammeln. Man beschloß, über die astronomische Seite des Unternehmens die Astronomen zu befragen; sodann aufgrund eines Gutachtens derselben sich über die technischen Mittel zu bereden, um nichts zu versäumen, was den Erfolg des großen Versuchs sichern könne.

Es wurde daher ein klar und genau abgefaßtes Schreiben mit speziellen Fragen redigiert und an das Observatorium zu Cambridge in Massachusetts gerichtet. Dieser Sitz der ersten Universität in den Vereinigten Staaten ist durch sein astronomisches Bureau sehr berühmt. Da finden sich die verdienstvollsten Gelehrten und das weitreichende Teleskop, mit dessen Hilfe Bond das Nebelgestirn Andromeda durchdrang und Clarke den Trabanten des Sirius entdeckte.

Das Vertrauen des Gun-Clubs zu diesem Institut war also in jeder Hinsicht gerechtfertigt.

Zwei Tage nachher traf die so ungeduldig erwartete Antwort beim Präsidenten Barbicane ein. Folgendes ihr Wortlaut:

Der Direktor des Observatoriums zu Cambridge an den Präsidenten des Gun-Clubs zu Baltimore.

Cambridge, 7. Oktober.

»Bei Empfang Ihres geehrten, unterm 6. d. im Namen der Mitglieder des Gun-Clubs zu Baltimore an das Observatorium zu Cambridge gerichteten Schreibens hat sich unser Bureau unverzüglich versammelt und für angemessen erachtet, folgendermaßen zu antworten:

Die ihm vorgelegten Fragen sind:

1. Ist's möglich, ein Wurfgeschoß auf den Mond zu schleudern?

2. Welches ist genau berechnet die Entfernung der Erde von ihrem Trabanten?

3. Binnen welcher Zeit hätte das Geschoß bei einer hinreichenden Anfangsgeschwindigkeit diese Distanz zu durchfliegen; folglich in welchem Zeitpunkt wird man es abschleudern müssen, damit es in einem bestimmten Moment auf dem Mond eintreffe?

4. In welchem Zeitpunkt wird der Mond genau in der Stellung sich befinden, welche am günstigsten ist, daß er von demselben getroffen werde?

5. Nach welchem Punkt am Himmel wird das Geschütz zu richten sein, womit das Projektil abgeschossen werden soll?

6. An welcher Stelle wird sich der Mond am Himmel befinden, wenn das Geschoß abfliegen wird?

Die Antwort auf die *erste Frage* ist:

Ja, es ist möglich, ein Projektil auf den Mond zu schleudern, wenn es gelingt, demselben eine Anfangsgeschwindigkeit von zwölftausend Yards in der Sekunde zu geben. Richtiger Berechnung nach reicht diese Geschwindigkeit hin. Je weiter man sich von der Erde entfernt, nimmt die Schwerkraft ab im umgekehrten Verhältnis des Quadrats der Entfernung, also z. B. für eine dreimal größere Entfernung bedarf's einer neunmal geringeren Bewegkraft. Folglich wird die Schwere des Geschosses reißend abnehmen und endlich völlig aufhören im Moment, wo die Anziehungskraft der Erde von der des Mondes aufgewogen wird, d. h. bei siebenundvierzig Zweiundfünfzigteilen der Entfernungslinie. In diesem Moment wird das Projektil keine Schwerkraft mehr haben, und sowie es noch weiter fliegt, wirkt die Anziehungskraft des Mondes auf dasselbe ein, und es fällt auf den Mond. Theoretisch ist hiermit die Möglichkeit des Experiments bewiesen; ob es gelingt, hängt allein von der Kraft der angewendeten Maschine ab.

Auf die *zweite Frage* lautet die Antwort:

Der Mond beschreibt bei seinem Umlauf um die Erde nicht einen Kreis, sondern eine Ellipse, worin unsere Erdkugel einen der Brennpunkte einnimmt; demnach befindet sich der Mond in einer bald näheren, bald weiteren Entfernung von der Erde, astronomisch ausgedrückt, bald in der Erdnähe, bald in der Erdferne. Nun ist der Unterschied zwischen seinem weitesten und nächsten Abstand ziemlich bedeutend, so daß man im besonderen Fall denselben nicht unberücksichtig lassen darf. Die größte Entfernung des Mondes beträgt nämlich zweihundertsiebenundvierzigtausendfünfhundertzweiundfünfzig Meilen (= neunundneunzigtausendsechshundertundvierzig Lieues zu vier Kilometer), die geringste nur zweihundertachtzehntausendsechshundertsiebenundfünfzig (= achtundachtzigtausendundzehn Lieues), so daß der Unterschied achtundzwanzigtausendachthundertundfünfundneunzig (= elftausendsechshundertunddreißig Lieues) beträgt, also mehr als den neunten Teil der Umlauflinie. Der Abstand der Erdnähe muß nun den Berechnungen zugrunde gelegt werden.

Auf die *dritte Frage:*

Wenn das Geschoß die Anfangsgeschwindigkeit von zwölftausend Yards in der Sekunde, welche man ihm beim Abschießen gäbe, unverändert beibehielte, so bedürfte es nur etwa neun Stunden, um an dem Ort seiner Bestimmung anzulangen; da aber diese Geschwindigkeit in zunehmendem Verhältnis sich beständig vermindert, so wird es aller Berechnung nach dreihunderttausend Sekunden brauchen, d.h. dreiundachtzig Stunden und zwanzig Minuten, um an den Punkt zu gelangen, wo die Anziehungskraft der Erde und des Mondes sich aufwiegen, und von diesem Punkt an bedarf es noch fünfzigtausend Sekunden, oder dreizehn Stunden, dreiundfünfzig Minuten und zwanzig Sekunden, um auf den Mond zu fallen. Man muß es also siebenundneunzig Stunden, dreizehn Minuten und zwanzig Sekunden eher abschießen, als der Mond an dem Punkt, wohin man zielt, ankommen wird.

Auf die *vierte Frage:*

Nach dem Gesagten muß man zuerst die Zeit der Erdnähe des Mondes wählen und zugleich den Moment, wo er sich im Zenit* befinden wird, wodurch die Linie, welche das Geschoß zurückzulegen hat, um das Maß eines Erdradius kürzer wird, nämlich um

*Zenit nennt man den Punkt des Horizonts, welcher senkrecht über dem Kopf eines Beobachters ist.

dreitausendneunhundertundneunzehn Meilen; so daß die zu durchlaufende Linie definitiv zweihundertvierzehntausendneunhundertsechsundsiebzig Meilen (= sechsundachtzigtausendvierhundertundzehn Lieues) betragen wird. Aber wenn auch der Mond allmonatlich in seine Erdnähe kommt, so steht er in dem Moment nicht immer im Zenit: ein Zusammentreffen, welches nur in langen Zwischenräumen stattfindet. Solch ein Zusammentreffen der Erdnähe mit dem Zenitstand ist also abzuwarten. Glücklicherweise wird am vierten Dezember folgenden Jahres sich bei dem Mond diese doppelte Bedingung ergeben: um Mitternacht wird er in seine Erdnähe treten, d.h. seinen kürzesten Abstand von der Erde, und zu gleicher Zeit wird er im Zenit stehen.

Auf die *fünfte Frage:*

Die vorausgehenden Bemerkungen zugrunde gelegt, wird das Geschütz auf den Zenit des Ortes gerichtet werden müssen; dergestalt wird der Schuß perpendikulär auf die Fläche des Horizonts gehen, und das Geschoß wird um so schneller der Anziehungskraft der Erde entzogen. Aber damit der Mond in den Zenit eines Ortes zu stehen komme, darf dieser Ort nicht unter höherem Breitengrad liegen, als die Abweichung dieses Gestirns vom Äquator beträgt, mit anderen Worten, er muß zwischen 0° und 28° nördlicher oder südlicher Breite sich befinden. An jedem anderen Ort würde der Schuß notwendig in schiefer Richtung geschehen, was dem Gelingen des Experiments hinderlich sein würde.

Auf die *sechste Frage:*

Im Augenblick, wo das Projektil in den Weltraum geschleudert wird, muß der Mond, der in seiner Bahn täglich dreizehn Grad, zehn Minuten und fünfunddreißig Sekunden läuft, sich viermal so weit vom Zenitpunkt entfernt befinden, nämlich zweiundfünfzig Grad, zweiundvierzig Minuten und zwanzig Sekunden, denn so lange wird er noch zu laufen haben. Aber da man auch die Abweichung in Anschlag bringen muß, welche die Bewegung der Erde um ihre Achse bei dem Geschoß hervorbringen wird, und da dasselbe erst nach einer Abweichung von sechzehn Halbdurchmessern der Erde auf dem Mond ankommen wird, welche, auf der Mondscheibe gemessen, ungefähr elf Grad ausmachen, so muß man diese elf Grad noch zu denen hinzurechnen, welche die erwähnte Zögerung des Mondes ausdrücken, nämlich rund vierundsechzig Grad. So wird also im Moment des Schusses die nach dem Mond gerichtete Sehlinie mit der vertikalen des Ortes einen Winkel von vierundsechzig Grad bilden.

So lauteten die Antworten, welche auf die dem Observatorium zu Cambridge von den Mitgliedern des Gun-Clubs gestellten Fragen erteilt wurden. Resümieren wir:

1. Das Geschütz muß in einem Land zwischen 0° und 28° nördlicher oder südlicher Breite aufgestellt werden.

2. Es muß auf den Zenit des Ortes gerichtet werden.

3. Dem Geschoß muß eine anfängliche Geschwindigkeit von zwölftausend Yards in der Sekunde gegeben werden.

4. Es muß am ersten Dezember des folgenden Jahres um elf Uhr, weniger dreizehn Minuten und zwanzig Sekunden, abgeschossen werden.

5. Es wird vier Tage hernach, am vierten Dezember, Punkt zwölf Uhr nachts, in dem Moment, wo der Mond in den Zenit treten wird, dort anlangen.«

Die Mitglieder des Gun-Clubs müssen also unverzüglich die für eine solche Unternehmung erforderlichen Arbeiten vornehmen, um zu dem bestimmten Zeitpunkt zum Operieren bereit zu sein; denn, lassen sie diesen vierten Dezember vorübergehen, so werden sie erst achtzehn Jahre und elf Tage hernach den Mond wieder in demselben Verhältnis der Erdnähe und des Zenits finden.

Das Bureau des Observatoriums zu Cambridge stellt sich Ihnen für die Fragen theoretischer Astronomie zur Verfügung und vereinigt seine Glückwünsche mit denen ganz Amerikas.

Für das Bureau:

J. M. Belfast,
Direktor des Observatoriums zu
Cambridge.«

Fünftes Kapitel

Roman des Mondes

Ein mit unendlich scharfem Blick begabter Beobachter in dem unbekannten Zentrum, um welches die Welt gravitiert, würde zu der Zeit, als das Weltall im Chaos lag, gesehen haben, wie Myriaden Atome den Raum erfüllten. Aber allmählich, im Laufe der Jahrhunderte, ging eine Veränderung vor, indem ein Gesetz der Anziehung auf die bis dahin unsteten Atome wirkte. Diese Atome traten ihrer Verwandtschaft gemäß in chemische Verbindung, wurden zu Elementarteilchen und bildeten jene Nebelmassen, welche durch den Himmel in seinen Tiefen zerstreut sind.

Diese Massen wurden sogleich von einer Bewegung um ihren Mittelpunkt beseelt. Solch ein Zentrum unbestimmter Elementarbestandteilchen begann in allmählicher Verdichtung sich um sich selbst zu drehen; ferner nahm nach unveränderlichen mechanischen Gesetzen, im Verhältnis wie sein Umfang durch Verdichtung abnahm, seine Rundbewegung an Schnelligkeit zu; und indem diese beiden Wirkungen fortdauerten, ergab sich dadurch ein Hauptstern, der das Zentrum der Nebelmasse bildete.

Bei aufmerksamer Betrachtung würde der Beobachter damals gewahrt haben, daß die anderen Elementarteilchen der Masse sich ebenso wie der Zentralstern verhielten sich in eigentümlicher Weise durch eine Rundbewegung von steigender Schnelligkeit verdichteten und in Gestalt unzähliger Sterne um denselben als ihren Schwerpunkt kreisten. So entstand ein Nebelflecken, deren die Astronomie jetzt gegen fünftausend aufzählt.

Unter diesen fünftausend Nebelflecken befindet sich die von den Menschen sogenannte Milchstraße, welche achtzehn Millionen Sterne zählt, deren jeder das Zentrum einer Sonnenwelt geworden ist.

Hätte der Beobachter damals seine besondere Aufmerksamkeit einem von den achtzehn Millionen Sternen, welcher zu den bescheidensten* und am mindesten glänzenden gehört, gewidmet, einem Sterne vierten Ranges, der mit Stolz Sonne genannt wird, so würden sich alle Erscheinungen der Weltbildung der Reihe nach vor seinen Augen vollzogen haben.

In der Tat würde er diese Sonne noch im gasförmigen Zustand und aus beweglichen Elementarbestandteilchen gebildet gesehen und gewahrt haben, wie sie sich um ihre Achse drehte, um ihr Konzentrations-

*Der Durchmesser des Sirius muß nach Wollaston zwölfmal so groß sein als der der Sonne.

werk zu vollziehen. Er würde beobachtet haben, wie diese Bewegung, nach den Gesetzen der Mechanik, mit der Abnahme des Umfangs an Schnelligkeit zunahm und dann ein Zeitpunkt kam, wo die zentrifugale Kraft über die zentripetale, welche die Elementarbestandteile dem Zentrum zutreibt, das Übergewicht bekam.

Dann wäre vor den Augen des Beobachters eine andere Erscheinung vorgegangen. Er hätte gewahrt, wie die Elementarteile in der Gegend des Äquators, gleich dem Stein einer Schleuder, deren Schnur plötzlich zerreißt, sich losmachten, und um die Sonne herum mehrere konzentrische Ringe gleich denen des Saturn bildeten; wie sodann diese aus dem Urstoff bestehenden Ringe für sich in eine Rundbewegung um die Zentralmasse fortgerissen zerbrachen und in Nebelgestirne untergeordneter Art, d.h. in Planeten, auflösten.

Hätte der Beobachter hierauf alle seine Achtsamkeit auf die Planeten gerichtet, so hätte er gewahrt, daß dieselben sich gerade wie die Sonne verhielten und einem oder mehreren kosmischen Ringen den Ursprung gaben, woraus jene Gestirne niederen Ranges entstanden, welche man Trabanten nennt.

So bekommt man denn, aufsteigend vom Atom zum Elementarteilchen, von diesem zum Nebelflekken und weiter zum Nebelgestirn und zum Hauptstern, von diesem zur Sonne, zu dem Planeten und seinen Trabanten – einen Begriff von der ganzen Reihe der Umbildungen, welche die Himmelskörper seit dem Ursprung der Welt erfuhren.

Die Sonne scheint sich in der Unermeßlichkeit der Sternenwelt zu verlieren, und dennoch gehört sie, der gegenwärtigen wissenschaftlichen Theorie nach, zu den Nebelflecken der Milchstraße. So klein sie auch inmitten der ätherischen Räume erscheinen mag, so ist sie doch Zentrum einer Welt und von enormer Größe, denn diese beträgt vierzehntausendmal die der Erde. Um sie herum kreisen acht Planeten, welche zur ersten Schöpfungszeit aus ihr selbst hervorgegangen sind. Diese sind, vom nächsten zum entferntesten weitergehend: Merkur, Venus, Erde, Mars, Jupiter, Saturn, Uranus und Neptun. Außerdem kreisen zwischen Mars und Jupiter regelmäßig noch andere weniger beträchtliche Himmelskörper, vielleicht unstete Trümmer eines in mehrere tausend Stücke zerbrochenen Gestirns, von welchen das Teleskop bis jetzt siebenundneunzig entdeckt hat.*

Von diesen abhängigen Körpern, welche die Sonne nach dem großen Gravitationsgesetz in ihrer elliptischen Bahn beherrscht, besitzen einige ihre eigenen Trabanten. Uranus hat deren acht, Saturn acht, Jupiter vier, Neptun vielleicht drei, die Erde einen; dieser, der einer der unbedeutendsten der Sonnenwelt ist, heißt *Mond:* derselbe, den das kühne Genie der Amerikaner zu erobern trachtete.

Das Nachtgestirn hat durch seine verhältnismäßige Nähe und die rasch erneuerte Anschauung seiner Phasen von allem Anfang an zugleich mit der Sonne die Aufmerksamkeit der Erdbewohner auf sich gezogen; aber die Sonne ermüdet beim Anblick, und der blendende Glanz ihres Lichtes nötigt ihre Beschauer, die Augen abzuwenden.

Die blonde Phöbe dagegen ist menschenfreundlicher, läßt sich gefällig in ihrer bescheidenen Anmut betrachten; sanft anzuschauen, wenig ehrgeizig, erlaubt sie sich doch zuweilen, ihren Bruder, den strahlenden Apollo, in Schatten zu stellen, ohne je von ihm

*Einige dieser Asteroiden sind so klein, daß man in einem Tage um sie herumgehen könnte.

verdunkelt zu werden. Die Mohammedaner haben in dankbarer Erkenntlichkeit gegen diese treue Freundin der Erde, ihre Monate nach ihrem Umlauf geregelt*.

Die Urvölker widmeten dieser keuschen Göttin einen besonderen Gottesdienst. Die Ägypter nannten sie Isis, die Phönizier Astarte, die Griechen verehrten sie unter dem Namen Phöbe, Tochter der Latona und Jupiters, und erklärten ihre Verfinsterungen durch die geheimnisvollen Besuche der Diana beim schönen Endymion. Der mythologischen Legende nach durchstreifte der Nemeische Löwe, bevor er auf der Erde erschien, die Gefilde Lunas, und der Dichter Agesianax verherrlichte in Versen die süßen Augen, die reizende Nase und den freundlichen Mund, welche die bestrahlten Teile der anbetungswürdigen Selene erkennen lassen.

Aber begriffen auch die Alten den Charakter, das Temperament, kurz, die moralischen Eigenschaften Lunas vom mythologischen Gesichtspunkt aus, so waren doch selbst die Gelehrtesten derselben in der Selenographie sehr unwissend.

Jedoch entdeckten einige Astronomen der frühesten Zeiten einige besondere Eigenschaften, welche zu heutiger Zeit von der Wissenschaft bestätigt wurden. Behaupteten die Arkadier, schon zu einer Zeit, da der Mond noch nicht existierte, auf der Erde gewohnt zu haben; hielt Simplicius ihn für unbeweglich am kristallenen Himmelsgewölbe befestigt; sah Tatius ihn als ein von der Sonnenscheibe abgetrenntes Fragment an; nahm des Aristoteles Schüler Klearch ihn als einen polierten Spiegel, auf welchem die Gebilde des Ozeans sich abstrahlten; sahen andere in demselben nur eine Anhäufung von Ausdünstungen

*29½Tage ungefähr.

der Erde oder eine Kugel, die halb aus Feuer, halb aus Eis bestand und sich um sich selbst bewegte: so gab es doch einige Gelehrte, die trotz des Mangels an optischen Instrumenten durch scharfsinnige Beobachtung die meisten Gesetze errieten, welchen das Nachtgestirn unterworfen ist.

Thales aus Milet äußerte 460 Jahre vor Christus die Meinung, der Mond sei von der Sonne erleuchtet; Aristarch zu Samos gab die richtige Erklärung seiner Phasen; Kleomenes lehrte, er strahle entliehenes Licht wider. Der Chaldäer Berosus machte die Entdeckung, daß die Dauer seiner Rundbewegung der seines Umlaufs gleich sei, und erklärte daraus die Tatsache, daß der Mond stets die nämliche Seite zeigt. Hipparch endlich, zwei Jahrhunderte vor der christlichen Zeitrechnung, erkannte einige Ungleichheiten in den anscheinenden Bewegungen des Erdtrabanten. Diese Beobachtungen bestätigten sich in der Folge und wurden den neuen Astronomen nützlich. Ptolemäus im zweiten Jahrhundert, der Araber Abul-Wefa im zehnten, vervollständigten des Hipparch Bemerkungen über die Ungleichheiten, welche der Mond im Verfolgen der wellenförmigen Linie seiner Bahn unter Einwirkung der Sonne zu erleiden hat. Später haben Kopernikus im fünfzehnten Jahrhundert und Tycho Brahe im sechzehnten das Weltsystem und die Rolle, welche der Mond unter den Himmelskörpern spielt, vollständig dargestellt.

Zu dieser Zeit wurden seine Bewegungen fast vollständig bestimmt; aber von seiner physischen Beschaffenheit wußte man wenig. Damals erklärte Galiläi die in gewissen Phasen eintretenden Lichterscheinungen durch die Existenz von Bergen, welchen er eine durchschnittliche Höhe von 4500 Toisen* bei-

*= 27000 par. Fuß.

legte.

Später setzte Helvetius, ein Astronom aus Danzig, die höchsten Angaben auf 2600 Toisen (15600 par. Fuß) herab; aber sein Genosse Riccioli kam wieder auf 7000 Toisen. Am Ende des achtzehnten Jahrhunderts beschränkte Herschel, der mit dem stärksten Teleskop bewaffnet war, diese Maße bedeutend, indem er für die höchsten Berge neunzehnhundert Toisen annahm, und als durchschnittliche Höhe nur vierhundert Toisen (2400 par. Fuß). Aber auch Herschel irrte noch, und es bedurfte der Beobachtungen von Schröter, Louville, Halley, Nasmyth, Bianchini, Pastorf, Lohrmann, Gruithuysen und besonders der ausdauernden Studien von Beer und Mädler, um die Frage entschieden zu lösen. Ihnen verdankt man es, daß man jetzt die Höhe der Mondberge genau kennt. Die letzteren beiden haben neunzehnhundertundfünf Berghöhen gemessen, von denen sechs zweitausendsechshundert Toisen überragen, zweiundzwanzig über 2400; ihr höchster Gipfel reicht bis an 3801 Toisen über der Mondfläche.

Zu gleicher Zeit wurde die Kenntnis von der Beschaffenheit des Mondes vollständiger; er zeigte sich voll Krater, und seine wesentlich vulkanische Natur ward durch jede Beobachtung bestätigt. Aus dem Mangel an Brechung der Lichtstrahlen bei den von ihm verdeckten Planeten schloß man, daß ihm eine Atmosphäre fast gänzlich fehle. Aus diesem Mangel an Luft war auf Mangel an Wasser zu schließen. Daraus ergab sich klar, daß die Seleniten, um zu leben, besonders organisiert und von den Bewohnern der Erde sehr verschieden sein müßten.

Endlich haben die infolge der neuen Methoden noch mehr vervollkommneten Instrumente den Mond unablässig untersucht und ließen keinen Punkt seiner Oberfläche undurchforscht, und doch mißt sein Durchmesser zweitausendfünfhundert Meilen, seine Oberfläche beträgt den dreizehnten Teil der Erdoberfläche, sein Umfang den neunundvierzigsten Teil der Erdkugel; aber dem Auge der Astronomen blieb keins seiner Geheimnisse verborgen, und diese geschickten Gelehrten gelangten mit ihren wundervollen Beobachtungen noch weiter.

So bemerkten sie, daß zur Zeit des Vollmondes die Scheibe an manchen Stellen von weißen Linien durchfurcht schien, zur Zeit der Phasen mit schwarzen. Durch genauere Studien glang es ihnen, über die Natur dieser Linien sich nähere Auskunft zu verschaffen. Es waren lange, enge Furchen, tief zwischen parallelen Rändern, welche meist in die Umkreise von Kratern ausliefen, von achthundert Toisen (4800 Fuß) Breite und zehn bis hundert Meilen Länge. Die Astronomen nannten sie Furchen (Streifen), das war aber auch alles; denn ob es ausgetrocknete Bette vormaliger Flüsse seien, konnten sie nicht bestimmt entscheiden. Daher hofften auch die Amerikaner, diese geologische Tatsache früher oder später ins reine zu bringen. Auch behielten sie sich vor, jene Reihe von parallelen Wällen zu durchforschen, welche der gelehrte Professor Gruithuysen zu München entdeckte, der sie für von seleniten Ingenieuren errichtete Befestigungswerke hielt. Diese beiden noch unklaren Punkte und unstreitig noch viele andere können wohl nicht eher als nach Herstellung einer direkten Verbindung mit dem Monde ins reine gebracht werden.

In Betreff der Stärke seines Lichtes war nichts weiter zu lernen; man wußte, daß dasselbe dreihunderttausendmal schwächer als das Sonnenlicht ist und daß seine Wärme nicht berechenbar auf die Thermometer wirkt. Was die unter dem Namen »aschfarbiges

Licht« bekannte Erscheinung betrifft, so ist sie natürlich durch die Wirkung der von der Erde auf den Mond zurückgeworfenen Sonnenstrahlen zu erklären, welche die Mondscheibe zu ergänzen scheinen, wann dieser in Form eines Halbmonds beim ersten und letzten Viertel zu sehen ist.

Diesen Stand der Kenntnisse, welche man über den Trabanten der Erde gewonnen hatte, in allen Gesichtspunkten, dem kosmographischen, geologischen, politischen und moralischen, zu vervollständigen, machte sich der Gun-Club zur Aufgabe.

Sechstes Kapitel

Was in den Vereinigten Staaten nun nicht mehr unbekannt sein kann, und was man nicht mehr glauben darf.

Barbicanes Vorschlag hatte zur unmittelbaren Folge, daß alle astronomischen Tatsachen, welche sich auf das Gestirn der Nacht bezogen, auf die Tagesordnung kamen. Jeder machte sich daran, dieselben eifrig zu studieren. Es schien, als sei der Mond zum ersten Male am Horizont aufgetreten und es habe ihn bisher noch niemand am Himmel gesehen. Luna wurde zur Mode: sie wurde Löwin des Tages, ohne deshalb weniger bescheiden aufzutreten, sie nahm ihren gebührenden Rang unter den »Gestirnen« ein, ohne darum mehr Stolz erkennen zu lassen. Die Journale wärmten die alten Anekdoten wieder auf, worin diese »Sonne der Wölfe« gepriesen wurde; sie erinnerten an den Einfluß, welchen die Unwissenheit früherer Zeiten ihr geliehen, und sangen ihre Loblieder in allen Tonarten; fast hätten sie bon mots von ihr zum Besten gegeben; ganz Amerika wurde mondsüchtig.

Die wissenschaftlichen Zeitschriften behandelten ihrerseits die mit der Unternehmung des Gun-Clubs zusammenhängenden Fragen spezieller; das Schreiben des Observatoriums zu Cambridge wurde von ihnen veröffentlicht, erläutert und rückhaltlos gebilligt.

Kurz, selbst dem mindest wissenschaftlichen Yankee war es nicht mehr gestattet, in Beziehung auf seinen Trabanten nur eine einzige Tatsache nicht zu kennen, sowenig wie der borniertesten alten Mistreß, ferner die in Betreff desselben gehegten abergläubischen Irrtümer gelten zu lassen. Die Wissenschaft gelangte unter allen Formen zu ihnen, drang durch die Augen und Ohren in ihren Geist; es war nicht mehr möglich, ferner ein Esel zu sein ... in Sachen der Astronomie.

Bisher war es vielen Leuten unbekannt, wie man die Entfernung des Mondes von der Erde zu berechnen imstande war. Man benützte diesen Umstand, sie zu belehren, daß man diese Kenntnis durch Messung der Parallaxe des Mondes gewinne. Waren sie über dieses Wort betroffen, so sagte man ihnen, so heiße man den Winkel, welchen zwei gerade Linien bildeten, die man von den beiden Enden des Erddurchmessers zu dem Monde hinzog. Zweifelten sie an der Zulänglichkeit dieser Methode, so bewies man ihnen unmittelbar, nicht allein, daß dieser mittlere Abstand wohl zweihundertvierunddreißigtausenddreihundertsiebenundvierzig (engl.) Meilen (= vierundneunzigtausenddreihundertunddreißig Lieues) betrug, sondern auch, daß die Astronomen sich nicht um siebzig Meilen irrten.

Denen, welche mit den Bewegungen des Mondes nicht genau bekannt waren, erklärten die Journale täglich, daß er zwei verschiedene Bewegungen habe, erstens die Umdrehung um seine Achse und zweitens den Umlauf um die Erde, welche beide Bewegungen in gleicher Zeit vorgingen, nämlich binnen siebenundzwanzigundeinemdrittel Tag.

Die Umdrehung um seine Achse bewirkt für die Mondoberfläche Tag und Nacht; nur daß es binnen eines Monats auf dem Mond nur *einen* Tag gibt und nur eine Nacht, von denen jedes dreihundertvierundfünfzigundeindrittel Stunden dauert. Aber zum Glück ist die der Erde zugekehrte Seite von dieser mit einem Licht bestrahlt, welches vierzehnmal stärker als das Mondlicht ist. Die andere, stets unsichtbare Seite hat natürlich dreihundertvierundfünfzig Stunden absolute Nacht, welche nur durch das schwache Licht, das von den Sternen her ihr zufällt, gemildert wird. Diese Erscheinung rührt einzig von der Eigentümlichkeit her, daß die Bewegungen der Umdrehung und des Umlaufs in vollständig gleicher Zeit vor sich gehen; eine Erscheinung, die nach Cassini und Herschel auch bei den Trabanten Jupiters, und sehr wahrscheinlich bei allen anderen Trabanten vorkommt.

Manche recht gescheite, aber etwas starre Köpfe begriffen nicht sogleich, daß, wenn der Mond bei seinem Umlauf um die Erde derselben stets das nämliche Antlitz zuwendet, er während derselben Zeit sich dabei um sich selber dreht. Zu diesen sagte man: »Treten Sie in Ihren Speisesaal, und gehen Sie um den Tisch herum, so daß Sie den Blick stets dem Zentrum zuwenden; wenn Sie mit diesem Rundgang fertig sind, findet sich, daß Sie zugleich sich selbst umgedreht haben, denn Ihr Auge hat nach und nach alle Punkte des Saals angeblickt. Nun! Der Saal ist der Himmel, der Tisch ist die Erde, und der Mond sind Sie!« – Und sie waren höchlich befriedigt durch den

Vergleich.

Also, der Mond zeigt der Erde unablässig dieselbe Seite; doch muß man, um exakt zu sein, beifügen, daß er, infolge einer gewissen schwankenden Bewegung von Norden nach Süden und von Westen nach Osten, welche man »Libration« nennt, etwas mehr als die Hälfte seiner Scheibe, nämlich ungefähr siebenundfünfzig Hundertteile, sehen läßt.

Als die Unwissenden über die Rundbewegung des Mondes ebensoviel wußten wie der Direktor des Observatoriums zu Cambridge, beunruhigten sie sich über seine Umlaufbewegung um die Erde, und zwanzig wissenschaftliche Zeitschriften waren rasch bei der Hand, sie zu belehren. Sie lernten dabei, daß das Firmament mit seinen unzähligen Sternen wie ein großes Ziffernblatt angesehen werden kann, worauf der Mond herumspaziert und allen Erdbewohnern die richtige Stunde angibt; daß das Nachtgestirn bei dieser Bewegung seine verschiedenen Phasen zeigt; daß es Vollmond ist, wenn er auf der der Sonne entgegengesetzten Seite (in Opposition) steht, d.h. die drei Gestirne in derselben Linie, in der Mitte die Erde; Neumond dagegen, wenn er seinen Stand zwischen der Erde und der Sonne hat (mit ihr in Konjunktion ist); endlich, daß der Mond in seinem ersten oder letzten Viertel sich befindet, wenn er an der Spitze eines rechten Winkels steht, welchen die beiden Linien, nach der Sonne und der Erde hin, bilden.

Einige scharfsinnige Yankees zogen daraus den Schluß, daß die Verfinsterungen nur zur Zeit der Konjunktion oder Opposition stattfinden könnten, und sie urteilten richtig. Im Stand der Konjunktion vermag der Mond die Sonne zu verfinstern, während bei der Opposition die Erde ihn verfinstern kann, und daß nur deshalb die Finsternisse nicht zweimal bei jedem Mondumlauf eintreten, weil die Ebene der Mondbewegung gegen die Ekliptik, d. h. die Bahn der Erdbewegung, geneigt ist.

Was die Höhe betrifft, welche das Nachtgestirn über dem Horizont einnehmen kann, so hatte das Schreiben des Observatoriums in der Hinsicht alles gesagt. Jeder wußte, daß diese Höhe sich nach dem Breitengrad des Beobachters ändert. Aber die einzige Zone, für welche der Mond im Zenit, d. h. gerade über dem Scheitel seiner Bewohner, stehen kann, liegt nur zwischen dem Äquator und dem achtundzwanzigsten Grad südlicher wie nördlicher Breite. Deshalb wurde so dringend empfohlen, das Experiment nur auf einem Punkt innerhalb dieser Zone vorzunehmen, damit man das Geschoß senkrecht abschleudern und um so schneller der Wirkung der Schwere entziehen könne. Das Gelingen des Vorhabens war an diese wesentliche Bedingung geknüpft und die öffentliche Meinung mußte sich daher lebhaft dafür interessieren.

In Betreff der Linie, welche der Mond bei seiner Bahn um die Erde beschreibt, hatte das Observatorium zu Cambridge hinlänglich auch den Ignoranten aller Länder gezeigt, daß dieselbe nicht ein Kreis ist, sondern eine Ellipse, worin sich die Erde an einem der Brennpunkte befindet. Diese elliptischen Bahnen finden sich bei allen Planeten wie bei allen Trabanten, und die rationelle Mechanik beweist mit aller Schärfe, daß es nicht anders möglich ist. Selbstverständlich begriff man, daß die Erdferne des Mondes seinen Stand an demjenigen Punkt seiner Bahn bedeute, welcher am weitesten von der Erde ab liegt, seine Erdnähe den an dem nächsten bei derselben.

Dieses also mußte jeder Amerikaner, er mochte wollen oder nicht, wissen, und anständigerweise konnte niemand darin unwissend sein. Aber verbreiteten sich auch dergestalt rasch die richtigen Ansichten, so war es nicht so leicht, eine Menge Irrtümer, manche falsche Besorgnisse auszurotten.

So behaupteten z. B. manche wackeren Leute, der Mond sei ein vormaliger Komet, der bei seiner verlängerten Bahn um die Sonne in der Nähe der Erde vorbeigekommen und in ihrem Anziehungskreis festgehalten worden sei. Diese Salon-Astronomen meinten, damit das verbrannte Aussehen des Mondes zu erklären. Man brauchte ihnen aber nur die Bemerkung zu machen, daß die Kometen eine Atmosphäre haben, der Mond keine oder sehr wenig, und sie wußten nichts darauf zu erwidern.

Andere äußerten hinsichtlich des Mondes gewisse Besorgnisse. Sie hatten gehört, seit den zur Zeit der Kalifen gemachten Beobachtungen nehme seine Umlaufbewegung an Schnelligkeit in gewissem Verhältnis zu. Daraus folgerten sie ganz logisch, daß einer beschleunigten Bewegung eine Verminderung des Abstandes beider Gestirne entsprechen müsse und daß, wenn diese doppelte Wirkung ins Unendliche fortdauere, am Ende der Mond einmal auf die Erde fallen müsse. Doch sie mußten ihre Besorgnisse um die zukünftigen Generationen aufgeben, als man sie lehrte, daß nach Laplaces Berechnungen diese Beschleunigung der Bewegung sich in sehr engen Schranken hält und eine verhältnismäßige Verminderung unfehlbar darauf folgen werde, demnach eine Störung des Gleichgewichts in der Sonnenwelt in Zukunft nicht stattfinden könne.

Nun blieben noch die abergläubischen Ignoranten, welche sich nicht darauf beschränkten, nichts zu wissen, vielmehr wissen, was nicht ist; und hinsichtlich des Mondes wußten sie ein Langes und Breites. Die einen sahen seine Scheibe wie einen Polierspiegel an, vermittelst dessen man an verschiedenen Punkten der Erde sich sehen und seine Gedanken mitteilen könne. Andere behaupteten, bei tausend Neumonden, die man beobachtete, seien auf neunhundertundfünfzig erhebliche Veränderungen erfolgt, Überschwemmungen, Revolutionen, Erdbeben usw.; sie glaubten daher an einen mysteriösen Einfluß des Nachtgestirns auf die menschlichen Schicksale; sie meinten, jeder Erdbewohner stehe durch ein Band der Sympathie mit einem Mondbewohner in Verbindung; mit dem Doktor Mead behaupteten sie, das Lebenssystem sei ihm völlig unterworfen, Knaben würden nur zur Zeit des Neumonds geboren, Mädchen zur Zeit des letzten Viertels usw. usw. Aber endlich mußten sie diese Irrtümer aufgeben; und wenn der Mond, seitdem er seines Einflusses beraubt ist, in den Augen gewisser Leute, die allen Mächtigen den Hof machen, gesunken ist, wenn manche ihm den Rücken kehrten, so erklärte sich die immense Majorität zu seinen Gunsten. Die Yankees hatten keinen anderen Ehrgeiz mehr als den, von diesem neuen Kontinent der Lüfte Besitz zu ergreifen und das Sternenbanner der Vereinigten Staaten Amerikas auf seinem höchsten Gipfel aufzupflanzen.

Siebentes Kapitel

Loblied der Kugel

Das Observatorium zu Cambridge hatte in seinem merkwürdigen Schreiben vom 7. Oktober die Frage vom astronomischen Gesichtspunkte aus behandelt; nun handelte sich's um die technische Lösung derselben. In jedem anderen Lande hätte man die praktischen Schwierigkeiten für unüberwindlich gehalten. In Amerika war's nur ein Spiel.

Ohne Zeit zu verlieren, hatte der Präsident Barbicane im Schoße des Gun-Clubs ein Ausführungskomitee ernannt. Dieses sollte in drei Sitzungen die drei großen Fragen, der Kanone, des Projektils und des Pulvers, beleuchten. Es waren vier sehr sachverständige Mitglieder: Barbicane mit überwiegender Stimme bei Stimmengleichheit, der General Morgan, der Major Elphiston und der unvermeidliche J. T. Maston als berichterstattender Sekretär.

Am 8. Oktober versammelte sich das Komitee bei dem Präsidenten Barbicane, 3 *Republican Street.* Da bei einer so ernsten Beratung der Magen keine Störung machen durfte, so war der Tisch, woran die vier Mitglieder des Gun-Clubs Platz nahmen, mit Sandwichs* und ansehnlichen Teekannen besetzt. Sogleich befestigte Maston seine Feder an seinem eisernen Haken**, und die Sitzung begann.

Barbicane ergriff das Wort:

»Liebe Kollegen«, sprach er, »wir haben eins der wichtigsten Probleme der Ballistik zu lösen, der Wissenschaft, welche sich mit der Bewegung der Projektile beschäftigt, d. h. der Körper, welche durch irgend-

*Bemmen mit Fleisch usw.

**Welcher dem Invaliden die rechte Hand ersetzte.

eine Treibkraft in den Raum hinausgeschleudert, dann sich selbst überlassen werden.«

»Oh! Die Ballistik! Die Ballistik!« rief J. T. Maston mit gerührter Stimme.

»Vielleicht«, fuhr Barbicane fort, »wäre es richtiger gewesen, diese erste Sitzung der Besprechung der Maschine zu widmen ...«

»Jawohl!« erwiderte der General Morgan.

»Doch schien mir«, fuhr Barbicane fort, »nach reiflicher Erwägung die Frage des Projektils vorausgehen zu müssen, da von dem letzteren die Dimensionen der ersteren abhängen müssen.«

»Ich bitte ums Wort«, rief J. T. Maston.

Es wurde ihm gerne vergönnt.

»Meine tapferen Freunde«, sagte er mit gehobener Stimme, unser Präsident hat recht, dem Projektil den Vorrang zu geben. Diese Kugel, welche wir auf den Mond schleudern wollen, ist unser Abgesandter, und ich möchte mir erlauben, denselben vom rein moralischen Gesichtspunkt aus in Betracht zu nehmen.«

Diese ungewöhnliche Betrachtungsweise eines Projektils reizte ausnehmend die Neugierde der Komiteemitglieder; sie schenkten daher den Worten Mastons die gespannteste Aufmerksamkeit.

»Liebe Kollegen«, fuhr dieser fort, »ich will mich kurz fassen; ich lasse die physische Kugel, welche tötet, beiseite, um nur die mathematische, die moralische, zu betrachten. Ich erkenne in der Kugel die glänzendste Kundgebung der Macht des Menschen; bei ihrer Schöpfung hat sich der Mensch am meisten dem Schöpfer genähert.«

»Sehr gut!« sagte der Major Elphiston.

»Wahrhaftig«, rief der Redner, »wie Gott die Sterne und die Planeten geschaffen hat, so schuf der

Mensch die Kugel, das Nachbild der im Weltenraum schweifenden Gestirne, die in Wahrheit nur Projektile sind! Gott schuf die Schnelligkeit der Elektrizität, des Lichtes, der Sterne, der Kometen, Planeten und Trabanten, die Schnelligkeit des Tons, des Windes! Wir aber die Schnelligkeit der Kugel, welche die der Bahnzüge und der flüchtigsten Rennpferde hundertmal übertrifft!«

J. T. Maston war begeistert; er sang dieses Loblied mit lyrischem Schwung.

»Zahlen sprechen mit Beredsamkeit«, fuhr er fort. »Nehmen Sie nur den bescheidenen Vierundzwanzigpfünder; fliegt er auch achthunderttausendmal weniger rasch als die Elektrizität, sechshundertundvierzigtausendmal minder schnell als das Licht, sechsundsiebzig mal minder schnell, als die Erde sich um die Sonne bewegt, so übertrifft er doch, wenn er aus der Kanone herauskommt, bereits die Schnelligkeit des Tones, macht in der Sekunde zweihundert Toisen (= 1200 par. Fuß), zweitausend in zehn, vierzehn (engl.) Meilen (sechs Lieues) in der Minute, achthundertundvierzig Meilen in der Stunde (vierhundertsechzig Lieues), zwanzigtausendeinhundert Meilen (achttausendsechshundertvierzig Lieues) im Tag, d.h. die Schnelligkeit der Punkte des Äquators bei seiner Umdrehung um seine Achse, sieben Millionen dreihundertsechsunddreißigtausendfünfhundert Meilen (drei Millionen einhundertfünfundfünfzigtausendsiebenhundertsechzig Lieues) im Jahr. Er würde also in elf Tagen zum Monde gelangen, in zwölf Jahren bis zur Sonne. Das könnte diese bescheidene Kugel, unserer Hände Werk! Was wäre es, wenn wir ihm diese Schnelligkeit zwanzigfach gäben! Ach! Prachtvolle Kugel! Ich denke wohl, man wird dich dort oben als Abgesandten der Erde mit gebührenden Ehren empfangen!«

Die Rede wurde mit Hurra aufgenommen und Maston von seinen Kollegen mit Glückwünschen begrüßt.

»Und nun«, sagte Barbicane, »nachdem wir der Poesie Raum gegeben, »lassen Sie uns die Frage direkt anfassen.«

»Wir sind dazu bereit«, erwiderten die Mitglieder des Komitees und verschlangen jeder ein halbes Dutzend Sandwichs.

»Sie kennen unsere Aufgabe«, fuhr der Präsident fort; es handelt sich darum, einem Projektil die Geschwindigkeit von zwölftausend Yards* in der Sekunde zu geben. Ich darf wohl glauben, daß wir dieses erreichen können. Zunächst mustern wir die bis jetzt erzielten Geschwindigkeiten; der General Morgan wird imstande sein, uns darüber zu unterhalten.«

»Um so leichter«, erwiderte der General, »als ich während des Krieges der Kommission für die Experimente angehörte. Ich bemerke daher, daß Dahlgreens Cent-Kanonen, welche zweitausendfünfhundert Toisen (fünfzehntausend Fuß) weit trugen, ihrem Projektil eine anfängliche Geschwindigkeit von fünfhundert Yards in der Sekunde gaben.«

»Gut. Und die Columbiade** Rodman?« fragte der Präsident.

»Die beim Fort Hamilton nächst New York verwendete Columbiade Rodman schleuderte eine Kugel von einer halben Tonne*** Gewicht sechs Meilen weit mit einer Schnelligkeit von achthundert Yards in der Sekunde, ein Resultat, das Armstrong und Palliser in England niemals erreichten.«

»Ja! Die Engländer!« sagte J. T. Maston mit einer

*Engl. Elle = drei Fuß.

**Diesen Namen gaben die Amerikaner ihren Riesenkanonen.

***Fünfhundert Kilogramm.

drohenden Bewegung nach Osten.

»Also«, fuhr Barbicane fort, »diese achthundert Yards wären die größte bis jetzt erzielte Geschwindigkeit.«

»Ja«, erwiderte Morgan.

»Doch will ich bemerken«, fiel J. T. Maston ein, »wäre mein Mörser nicht zersprungen . . .«

»Ja, aber er ist doch zersprungen«, entgegnete Barbicane mit wohlwollender Handbewegung. Wir haben also diese Geschwindigkeit von achthundert Yards als Ausgangspunkt zu nehmen. Wir müssen sie zwanzigfach erzielen. Da wir nun die Beratung über die Mittel, solch eine Geschwindigkeit zu bekommen, für eine andere Sitzung bestimmt haben, so will ich, werte Kollegen, Ihre Aufmerksamkeit auf die Dimensionen richten, welche wir der Kugel geben müßten. Sie sehen wohl, daß sich's nicht mehr um Projektile von einer halben Tonne handelt!«

»Warum nicht?« fragte der Major.

»Weil diese Kugel«, fiel Maston lebhaft ein, »groß genug sein muß, um die Aufmerksamkeit der Mondbewohner, wenn's deren gibt, auf sich zu ziehen.«

»Ja«, erwiderte Barbicane, »und noch aus einem anderen wichtigen Grunde.«

»Was meinen Sie damit, Barbicane«, fragte der Major.

»Ich meine, es genüge nicht, ein Projektil fortzuschleudern und sich nicht weiter darum zu bekümmern; wir müssen ihm folgen bis zu dem Moment, wo es am Ziele anlangen wird.

»Hm!« äußerten sich der General und der Major etwas überrascht.

»Allerdings«, fuhr Barbicane fort, »oder unser Experiment wird kein Resultat haben.«

»Aber dann«, erwiderte der Major, »wollen Sie

dem Projektil enorme Dimensionen geben?«

»Nein. Hören Sie gefälligst. Sie wissen, daß die optischen Instrumente eine große Vollkommenheit erlangt haben; mit einigen Teleskopen hat man bereits sechstausendfache Vergrößerungen erlangt, so daß man damit den Mond bis auf vierzig englische Meilen nahe gebracht hat. In dieser Entfernung nun sind Gegenstände von sechzig Fuß Umfang völlig sichtbar. Hat man die Schärfe der Teleskope noch nicht weiter gebracht, so geschah es, weil dies nur auf Kosten der Klarheit möglich ist. Da nun der Mond ein schwaches reflektiertes Licht hat, so kann man nicht auf eine weitere Vergrößerung denken.«

»Nun! Was wollen Sie also machen?« fragte der General. »Werden Sie Ihrem Projektil einen Durchmesser von sechzig Fuß geben?«

»Nein!«

»Also wollen Sie dem Mond mehr Leuchtkraft geben?«

»Jawohl.«

»Nun, das ist stark!« rief J. T. Maston aus.

»Ja, sehr einfach«, erwiderte Barbicane. »In der Tat, wenn es mir gelingt, die Dichtheit der Atmosphäre, welche das Mondlicht zu durchdringen hat, zu vermindern, wird dadurch nicht dieses Licht stärker leuchten?«

»Unstreitig.«

»Nun denn! Zu diesem Zweck wird es genügen, ein Teleskopf auf einem hohen Berg aufzustellen.«

»Ich ergebe mich«, erwiderte der Major. »Was haben Sie für eine Art, die Dinge zu vereinfachen ...! Und welche Verstärkung hoffen Sie dadurch zu erlangen?«

»Achtundvierzigtausendmal, wodurch der Mond auf fünf Meilen nahe gebracht wird; und um sichtbar zu sein, brauchen die Gegenstände nur neun Fuß Durchmesser zu haben.«

»Vortrefflich!« rief Maston. »Unser Projektil wird also neun Fuß Durchmesser bekommen?«

»Jawohl.«

»Erlauben Sie mir indessen zu bemerken«, sprach der Major Elphiston, »daß es dann noch ein Gewicht hat . . .«

»Oh! Major«, erwiderte Barbicane, »ehe wir sein Gewicht besprechen, lassen Sie mich anführen, daß unsere Väter in der Hinsicht Wunderbares leisteten. Ich bin weit entfernt zu behaupten, die Ballistik habe keine Fortschritte gemacht, aber es ist doch zu merken, daß man bereits im Mittelalter erstaunliche Resultate erzielte, ich darf sagen, erstaunlichere, als unsere sind.«

»Zum Beispiel!« entgegnete Morgan.

»Beweisen Sie, was Sie sagen«, rief lebhaft J. T. Maston.

»Nichts leichter als dies«, erwiderte Barbicane, »ich kann Beispiele anführen. Bei der Belagerung Konstantinopels durch Mahomet II. im Jahre 1543 warf man steinerne Kugeln, die wogen neunzehnhundert Pfund und waren wohl hübsch groß.«

»Oh! Oh«, sagte der Major, »neunzehn Zentner ist eine starke Ziffer!«

»Zur Zeit der Malteserritter war auf dem Fort St. Elme eine Kanone, die warf Projektile von zweitausendfünfhundert Pfund.«

»Nicht möglich!«

»Endlich, nach einem französischen Geschichtsschreiber unter Louis XI., gab's einen Mörser, der warf eine Bombe, zwar nur von fünfhundert Pfund; aber diese Bombe flog von der Bastille, wo die Gescheiten von den Narren eingeschlossen wurden, bis nach Charenton, wo die Narren von den Gescheiten eingesperrt werden.«

»Sehr gut!« sagte J. T. Maston.

»Was haben wir seitdem erlebt, kurz zu sagen? Die Armstrong-Kanonen werfen Fünfhundertpfünder, Rodmans Columbiade Projektile von einer halben Tonne! Es scheint demnach, die Projektile haben an Tragweite gewonnen, an Gewicht verloren. Wenn wir nun unsere Bemühungen nach dieser Seite hin richten, müssen wir, vermöge des Fortschritts der Wissenschaft, es dahin bringen, das zehnfache Gewicht der Kugeln Mahomets II. und der Malteser zu erzielen.«

»Offenbar«, erwiderte der Major, »aber welches Metall denken Sie für das Projektil zu verwenden?«

»Gußeisen, ganz einfach«, sagte der General Morgan.

»Pfui! Gußeisen!« rief Maston verächtlich. »Das ist doch zu gemein für eine Kugel, die den Mond besuchen soll.«

»Lassen wir die Übertreibungen, mein ehrenwerter Freund«, erwiderte Morgan; »Gußeisen genügt.«

»Nun!« fuhr der Major Elphiston fort, »dann wird, weil das Gewicht der Kugel im Verhältnis zu ihrem Umfang steht, eine Kugel von Gußeisen mit einem Durchmesser von neun Fuß immer noch ein furchtbares Gewicht haben!«

»Ja, wenn massiv; nicht aber, wenn sie hohl ist«, sagte Barbicane.

»Hohl? Also eine Haubitz-Granate?«

»In die man Depeschen stecken kann und Pröbchen von unseren Produkten?«

»Ja, eine Hohlkugel«, erwiderte Barbicane, »muß es durchaus sein; eine massive von hundertundacht Zoll würde über zweihunderttausend Pfund wiegen, ein offenbar zu beträchtliches Gewicht; doch da man dem Geschoß eine gewisse Festigkeit bewahren muß, so schlage ich vor, ihm ein Gewicht von fünftausend Pfund zu geben.«

»Wie dick sollen denn die Wände sein?« fragte der Major.

»Dem regelmäßigen Verhältnis nach«, versetzte Morgan, »verlangt ein Durchmesser von hundertundacht Zoll mindestens zwei Fuß dicke Wände.«

»Das wäre viel zuviel«, erwiderte Barbicane; »bemerken Sie wohl, es handelt sich hier nicht um eine Kugel, die Platten durchbohren soll; die Wände brauchen nur so stark zu sein, um dem Druck des Pulvergases widerstehen zu können. Also stellt sich die Frage: wie dick muß eine Hohlkugel von Gußeisen sein, die nur zwanzigtausend Pfund wiegen soll? Unser geschickter Berechner, der wackere Maston, wird's uns unverzüglich sagen können.«

»Nichts ist leichter«, versetzte der ehrenwerte Sekretär des Komitees. Bei diesen Worten schrieb er einige algebraische Formeln nieder; aus seiner Feder kamen π und χ in zweiter Potenz. Es hatte sogar das Ansehen, als ziehe er, ohne nur anzurühren, eine gewisse Kubikwurzel aus; darauf sprach er:

»Die Wände brauchen kaum zwei Zoll dick zu sein.«

»Sollte das hinreichen?« fragte der Major mit zweifelnder Miene.

»Nein«, erwiderte der Präsident, »sicherlich nicht.«

»Nun! Was ist dann zu tun?« fuhr Elphiston etwas verlegen fort.

»Wir nehmen ein anderes Metall.«

»Kupfer?« sagte Morgan.

»Nein, das ist auch zu schwer; ich habe Ihnen etwas Besseres vorzuschlagen.«

»Was denn?« sagte der Major.

»Aluminium«, erwiderte Barbicane.

»Aluminium!« riefen die drei Kollegen des Präsidenten.

»Ganz gewiß, meine Freunde. Sie wissen, daß es einem berühmten französischen Chemiker, Sainte-Claire-Deville, im Jahre 1854 gelungen ist, Aluminium in fester Masse darzustellen. Dieses köstliche Metall ist weiß wie Silber, unveränderlich wie Gold, zäh wie Eisen, schmelzbar wie Kupfer und leicht wie Glas; leicht zu bearbeiten, in der ganzen Natur sehr verbreitet – denn es bildet die Basis der meisten Gesteine –, ist es dreimal leichter als Eisen, und es scheint ganz dazu geschaffen zu sein, um für unser Projektil den geeigneten Stoff zu liefern!«

»Hurra dem Aluminium!« rief der Sekretär des Komitees.

»Aber, lieber Präsident«, sagte der Major, »ist das Aluminium nicht sehr teuer?«

»Das war es im Anfang«, erwiderte Barbicane, »da kostete das Pfund zweihundertundsechzig bis zweihundertundachtzig Dollar*; hernach sank es auf siebenundzwanzig Dollar, nun gilt es nur neun Dollar.«

»Aber neun Dollar das Pfund«, erwiderte der Major, »ist noch enorm teuer.«

»Allerdings, lieber Major, ist der Preis hoch, aber doch aufzubringen.«

»Wie schwer wird dann das Projektil wiegen?« fragte Morgan.

»Ich will Ihnen das Ergebnis meiner Berechnungen sagen«, erwiderte Barbicane. »Eine Kugel von hundertundacht Zoll** Durchmesser und zwölf Zoll

*= eintausendfünfhundert Frs.; ein Dollar = 4 M. 15 Pf. = 2 Fl. 50 Kr.
**Ein amerikanischer Zoll = 25 Millimeter.

Dicke würde in Gußeisen siebenundsechzigtausendvierhundertundvierzig Pfund wiegen; aus Aluminium gegossen, würde ihr Gewicht auf neunzehntausendzweihundertundfünfzig Pfund herabsinken.«

»Vortrefflich!« rief Maston. »Das paßt ja in unser Programm.«

»Vortrefflich! Vortrefflich!« erwiderte der Major. »Aber wissen Sie nicht, was bei einem Preis von achtzehn Dollar per Pfund das Projektil kosten wird . . .«

»Hundertdreiundsiebzigtausendzweihundertfünfzig Dollar*, ich weiß es genau; aber haben Sie keine Besorgnisse, meine Freunde, an Geld wird's für unser Unternehmen nicht fehlen, ich stehe dafür.«

»Es wird in unsere Kassen regnen.«

»Nun, was halten Sie vom Aluminium?« fragte der Präsident.

»Angenommen«, riefen sie einstimmig.

»Auf die Form des Projektils kommt wenig an«, fuhr Barbicane fort, »weil dasselbe, wenn es einmal über der Atmosphäre ist, sich im leeren Raum befindet; ich schlage also eine runde Kugel vor, die nach Belieben sich um sich selbst drehen kann.«

So endete die erste Sitzung des Komitees; die Frage des Projektils war entschieden, und J. T. Maston war hoch erfreut bei dem Gedanken, eine Kugel von Aluminium abzusenden, »was den Seleniten eine recht hübsche Idee von den Erdbewohnern geben würde«!

---

* = Neunhundertachtundzwanzigtausendvierhundertsiebenunddreißig Frs. fünfzig C.

Achtes Kapitel

Geschichte der Kanone

Die in der ersten Sitzung gefaßten Beschlüsse erregten großes Aufsehen. Manche schüchterne Leute erschraken ein wenig beim Gedanken, eine Kugel von zwanzigtausend Pfund durch den Raum zu schleudern. Man fragte sich, welche Kanone jemals imstande wäre, einer solchen Masse eine hinreichende Anfangsgeschwindigkeit zu geben. Das Protokoll der zweiten Komiteesitzung sollte diese Frage siegreich beantworten.

Den folgenden Abend nahmen die vier Mitglieder des Gun-Clubs abermals vor Bergen von Sandwichs und einem Ozean von Tee Platz. Die Beratung begann sogleich, diesmal ohne einleitende Vorrede.

»Liebe Kollegen«, sagte Barbicane, »wir haben uns nun mit der zu konstruierenden Maschine zu beschäftigen, ihrer Länge, Gestalt, Zusammensetzung und Gewicht. Möglich, daß wir derselben werden riesenmäßige Dimensionen geben müssen; aber so groß auch die Schwierigkeiten sein werden, unser industrielles Genie wird sie leicht überwinden. Hören Sie mich also gefälligst an und verschonen mich nicht mit treffenden Einwendungen. Ich fürchte sie nicht!«

Diese Erklärung wurde mit beifälligem Brummen aufgenommen.

»Behalten wir im Sinn«, fuhr Barbicane fort, »an welchem Punkt unsere gestrige Beratung angelangt ist; die Aufgabe stellt sich nun unter folgender Form: einer Hohlkugel von hundertundacht Zoll Durchmesser und zwanzigtausend Pfund Gewicht eine Anfangsgeschwindigkeit von zwölftausend Yards in der Sekunde zu geben.«

»Das ist in der Tag jetzt die Aufgabe«, erwiderte der Major Elphiston.

»Wenn also«, fuhr Barbicane fort, »ein Projektil in den Raum hinausgeschleudert worden ist, was geht dann vor? Es ist der Einwirkung von drei unabhängigen Kräften ausgesetzt, dem Widerstand der Umgebung, der Anziehung von der Erde und der ihm einwohnenden Treibkraft. Betrachten wir diese drei Kräfte näher. Der Widerstand der Umgebung, d.h. der Luft, wird unbedeutend sein. In der Tat erstreckt sich die Atmosphäre der Erde nur auf vierzig englische Meilen. Bei einer Geschwindigkeit von zwölftausend Yards (achtundvierzigtausend Fuß) wird das Projektil sie in fünf Sekunden durchlaufen. Nehmen wir sodann die Anziehungskraft der Erde, d.h. Schwere der Kugel. Wir wissen, daß diese Schwerkraft im umgekehrten Verhältnis des Quadrats der Entfernung abnimmt. Die Physik lehrt uns nun Folgendes: Wenn ein sich selbst überlassener Körper auf die Oberfläche der Erde fällt, so ist das Maß dafür in der ersten Sekunde fünfzehn Fuß, und wenn derselbe Körper in eine Entfernung von zweihundertsiebenundfünfzigtausendfünfhundertzweiundvierzig Meilen, mit anderen Worten in die Entfernung des Mondes, versetzt ist, so beträgt sein Fall in der ersten Sekunde etwa eine halbe Linie. Das ist beinahe Unbeweglichkeit. Es handelt sich also darum, diese Widerstandskraft nach und nach zu überwinden. Wie erreichen wir dies? Durch die treibende Kraft.

»Darin liegt eben die Schwierigkeit«, erwiderte der Major.

»Jawohl, darin«, fuhr der Präsident fort, »aber wir werden sie überwinden; denn diese treibende Kraft, welcher wir bedürfen, ergibt sich aus der Länge des Geschützes und aus der Menge des verwendeten Pulvers, indem diese nur durch den Widerstand jener beschränkt ist. Beschäftigen wir uns also heute mit den Dimensionen, welche man der Kanone geben muß. Wohl verstanden, daß wir sie unter sozusagen unbegrenzten Widerstandsbedingungen aufstellen können, weil sie nicht zum Manövrieren bestimmt ist.«

»Das ist alles sonnenklar«, erwiderte der General.

»Bisher«, sagte Barbicane, »sind unsere längsten Kanonen, die enormen Columbiaden, nicht über fünfundzwanzig Fuß lang gewesen; wir werden daher unserer Columbiade Dimensionen geben müssen, welche manche in Erstaunen versetzen.«

»Ja, ganz gewiß!« rief Maston. »Ich meinesteils verlange eine Kanone, die mindestens eine halbe (englische) Meile lang ist.«

»Eine halbe Meile!« riefen der Major und der General.

»Ja! Eine halbe Meile, und das wird noch um die Hälfte zu kurz sein.«

»Aber, Maston«, erwiderte Morgan, »Sie übertreiben.«

»Nein!« entgegnete der heißblütige Sekretär, »und ich weiß wahrhaftig nicht, weshalb Sie mich der Übertreibung beschuldigen.«

»Weil Sie zu weit gehen!«

»Wissen Sie, mein Herr«, versetzte Maston mit stolzer Miene, »daß ein Artillerist wie eine Kugel niemals zu weit gehen kann?«

Da die Unterredung persönlich wurde, legte sich der Präsident ins Mittel.

»Seien wir ruhig, Freunde, und überlegen wir; es muß offenbar eine Kanone von langem Lauf sein, weil die Länge des Stücks die Spannkraft des unter dem Projektil angesammelten Gases vermehren wird, aber man braucht nicht gewisse Grenzen zu überschreiten.«

»Ganz recht«, sagte der Major.

»Welche Regeln befolgt man gewöhnlich in solchem Fall? In der Regel ist eine Kanone zwanzig bis fünfundzwanzigmal so lang als der Durchmesser der Kugel, und sie wiegt zweihundertundfünfunddreißig- bis -vierzigmal soviel als diese.«

»Das genügt nicht«, rief Maston ungestüm.

»Ich geb's wohl zu, mein würdiger Freund, und in der Tat würde diesem Verhältnis nach ein Projektil von neun Fuß Durchmesser und dreißigtausend Pfund schwer nur eine Maschine von zweihundertundfünfundzwanzig Fuß Länge und sieben Millionen zweimal hunderttausend Pfund Gewicht erfordern.«

»Lächerlich«, rief Maston. »Ebensogut nähme man eine Pistole!«

»Das denk ich auch«, erwiderte Barbicane. »Deshalb beabsichtige ich diese Länge viermal zu nehmen und eine neunhundert Fuß lange Kanone zu bauen.«

Der General und der Major machten zwar einige Einwendungen; aber dennoch wurde dieser Vorschlag, vom Sekretär des Clubs lebhaft unterstützt, definitiv angenommen.

»Jetzt«, sagte Elphiston, »wie dick sollen die Wände sein?«

»Sechs Fuß«, erwiderte Barbicane.

»Sie denken wohl nicht daran, solch eine Masse auf eine Lafette zu pflanzen?« fragte der Major.

»Das wäre doch prachtvoll«, sagte Maston.

»Aber unausführbar«, erwiderte Barbicane. »Nein, ich denke, die Maschine in den Boden einzusenken, Ringe von Schmiedeisen darum zu legen und endlich sie mit einem festen Gemäuer von Stein und Kalk zu umgeben, damit sie an der ganzen Widerstandskraft des umgebenden Bodens teilnehme. Ist das Geschütz einmal gegossen, so wird die Seele sorgfältig ausgefeilt und kalibriert, daß die Kugel nicht Luft habe; so wird kein Gas verloren, und die ganze Ausdehnungskraft des Pulvers wird als treibende Kraft verwendet.«

»Hurra! Hurra!« rief Maston. »Da haben wir unsere Kanone.«

»Noch nicht«, erwiderte Barbicane, indem er seinen ungeduldigen Freund mit der Hand beschwichtigte.

»Und warum?«

»Weil wir noch nicht ihre Form beraten haben. Soll es eine Kanone, eine Haubitze oder ein Mörser sein?«

»Eine Kanone«, versetzte Morgan.

»Eine Haubitze«, entgegnete der Major.

»Ein Mörser«, rief Maston.

Es wollte sich eben ein neuer lebhafter Streit entspinnen, da jeder seine Lieblingswaffe anpries, als der Präsident ihn kurz abschnitt.

»Meine Freunde«, sagte er, »ich will Sie alle zufriedenstellen; unsere Columbiade wird von diesen drei Feuerschlünden etwas haben. Eine Kanone wird's sein, weil ihr Pulverhälter denselben Durchmesser wie ihr Lauf haben wird; eine Haubitze, weil sie eine Hohlkugel schleudern wird; und ein Mörser, weil sie unter einem Winkel von neunzig Grad aufgeprotzt sein wird und weil sie, ohne daß ein Rückstoß möglich, unerschütterlich fest im Boden dem Projektil alle in ihrem Innern gesammelte Treibkraft mitteilen wird.«

»Angenommen, angenommen«, erwiderten die Mitglieder des Komitees.

»Eine einfache Bemerkung«, sagte Elphiston; »wird die Haubitzen-Mörserkanone gezogen sein?«

»Nein«, erwiderte Barbicane, »nein, wir bedürfen einer enormen Anfangsgeschwindigkeit, und Sie wissen wohl, daß die Kugel aus den gezogenen Kanonen minder rasch herausfährt als aus denen mit glattem Lauf.«

»Richtig!«

»Endlich haben wir sie diesmal«, wiederholte Maston.

»Noch nicht ganz«, erwiderte der Präsident.

»Und warum?«

»Weil wir noch nicht wissen, aus welchem Metall sie bestehen soll.«

»Bestimmen wir's unverzüglich.«

»Soeben wollte ich einen Vorschlag machen.«

Die vier Komiteemitglieder verschlangen jeder ein Dutzend Sandwichs nebst einer Bulle Tee, dann begann die Beratung von neuem.

»Meine wackeren Kollegen«, sagte Barbicane, »unsere Kanone muß in hohem Grade zähe, äußerst hart sein, darf bei der Hitze nicht schmelzen, sich auflösen noch bei der Einwirkung von Säuren verkalken.«

»Kein Zweifel in dieser Hinsicht«, erwiderte der Major, »und da wir eine sehr beträchtliche Quantität Metall haben müssen, so wird uns die Wahl nicht schwer.«

»Nun, dann schlage ich«, sagte Morgan, »für unsere Columbiade die beste bis jetzt bekannte Metallmischung vor, nämlich zu hundert Teilen Kupfer, zwölf Zinn und sechs Messing.«

»Meine Freunde«, erwiderte der Präsident, »ich gebe zu, daß diese Komposition vortreffliche Resultate geliefert hat; aber im gegebenen Fall würde sie zu kostspielig und sehr schwierig anzuwenden sein. Ich denke daher, man muß einen trefflichen, aber billigen Stoff wählen wie Gußeisen. Meinen Sie nicht, Major?«

»Sie haben vollkommen recht«, erwiderte Elphiston.

»In der Tat«, fuhr Barbicane fort, »Gußeisen kostet zehnmal weniger als Bronze, ist leicht zu gießen, fließt einfach in die Sandformen und läßt sich rasch behandeln; man spart also dabei Zeit und Geld zugleich. Zudem ist's ein vortrefflicher Stoff; ich erinnere mich, daß während des Kriegs bei der Belagerung von Atlanta gußeiserne Geschütze von fünf zu fünf Minuten je tausend Schüsse getan haben, ohne dabei Schaden zu leiden.«

»Doch das Gußeisen zerspringt leicht«, erwiderte Morgan.

»Ja; aber es hat auch große Widerstandskraft; übrigens will ich dafür stehen, daß es uns nicht zerspringen wird.«

»Es kann auch einem wackern Mann etwas zerspringen«, entgegnete Maston bedeutsam.

»Unstreitig«, erwiderte Barbicane. »Ich möchte nur unseren würdigen Sekretär bitten, das Gewicht einer Kanone von Gußeisen auszurechnen, die neunhundert Fuß lang ist, einen inneren Durchmesser von neun Fuß und sechs Fuß dicke Wände hat.«

»Sogleich«, erwiderte J. T. Maston.

Und er brachte wie am Abend zuvor mit erstaunlicher Leichtigkeit seine Formeln zu Papier und sagte nach Verlauf einer Minute:

»Diese Kanone wird achtundsechzigtausendundvierzig Tonnen* wiegen (= achtundsechzig Millionen vierzigtausend Kilo).«

---

*à 20 Zentner.

»Und was wird sie kosten, das Pfund zu zwei Cent (= zehn Centime)?«

»Zwei Millionen fünfhundertundzehntausendsiebenhundertundein Dollar (= dreizehn Millionen sechshundertundachttausend Franc)!«

Maston, der Major und der General blickten mit besorgter Miene auf Barbicane.

»Nun, meine Herren!« sagte der Präsident, »ich wiederhole Ihnen, was ich gestern sagte, seien Sie unbesorgt, an Millionen wird's nicht mangeln!«

Auf diese Versicherung seines Präsidenten ging das Komitee auseinander, nachdem es den folgenden Abend für die dritte Sitzung bestimmt hatte.

Neuntes Kapitel

Die Pulverfrage

Es war noch die Frage des Pulvers vorzunehmen. Das Publikum sah mit Spannung dieser Entscheidung entgegen. Da die Dicke des Projektils und die Länge der Kanone gegeben waren, welche Quantität Pulver würde nun erforderlich sein, um die treibende Kraft zu produzieren? Diese fürchterliche Kraft, deren Wirkungen jedoch der Mensch zu bemeistern versteht, sollte nun berufen sein, in unerhörten Verhältnissen seine Rolle zu spielen.

Man hat allgemein angenommen und wiederholt gerne, das Pulver sei im vierzehnten Jahrhundert von einem Mönch namens Schwarz erfunden worden, der seine Entdeckung mit dem Leben zu bezahlen hatte. Aber es ist nun der Beweis fast völlig hergestellt, daß diese Geschichte unter die Märchen des Mittelalters zu rechnen ist. Kein Mensch hat das Pulver erfunden; es ist direkt vom griechischen Feuer herzuleiten, welches ebenfalls eine Mischung von Schwefel und Salpeter war. Nur haben sich seitdem diese Mischungen aus zerfließenden in explodierende verwandelt.

Aber sind auch die Gelehrten über diesen Irrtum im reinen, so verstehen doch wenige Menschen die mechanische Kraft des Pulvers zu beurteilen. Das muß man jedoch können, um die Wichtigkeit der dem Komitee unterbreiteten Frage zu begreifen.

Also ein Liter Pulver wiegt ungefähr zwei Pfund* (= neunhundert Gramm); es erzeugt beim Entzünden vierhundert Liter Gas; ist dies Gas frei und unter Einwirkung einer Temperatur bis zu zweitausendvierhundert Grad, so nimmt es den Raum von viertausend Liter an. Also verhält sich der Umfang des Pulvers zu dem des durch seine Verbrennung erzeugten Gases wie eins zu viertausend. Danach ermesse man die entsetzlich treibende Kraft dieses Gases, wenn es in einen viertausendmal zu engen Raum eingepreßt ist.

Dies war den Mitgliedern des Komitees, als sie am folgenden Tage zur Sitzung zusammenkamen, geläufig. Barbicane gab dem Major Elphiston das Wort, welcher während des Kriegs Pulverdirektor gewesen war.

»Liebe Kameraden«, sagte dieser ausgezeichnete Chemiker, »ich will mit unverwerflichen Zahlen beginnen, die uns als Basis dienen sollen. Der Vierundzwanzigpfünder, von welchem vorgestern der ehrenwerte Herr Maston mit so poetischem Schwung gesprochen hat, ist nur durch sechzehn Pfund Pulver aus dem Feuerschlund getrieben worden.«

»Ist diese Ziffer zuverlässig?« fragte Barbicane.

*Das amerikanische Pfund beträgt vierhundertdreiundfünfzig Gramm.

»Ganz zuverlässig«, erwiderte der Major. »Die Armstrong-Kanone braucht nur fünfundsiebzig Pfund Pulver für ein Projektil von achthundert Pfund und die Columbiade Rodman nur hundertundsechzig Pfund, um ihre halbtönnige Kugel sechs Meilen weit zu werfen. Diese Tatsachen sind nicht in Zweifel zu ziehen; ich habe sie selbst aus den Protokollen des Artillerie-Ausschusses entnommen.

»Ganz richtig«, erwiderte der General.

»Nun denn!« fuhr der Major fort. »Lassen Sie uns aus diesen Ziffern die Folgerung ziehen, daß die Quantität Pulver im Verhältnis zum Gewicht der Kugel nicht gleichmäßig zunimmt; in der Tat, wenn sechzehn Pfund Pulver für einen Vierundzwanzigpfünder erforderlich waren; mit anderen Worten, wenn bei gewöhnlichen Kanonen das Gewicht des verwendeten Pulvers im Verhältnis von zwei Drittel zum Gewicht des Projektils steht, so bleibt sich dies Verhältnis nicht gleich. Rechnen Sie, und Sie werden sehen, daß für eine halbtönnige Kugel anstatt dreihundertdreiunddreißig nur hundertundsechzig Pfund Pulver erforderlich waren.«

»Wo hinaus wollen Sie damit?« fragte der Präsident.

»Wenn Sie Ihre Theorie aufs äußerste treiben, lieber Major«, sagte Maston, »so kommen Sie zu dem Ergebnis, daß, wenn Ihre Kugel hinreichend schwer ist, Sie gar kein Pulver mehr brauchen.«

»Mein Freund Maston beliebt auch bei den ernstesten Dingen zu scherzen«, erwiderte der Major, »aber er möge sich beruhigen; ich werde bald Quantitäten von Pulver in Vorschlag bringen, welche sein Artillerie-Selbstgefühl befriedigen werden. Ich wollte hier nur feststellen, daß während des Kriegs für die größten Kanonen das Gewicht des erforderlichen Pulvers, der gemachten Erfahrung nach, sich auf ein Zehntel des Gewichts der Kugel ermäßigt hat.«

»Das ist höchst exakt«, sagte Morgan. »Aber bevor wir über die erforderliche Quantität Pulver eine Bestimmung treffen, halte ich für gut, sich über seine Beschaffenheit zu verständigen.«

»Wir werden grobkörniges verwenden«, erwiderte der Major; »es brennt rascher ab als das feine.«

»Allerdings«, entgegnete Morgan, »aber es ist sehr brisant und verdirbt am Ende die Seele der Stücke.«

»Gut! Aber was für eine zu dauernder Benutzung bestimmte Kanone unzuträglich ist, gilt nicht ebenso für unsere Columbiade. Wir haben gar keine Explosion zu besorgen, und das Pulver muß sich augenblicklich entzünden, um seine mechanische Wirkung vollständig zu äußern.«

»Man könnte«, sagte Maston, »mehrere Zündlöcher bohren, um an verschiedenen Stellen zugleich zu entzünden.«

»Allerdings«, erwiderte Elphiston, »aber die Ausführung würde dadurch schwieriger. Ich komme daher auf mein grobkörniges Pulver zurück, wobei diese Schwierigkeiten vermieden werden.«

»Meinetwegen«, erwiderte der General.

»Zur Ladung seiner Columbiade«, fuhr der Major fort, »verwendete Rodman ein Pulver von so grobem Korn wie Kastanien, aus Weidenkohlen, die nur in gußeisernen Kesseln geröstet waren. Dieses Pulver war hart und glänzend, ließ keine Spur auf der Hand, enthielt in starkem Verhältnis Wasserstoff und Sauerstoff, entzündete sich augenblicklich und verdarb, obwohl sehr brisant, nicht merklich die Feuerschlünde.«

»Ah! Mir dünkt«, sagte Maston, »daß wir uns nicht

zu besinnen haben und unsere Wahl getroffen ist.«

»Sofern Sie nicht Goldpulver vorziehen«, erwiderte der Major mit Lachen, worüber ihm sein reizbarer Freund mit seinem eisernen Häkchen drohte.

Bisher hatte Barbicane an der Diskussion keinen Anteil genommen. Er ließ reden, hörte zu. Offenbar hatte er eine Idee. Auch beschränkte er sich nur darauf, zu sagen:

»Jetzt, meine Freunde, welche Quantität Pulver schlagen Sie vor?«

Die drei Mitglieder des Gun-Clubs sahen sich eine Weile einander an.

»Zweihunderttausend Pfund«, sagte endlich Morgan.

»Fünfmal hunderttausend«, erwiderte der Major.

»Achtmal hunderttausend«, rief Maston.

Diesmal wagte Elphiston nicht, seinen Kollegen der Übertreibung zu beschuldigen. In der Tat, es handelte sich darum, ein zwanzigtausend Pfund schweres Projektil bis zum Mond zu entsenden und ihm eine Anfangsgeschwindigkeit von zwölftausend Yards in der Sekunde zu geben. Eine kleine Pause folgte auf den dreifachen Vorschlag.

Endlich brach der Präsident Barbicane das Schweigen.

»Meine wackeren Kameraden«, sagte er mit ruhiger Stimme, »ich gehe von dem Grundgedanken aus, daß der Widerstand unsrer unter den gegebenen Bedingungen verfertigten Kanone unbegrenzt ist. Ich will daher den ehrenwerten Herrn Maston mit der Äußerung überraschen, daß er in seinen Berechnungen zu schüchtern war, und ich schlage vor, die achtmal hunderttausend Pfund Pulver zu verdoppeln.«

»Sechzehnhunderttausend Pfund?« rief Maston

und sprang vom Stuhl auf.

»Gerade soviel.«

»Aber dann muß man auf meine halbmeilenlange Kanone zurückkommen.«

»Offenbar«, sagte der Major.

»Sechzehnhunderttausend Pfund Pulver«, fuhr der Sekretär des Komitees fort, »werden einen Raum von etwa zweiundzwanzigtausend Kubikfuß einnehmen. Da nun Ihre Kanone nur vierundfünfzigtausend Kubikfuß Inhalt hat, wird sie zur Hälfte damit angefüllt, und der Lauf ist nicht mehr lang genug, daß die Spannkraft des Gases auf das Projektil eine hinreichend treibende Wirkung äußere.«

Darauf war nichts zu antworten. Maston hatte recht. Man sah Barbicane an.

»Doch«, fuhr der Präsident fort, »bestehe ich auf dieser Quantität Pulver. Denken Sie, sechzehnhunderttausend Pfund Pulver werden sechs Milliarden Liter Gas erzeugen. Sechs Milliarden! Sie verstehen wohl?«

»Aber was fangen wir dann an?« fragte der General.

»Sehr einfach: Wir beschränken den äußeren Umfang des Pulvers, ohne damit seine mechanische Kraft zu verringern.«

»Gut! Aber durch welches Mittel?«

»Das will ich Ihnen sagen«, erwiderte Barbicane.

Seine Zuhörer verschlangen ihn mit den Augen.

»Nichts ist in der Tat leichter«, fuhr er fort, »als diese Pulvermasse auf den vierten Teil ihres Umfangs zu beschränken. Sie kennen den merkwürdigen Stoff, welcher das elementare Gewebe der Vegetabilien ausmacht und den man Zellulose nennt.«

»Ah, ich verstehe Sie, lieber Barbicane«, sagte der Major.

»Diesen Stoff«, sagte der Präsident, »findet man vollkommen rein in verschiedenen Körpern, besonders in der Baumwolle, welche nichts anderes ist als das Haar der Samenkörner der Baumwollstaude. Die Baumwolle nun in Verbindung mit Stickstoffsäure im kalten Zustand verwandelt sich in eine äußert unlösliche, höchst entzündliche und höchst explodierbare Substanz. Im Jahre 1832 entdeckte ein französischer Chemiker, Braconnot, diese Substanz, welche er Xyloidine nannte. Ein anderer Franzose, Pelouse, studierte im Jahre 1838 ihre verschiedenen Eigenschaften, und endlich machte im Jahre 1846 Schönbein, Professor der Chemie zu Basel, den Vorschlag, sie anstatt Schießpulver zu gebrauchen. Dieses Pulver nun ist die stickstoffhaltige Baumwolle.«

»Oder Pyroxylin«, erwiderte Elphiston.

»Oder Schießbaumwolle«, versetzte Morgan.

»Gibt's denn nicht ein amerikanisches Wort, um diese Entdeckung damit zu bezeichnen?« rief J. T. Maston in lebhaftem Nationalselbstgefühl.

»Leider keins«, erwiderte der Major.

»Doch ich will«, fuhr der Präsident fort, »zur Befriedigung Mastons ihm sagen, daß die Arbeiten eines unserer Mitbürger mit dem Studium der Zellulose in Verbindung gebracht werden können; denn das Collodium, eines der hauptsächlichen Hilfsmittel der Fotografie, ist ganz einfach in alkoholsattem Äther aufgelöstes Pyroxylin, und dies wurde von Maynard, als er zu Boston Medizin studierte, entdeckt.«

»Nun denn! Hurra für Maynard und die Schießbaumwolle!« rief stürmisch der Sekretär des Gun-Clubs.

»Ich komme auf das Pyroxylin zurück«, fuhr Barbicane fort. »Sie kennen seine Eigenschaften, welche es für uns so wertvoll machen; es ist sehr leicht anzufertigen; Baumwolle wird fünfzehn Minuten lang in rauchende Stickstoffsäure getaucht, dann in frischem Wasser ausgewaschen, hernach getrocknet, damit ist's fertig.«

»Das ist höchst einfach, wahrhaftig«, sagte Morgan.

»Weiter, das Pyroxylin wird von der Feuchtigkeit nicht angegriffen, eine für uns sehr wertvolle Eigenschaft, weil zum Laden der Kanone einige Tage erforderlich sind; entzündlich ist es bei hundertundsiebzig Grad anstatt zweihundertundvierzig, und es verbrennt so rasch, daß man es auf gewöhnlichem Pulver anzünden kann, ohne daß dieses Zeit hätte, Feuer zu fangen.«

»Vortrefflich«, erwiderte der Major.

»Nur ist es kostspieliger.«

»Das macht nichts aus«, sagte Maston.

»Endlich, es teilt den Projektilen eine viermal größere Geschwindigkeit mit als Pulver. Dazu kommt weiter, daß, wenn man acht Zehntel seines Gewichts salpetersaure Pottasche beimischt, seine Ausdehnungskraft bedeutend vestärkt wird.«

»Wird das nötig sein?« fragte der Major.

»Ich denke nicht«, erwiderte Barbicane. »Also anstatt sechzehnhunderttausend Pfund Pulver werden wir nur vierhunderttausend Pfund Schießbaumwolle haben, und da man ohne Gefahr fünfhundert Pfund Baumwolle bis zu siebenundzwanzig Kubikfuß zusammenpressen kann, so wird dieser Stoff in der Columbiade nur eine Höhe von hundertachtzig Fuß betragen. Auf diese Weise wird die Kugel über siebenhundert Fuß der Seele der Kanone unter der Treibkraft von sechs Milliarden Liter Gas zu durchlaufen haben, bevor sie dem Nachtgestirn entgegenfliegt!«

Nun konnte Maston seine Gemütsbewegung nicht mehr unterdrücken; er warf sich seinem Freunde mit der Gewalt eines Projektils in die Arme und würde ihn niedergeschmettert haben, wäre Barbicane nicht bombenfest gewesen.

Hiermit schloß die dritte Komiteesitzung. Barbicane und seine kühnen Kollegen, denen nichts unmöglich schien, hatten die so verwickelte Frage des Projektils, der Kanone und des Pulvers gelöst. Ihr Plan war fertig, man brauchte ihn nur auszuführen.

»Das ist nur Detail, eine Bagatelle«, sagte J. T. Maston.

Anmerkung. Daß bei dieser Beratung der Präsident Barbicane die Erfindung des Collodiums einem seiner Landsleute zuschreibt, beruht auf einem Irrtum, worüber Herr Maston nicht grollen möge; derselbe rührt von der Ähnlichkeit zweier Namen her.

Ein Studierender zu Boston Namens *Maynard* hatte zwar im Jahre 1847 die Idee, das Collodium bei Behandlung von Wunden anzuwenden; aber entdeckt wurde das Collodium bereits 1846 von einem Franzosen Louis *Menard*, einem geistvollen Gelehrten, der zugleich Maler, Dichter, Philosoph, Hellenist und Chemiker war. J. V.

Zehntes Kapitel

Ein Feind gegen fünfundzwanzig Millionen Freunde

Das amerikanische Publikum verfolgte das Vorhaben des Gun-Clubs mit lebhaftem Interesse bis in die geringsten Details. Es begleitete Tag für Tag die Beratungen des Komitees und unterhielt sich mit größter Leidenschaft über die einfachsten Vorbereitungen zu der großen Unternehmung, die Zifferfragen, die mechanischen Schwierigkeiten, welche zu lösen waren, um sie in Gang zu bringen.

Zwar sollte ein ganzes Jahr vom Beginnen der Arbeiten bis zu ihrer Vollendung verfließen, aber es fehlte diese Zeit über nicht an stets erneuten Anregungen der Teilnahme: die Wahl des Ortes für das Bohren der Kanone, die Verfertigung der Gießform, der Guß der Columbiade, ihr höchst gefährliches Laden – dies alles enthielt Stoff genug für die Neugierde des Volks. War das Projektil einmal abgeschossen, so sollte es vor Ablauf einer halben Minute den Blicken entschwinden; was daraus werden, wie es ihm im Weltenraum ergehen, wie es bis zu dem Monde gelangen würde, mit eigenen Augen zu beobachten, sollte nur wenigen vorbehalten bleiben. Daher nahmen die Vorbereitungen, die genauen Details der Ausführung damals das wirkliche Interesse in Anspruch.

Indessen wurde der rein wissenschaftliche Reiz der Unternehmung auf einmal durch einen Zwischenfall in hohem Grade gesteigert.

Barbicanes Projekt hatte ihm Legionen von Bewunderern und Freunden verschafft; aber so ehrenhaft, so außerordentlich dieser allgemeine Beifall war, einstimmig sollte er nicht werden. Ein einziger Mann, ein einziger im ganzen Staatenverband, erhob Widerspruch gegen den Versuch des Gun-Clubs und griff ihn bei jeder Gelegenheit heftig an. Barbicane – so ist die menschliche Natur – war mehr empfindlich gegen diese einzige Opposition als empfänglich für den Beifall aller übrigen.

Doch war ihm das Motiv dieses unvertilgbaren Widerwillens, der Ursprung dieser vereinzelten Feindschaft wohl bekannt: er wußte, aus welcher Quelle persönlicher Eifersucht des Ehrgeizes sie längst entsprungen war.

Diesen hartnäckigen Feind hatte der Präsident des Gun-Clubs niemals gesehen; zum Glück, denn ein persönliches Begegnen dieser beiden Männer hätte gewiß traurige Folgen gehabt. Der Nebenbuhler war ein Gelehrter wie Barbicane, eine stolze, kühne, entschiedene, ungestüme Natur, ein echter Yankee. Er hieß Kapitän Nicholl und wohnte zu Philadelphia.

Jedermann ist bekannt, wie während des Bundeskriegs sich ein merkwürdiger Kampf zwischen dem Projektil und dem Panzer der Schiffe entspann, indem jenes bestimmt war, diesen zu durchbohren, letzterer sich nicht durchbohren lassen wollte. Es entsprang daraus eine nationale Umbildung der Marine in den Staaten der beiden Weltteile. Die Kugel und die Eisenplatte rangen mit beispielloser Erbitterung, indem jene an Größe, diese an Dicke in stetem Verhältnis zunahmen. Die mit fürchterlichen Geschützen versehenen Schiffe boten unterm Schutz ihrer undurchdringlichen Bepanzerung dem feindlichen Feuer Trotz. Die *Merrimac, Monitor, Ram-Tenesse, Weckausen** warfen, gegen die Projektile der anderen gedeckt, enorme Geschosse. Sie taten anderen, was sie nicht wollten, daß man ihnen tue, nach dem unmo-

*Schiffe der amerikanischen Marine.

ralischen Prinzip der ganzen Kriegskunst.

War nun Barbicane berühmt im Gießen der Geschosse, so war es Nicholl nicht minder im Schmieden der Eisenplatten. Tag und Nacht goß der eine zu Baltimore, schmiedete der andere zu Philadelphia: eine entgegengesetzte Strömung der Ideen trieb und belebte beide. Sowie Barbicane eine neue Kugel erfand, setzte Nicholl eine neue Platte dagegen. Der Präsident des Gun-Clubs war sein Leben lang darauf bedacht, Löcher zu bohren, der Kapitän, ihn daran zu hindern. Daher eine fortwährende Eifersucht, welche eine persönliche ward. Nicholl erschien in Barbicanes Phantasie gleich einem undurchdringlichen Panzer, an welchem seine Bemühungens scheiterten, und Barbicane war in Nicholls Gedanken wie ein Projektil, das ihn durch und durch bohrte.

Obwohl nun diese beiden Gelehrten zwei divergierende Linien einschlugen, so wären sie doch, entgegen allen Lehrsätzen der Geometrie, am Ende aufeinander gestoßen; doch auf dem Boden des Duells. Zum Glück für diese ihrem Vaterland nützlichen Bürger waren sie durch einen Zwischenraum von fünfzig bis sechzig Meilen voneinander getrennt, und ihre Freunde wußten ihnen so viele Hindernisse entgegenzuschieben, daß sie niemals sich begegneten.

Zur Zeit wußte man noch nicht recht, welcher der beiden Erfinder den Sieg davontragen würde; es schien jedoch, es werde schließlich der Panzer der Kugel das Feld räumen. Jedoch waren kompetente Beurteiler noch im Zweifel. Bei den letzten Proben waren Barbicanes kegel-zylindrische Spitzkugeln in Nicholls Platten steckengeblieben; jetzt glaubte der Schmied zu Philadelphia schon den Sieg in Händen zu haben und seinen Rivalen geringschätzen zu dürfen; als aber später dieser anstatt der Spitzkugeln einfache sechshundertpfündige Haubitzgranaten verwendete, mußte der Kapitän schon sich herabstimmen. In der Tat, diesen Geschossen gelang es, obschon bei mäßiger Schnelligkeit*, die Platten aus bestem Metall zu zerschmettern, zu durchlöchern, in Stücke zu zertrümmern.

Als nun der Sieg auf seiten der Kugel gesichert schien und Nicholl eben einen neuen Panzer von Schmiedeeisen fertig hatte, nahm der Krieg ein Ende. Es war ein Meisterstück, das allen Geschossen der Welt Trotz bot. Der Kapitän ließ es auf das Polygon** zu Washington bringen und forderte den Präsidenten des Gun-Clubs auf, es zu zertrümmern. Nach dem Friedensschluß wollte Barbicane gar nicht mehr die Probe machen.

Darauf erbot sich Nicholl, seine Platte den unwahrscheinlichsten Schüssen auszusetzen, Vollkugeln oder hohlen, Spitzkugeln oder runden, aber der Präsident ließ sich nicht darauf ein, er wollte durchaus nicht mehr seinen letzten Erfolg einer Gefahr aussetzen.

Nicholl, durch diesen unbeschreiblichen Eigensinn gereizt, wollte Barbicane durch alle Vorteile, die er ihm anbot, in Versuchung bringen. Er schlug vor, seine Platte in einer Entfernung von zweihundert Yards vor der Kanone aufzustellen. Barbicane beharrte auf seiner Weigerung. Auf hundert Yards? Nicht einmal auf fünfundsiebzig.

»Auf fünfzig dann«, rief der Kapitän in seinen Journalen, »auf fünfundzwanzig Yards meine Platte, und ich will mich dahinterstellen!«

Barbicane ließ antworten, selbst wenn Nicholl sich davorstellte, würde er doch nicht mehr schießen.

---

*Das verwendete Pulver betrug nur ein Zwölftel des Gewichts der Kugel.
**Übungsplatz für Geschütze.

Nun geriet Nicholl außer sich, wurde beleidigend. Er erklärte, Feigheit sei eine untrennbare Eigenschaft; ein Mann, der sich weigere, einen Kanonenschuß zu tun, sei nahe daran, sich zu fürchten; überhaupt, die Artilleristen, welche sich jetzt auf sechs Meilen Distanz schlagen, seien so klug, persönlichen Mut durch mathematische Formeln zu ersetzen; und übrigens verrate es ebensoviel Mut, hinter einer Platte eine Kugel ruhig abzuwarten als sie nach allen Regeln der Kunst abzuschießen.

Barbicane ließ sich nicht herbei, auf solche gehässige Äußerungen zu antworten; vielleicht auch kamen sie ihm nicht zu Ohren, denn die Beschäftigung mit seinem großen Vorhaben nahm ihn völlig in Beschlag.

Als er seine berühmte Mitteilung an den Gun-Club machte, stieg Nicholls Zorn aufs höchste. Es mischte sich ein hoher Grad von Eifersucht bei und das Bewußtsein, gar nichts dagegen zu vermögen! Wie konnte er etwas erfinden, was diese Columbiade von neunhundert Fuß Länge überbot! Konnte jemals ein Panzer einem Dreißigtausendpfünder Widerstand leisten? Nicholl war anfangs zu Boden geworfen, vernichtet, zerschmettert von diesem »Kanonenschuß«; hernach richtete er sich wieder auf und beschloß, den Vorschlag durch das Gewicht seiner Beweisgründe zu vernichten.

Er griff also die Arbeiten des Gun-Clubs aufs heftigste an; schrieb eine Menge Briefe, welche die Journale gerne abdruckten. Er versuchte, auf wissenschaftlichem Wege Barbicanes Werk zu zerstören. Als einmal der Krieg in Gang war, rief er Gründe aller Art und, offen gesagt, häufig auch nur scheinbare ohne Gehalt zu seinem Beistand.

Zuerst griff er Barbicane sehr heftig in seinen Berechnungen an; suchte durch A + B die Unrichtigkeit seiner Formeln zu beweisen und beschuldigte ihn, das ABC der Ballistik nicht zu verstehen. Unter anderen Irrtümern wies er ihm nach, daß richtiger Berechnung zufolge es durchaus nicht möglich sei, irgendeinem Körper eine Geschwindigkeit von zwölftausend Yards in der Sekunde zu geben; er behauptete, die Algebra an der Hand, daß selbst bei dieser Geschwindigkeit niemals cin Geschoß über die Grenze der Erdatmosphäre gelangen könne! Es würde selbst keine acht Lieues (zwanzig engl. Meilen) weit fliegen können. Mehr noch. Nähme man die Schnelligkeit als zu erzielen und für hinreichend an, so würde doch die Hohlkugel nicht dem Druck des durch Entzündung von einer Million sechshunderttausend Pfund Pulver entwickelten Gas widerstehen; und vermöchte sie auch dieses, so würde sie wenigstens eine solche Temperatur nicht aushalten, sondern beim Herausfahren aus der Columbiade schmelzen und als siedender Regen auf die Köpfe der unbedachtsamen Zuschauer niederfallen.

Barbicane verzog bei diesen Angriffen keine Miene und fuhr ungestört fort an seinem Werk.

Darauf faßte Nicholl die Frage von anderen Seiten an. Ohne von der Nutzlosigkeit des Experiments in jeder Hinsicht zu reden, sah er dasselbe als höchst gefährlich an, sowohl für die Bürger, welche ein so verwerfliches Schauspiel mit ihrer Gegenwart beehren würden, als auch für die Nachbarstädte; denn er bemerkte ebenso, daß, wenn das Projektil sein Ziel nicht erreichte – was durchaus unmöglich sei –, es augenscheinlich auf die Erde zurückfallen würde, da denn das Herabfallen einer solchen Masse, deren Wucht um das Quadrat ihrer Schnelligkeit vervielfacht würde, irgendeinen Punkt der Erde ausnehmend beschädigen müsse. Unter solchen Umständen also und ohne die Rechte freier Bürger zu beeinträchtigen gehöre der Fall zu denjenigen, wo die Regierung einschreiten müsse, denn man dürfe nicht nach dem Belieben eines einzelnen die Sicherheit aller gefährden.

Man sieht, zu welchen Übertreibungen der Kapitän Nicholl sich fortreißen ließ. Er blieb mit seiner Meinung allein. Auch beachtete niemand seine schlimmen Voraussagungen. Man ließ ihn daher nach Belieben schreien, wenn's ihn auch seine Lunge kostete. Er machte sich zum Verteidiger einer im voraus verlorenen Sache; man hörte ihn wohl, merkte aber nicht darauf, und er entzog dem Präsidenten des Gun-Clubs nicht einen einzigen Verehrer. Dieser hielt es übrigens nicht einmal der Mühe wert, die Beweisführung seines Rivalen zu widerlegen.

Da Nicholl, in seine letzten Verschanzungen zurückgedrängt, nicht einmal persönlich seine Sache verfechten konnte, beschloß er, sein Geld daran zu wenden. Er schlug daher öffentlich in dem *Enquirer* von Richmond eine Reihe von Wetten vor, die in einem steigenden Verhältnis folgendermaßen ausgedrückt waren. Er wettete:

1. Daß die zur Unternehmung des Gun-Clubs erforderlichen Geldmittel nicht würden aufgebracht werden, um 1000 Dollar.
2. Daß das Gießen einer Kanone von neunhundert Fuß Länge unausführbar sei und nicht gelingen werde, um 2000 Dollar.
3. Daß es unmöglich sein würde, die Columbiade zu laden und daß die Schießbaumwolle unter dem Druck des Projektils von selbst sich entzünden würde, um 3000 Dollar.

4. Daß die Columbiade beim ersten Schuß zerspringen würde, um 4000 Dollar.

5. Daß die Kugel nicht sechs Meilen weit fliegen und einige Sekunden nach dem Abschießen niederfallen werde, um 5000 Dollar.

Man sieht, der Kapitän setzte in seinem unüberwindlichen Starrsinn eine bedeutende Summe daran, im ganzen 15 000 Dollar.

Trotz der so bedeutenden Wette erhielt er am 19. Mai ein versiegeltes, mit köstlichem Lakonismus folgendermaßen abgefaßtes Schreiben:

»Baltimore, 18. Oktober.

Angenommen.

Barbicane.«

Elftes Kapitel

Florida und Texas

Indessen blieb eine Frage noch zu entscheiden: man mußte einen für das Experiment geeigneten Platz wählen. Der Empfehlung des Observatoriums nach mußte der Schuß senkrecht auf den Horizont, d. h. gegen den Zenit, gerichtet werden; aber der Mond steigt nur in den Gegenden zwischen 0° und 28° Breite bis zum Zenit, mit anderen Worten seine Abweichung beträgt nur 28°. Es handelte sich also darum, genau die Stelle zu bestimmen, wo die ungeheure Columbiade gegossen werden sollte.

Als der Gun-Club am 20. Oktober eine General-Versammlung hielt, brachte Barbicane eine prächtige Karte der Vereinigten Staaten von Z. Belltropp dahin mit. Aber ohne ihm Zeit zum Auseinanderlegen derselben zu lassen, hatte J. T. Maston mit gewohntem Ungestüm das Wort begehrt, und sprach also:

»Ehrenwerte Kollegen, die Frage, welche heute behandelt werden soll, hat eine wahrhaft nationale Bedeutung, und sie wird uns Gelegenheit geben, einen großen Akt des Patriotismus auszuführen.«

Die Mitglieder des Gun-Clubs sahen sich einander an, da sie nicht begriffen, wo der Redner damit hinauswollte.

»Keiner von Ihnen«, fuhr er fort, »denkt sich mit dem Ruhm abzufinden, und die Union darf gewiß das Recht in Anspruch nehmen, die furchtbare Kanone des Gun-Clubs in ihrem Schoße zu bergen. Unter den gegenwärtigen Umständen nun ...«

»Wackerer Maston ...« sagte der Präsident.

»Gestatten Sie mir, meinen Gedanken zu entwikkeln«, fuhr der Redner fort. »Unter den gegenwärtigen Umständen müssen wir einen Ort wählen, der dem Äquator nahe genug liegt, damit das Experiment unter den erforderlichen Bedingungen gemacht werde ...«

»Wenn Sie die Güte haben wollen ...« sagte Barbicane.

»Ich begehre freie Äußerung der Ideen«, versetzte der aufbrausende Maston, »und ich behaupte, daß der Landstrich, von welchem unser glorreiches Projektil sich emporschwingen wird, der Union angehören muß.«

»Kein Zweifel!« erwiderten einige Mitglieder.

»Nun! Weil die Ausdehnung unseres Gebiets nicht so weit reicht, weil uns im Süden der Ozean eine Schranke setzt, über welche wir nicht hinaus können, weil wir den achtundzwanzigsten Grad außerhalb der Vereinigten Staaten in einem Nachbarlande suchen müssen, so gibt das einen berechtigten *casus belli,* und ich verlange, daß man Mexiko den Krieg erkläre.«

»Nein! Nein!« rief man von allen Seiten.

»Nein!« entgegnete Maston. »Im Schoße dieser Versammlung muß man doch über dieses Wort staunen!«

»Aber hören Sie doch!« ...

»Niemals! niemals!« rief der feurige Redner. »Früher oder später muß dieser Krieg geführt werden, und ich verlange, daß man ihn heute noch erkläre.«

»Maston«, sagte Barbicane, und ließ laut seine Glocke erschallen, »ich entziehe Ihnen das Wort!«

Maston wollte erwidern, aber es gelang einigen seiner Kollegen, ihn zu beschwichtigen.

»Ich stimme bei«, sagte Barbicane, »daß das Experiment nur auf dem Boden der Union vorgenommen werden darf, aber wenn mein ungeduldiger Freund mich hätte reden lassen, wenn er einen Blick auf eine Karte geworfen hätte, so wüßte er, daß es durchaus unnötig ist, unsern Nachbarn den Krieg zu erklären, denn einige Grenzlandschaften der Vereinigten Staaten reiche bis über die Linie des achtundzwanzigsten Grades hinaus. Sehen Sie, wir haben den ganzen südlichen Teil von Texas und Florida zur Verfügung.«

Der Zwischenfall hatte keine Folgen; doch ließ sich Maston nur ungern überzeugen. Es wurde also beschlossen, die Columbiade solle auf dem Gebiete von Texas oder Florida gegossen werden. Aber dieser Beschluß sollte eine beispiellose Rivalität zwischen den Städten dieser beiden Staaten hervorrufen.

Der achtundzwanzigste Breitengrad durchschneidet da, wo er an die amerikanische Küste stößt, die Halbinsel Florida, welche er in zwei fast gleiche Teile zerlegt. Dann bildet er vom Mexikanischen Golf die Sehne eines Bogens, welchen die Küsten Alabamas,

Mississippis und Louisianas beschreiben, schneidet hierauf ein Stück von Texas ab und zieht weiter durch Mexiko über Sonora und Alt-Kalifornien zum Stillen Ozean. Es waren also nur die südlich vom achtundzwanzigsten Grad gelegenen Teile von Texas und Florida in der Lage, den vom Observatorium zu Cambridge anempfohlenen Bedingungen der Breite zu entsprechen.

Florida hat in seinem südlichen Teile keine bedeutenden Städte, ist nur mit Forts zum Schutz gegen die unsteten Indianer gespickt. Eine einzige Stadt, Tampa-Town, konnte ihrer günstigen Lage wegen sich mit Ansprüchen melden.

In Texas dagegen sind zahlreichere und bedeutendere Städte. Corpus-Christi in der Landschaft Nucces, und alle Städte am Rio-Bravo, Laredo, Comalites, San-Ignatio im Web, Roma, Rio-Grande-City im Starr, Edinburg im Hidalgo, Santa-Rita, El Panda, Brownsville im Cameron bildeten gegen die Ansprüche Floridas einen imponierenden Bund.

Daher kamen denn auch, als der Beschluß kaum bekannt war, Deputationen aus Texas und Florida eiligst nach Baltimore, und der Präsident Barbicane sowie die einflußreichen Mitglieder des Gun-Clubs wurden Tag und Nacht mit fürchterlichen Reklamationen bestürmt. Stritten einst sieben Städte Griechenlands um die Ehre, die Geburtsstätte Homers zu sein, so drohten jetzt zwei ganze Staaten um einer Kanone willen in Streit zu geraten.

Man sah damals diese »wilden Brüder« gewaffnet in den Straßen der Stadt umherwandeln. Bei jedem Begegnen war ein Konflikt zu befürchten, der schlimme Folgen haben konnte. Zum Glück verstand der Präsident mit Klugheit und Geschicklichkeit die Gefahr zu beschwören. Die Journale der verschiedenen Staaten wetteiferten mit persönlichen Demonstrationen; *New-York Herald* und die *Tribune* unterstützten Texas, während die *Times* und *American Review* für Florida plädierten. Die Mitglieder des Gun-Clubs wußten nicht mehr, wem sie Gehör geben sollten.

Texas zog stolz heran mit seinen sechsundzwanzig Provinzen, welche es wie eine Batterie aufstellte; aber Florida erwiderte, daß in einem sechsfach kleineren Lande zwölf Provinzen doch mehr vermöchten als sechsundzwanzig.

Texas prahlte stark mit seinen dreihundertunddreißigtausend Eingeborenen, aber Florida rühmte sich bescheidener, bei seinen sechsundfünfzigtausend Bewohnern doch besser bevölkert zu sein. Außerdem warf es Texas vor, es habe eine besondere Art von Sumpffieber, welchem jahraus, jahrein, in guter wie schlechter Zeit, einige Tausend als Opfer fielen. Und es hatte nicht unrecht.

Texas entgegnete, hinsichtlich des Fiebers habe Florida ihm nichts vorzuwerfen, und es sei mindestens unklug, andere Länder als ungesund zu bezeichnen, wenn man die Ehre habe, das »schwarze Erbrechen« (*Vomito negro*) chronisch bei sich zu haben. Und es hatte recht.

»Übrigens«, fügte Texas durch den *New-York Herald* bei, »ist man einem Staate Rücksicht schuldig, wo die beste Baumwolle in Amerika wächst, einem Staat, der das beste Schiffbauholz liefert, so prachtvolle Kohlen enthält und Eisenerz, das hunder Prozent reines Metall ausgibt.«

Hierauf erwiderte der *American Review*, der Boden Floridas sei zwar nicht so ergiebig, liefere aber die besten Erfordernisse für die Formen und den Guß der Columbiade, denn es sei reich an Sand und Tonboden.

»Aber«, entgegneten die Texaner, »ehe man in einem Land etwas gießen will, muß man in dasselbe hineinkommen; aber die Verkehrswege mit Florida sind schwierig, während die Küste von Texas die Bai von Galveston darbietet, welche vierzehn Meilen Umfang hat und alle Flotten der Welt aufnehmen kann.«

»Gut!« erwiderten die Florida ergebenen Journale, Ihr möget hübsch prahlen mit der Bai Galveston, die über dem neunundzwanzigsten Breitengrad liegt. Haben wir nicht die Bai *Espiritu Santo* gerade unter dem achtundzwanzigsten, unmittelbar vor Tampa-Town?«

»Hübsche Bai!« versetzte Texas, die halb versandet ist!«

»Selbst versandet!« rief Florida. »Sollte man nicht meinen, ich sei im Land von Wilden?«

»Wahrhaftig, die Seminolen durchstreifen noch Eure Wiesengründe.«

»Ah! Und Eure Apachen und Comanchen, sind die zivilisiert?«

So dauerte der Krieg seit einigen Tagen, als Florida seinen Gegner auf einen andern Boden zu ziehen versuchte, und eines Morgens gab die *Times* zu verstehen, da die Unternehmung eine »wesentlich amerikanische« sei, so könne sie auch nur auf »wesentlich amerikanischem« Boden vorgenommen werden!

Bei diesen Worten rief Texas empört: »Amerikaner! Sind wir's nicht ebensogut? Sind nicht Texas und Florida miteinander im Jahre 1845 der Union einverleibt worden?«

»Allerdings«, versetzte die *Times*, »aber wir gehören seit 1820 zum Staat.«

»Ich glaub's wohl«, entgegnete die *Tribune*; »nachdem ihr zweihundert Jahre Spanier oder Engländer waret, hat man euch um fünf Millionen Dollar an die Vereinigten Staaten verkauft.«

»Was liegt daran?« erwiderten die Floridaner, »haben wir uns dessen zu schämen? Hat man nicht 1803 Louisiana für sechzehn Millionen Dollar von Napoleon gekauft?«

»Eine Schande!« riefen dann die Deputierten von Texas. Ein armseliger Fetzen Landes wie Florida wagt sich mit Texas zu vergleichen, das nicht verkauft wurde, sondern sich selbst unabhängig gemacht hat, das am 2. März 1836 die Mexikaner hinausjagte und nach dem Sieg S. Hustons über Santa-Annas Truppen am San Jacinto sich zu einer Föderativrepublik erklärt hat! Ein Land endlich, das sich freiwillig den Vereinigten Staaten Amerikas angeschlossen hat!«

»Aus Angst vor den Mexikanern!« entgegnete Florida.

Angst! Sowie dies allzu lebhafte Wort gesprochen war, wurde die Lage unerträglich. Man versah sich einer Mordszene auf den Straßen Baltimores. Es wurde nötig die Abgeordneten zu überwachen.

Der Präsident Barbicane wußte nicht, wohin er den Kopf wenden sollte. Es regneten Noten, Urkunden, grobe Drohbriefe in sein Haus. Für wen sollte er sich entscheiden? Vom Gesichtspunkt der Zugehörigkeit, der Zugänglichkeit, der Leichtigkeit des Transports waren die Ansprüche beider Staaten völlig gleich. Politische Anzüglichkeiten hatten nichts mit der Frage zu schaffen.

Dieses Schwanken, diese Verlegenheit dauerte schon geraume Zeit, als Barbicane sich entschloß herauszukommen; er versammelte seine Kollegen und legte ihnen einen Bescheid vor, der, wie man sehen wird, recht weise war.

»Bei reiflicher Erwägung dessen, was soeben zwischen Florida und Texas vorfiel, ist es offenbar, daß sich die nämlichen Schwierigkeiten zwischen den Städten des bevorzugten Staates ergeben werden. Die Rivalität wird von der Gattung zur Art, vom Staat zur Stadt fortschreiten. Nun hat Texas elf Städte von den erforderlichen Bedingungen, die sich um die Ehre der Unernehmung streiten werden, und wir werden neue Feinde dadurch bekommen; Florida dagegen hat nur eine. Also entscheiden wir für Florida und Tampa-Town!«

Als dieser Bescheid bekannt wurde, machte er die Abgeordneten von Texas ganz zerschlagen. Sie gerieten in unbeschreiblichen Zorn und bedrohten namentlich mehrere Mitglieder des Gun-Clubs. Den Behörden von Baltimore blieb nur ein Mittel übrig, und sie ergriffen es. Man ließ einen Extrazug heizen, brachte die Texaner mit oder wider Willen darauf und schaffte sie mit einer Schnelligkeit von dreißig Meilen die Stunde fort.

Aber so rasch sie dahinfuhren, hatten sie doch Zeit genug ihren Gegnern ein letztes drohendes Spottwort zuzuwerfen.

Anspielend auf den schmalen Landstrich, wie Florida zwischen beiden Meeren sich hinstreckt, behaupteten sie, es werde den Stoß des Schusses nicht aushalten und beim ersten Kanonenschuß auseinanderspringen.

»Nun denn! So mag es springen!« erwiderten die Floridaner mit einem Lakonismus, der des Altertums würdig war.

Zwölftes Kapitel

Dem ganzen Erdkreis

Als die astronomischen, mechanischen, topographischen Schwierigkeiten gelöst waren, kam die Geldfrage. Es handelte sich um die Beschaffung einer enormen Summe für die Ausführung des Projekts. Kein Privatmann, kein Staat selbst hätte die erforderlichen Millionen zur Verfügung gehabt.

Der Präsident Barbicane entschloß sich daher, obwohl die Unternehmung eine amerikanische war, sie zu einer Sache des allgemeinen Interesses zu machen, und jedes Volk um seine finanzielle Beteiligung anzugehen. Die ganze Erde hatte zugleich das Recht und die Pflicht, in den Angelegenheiten ihres Trabanten mitzuwirken. Die zu dem Ende eröffnete Subskription richtete sich von Baltimore an die gesamte Welt, *Urbi et Orbi.*

Diese Subskription sollte über alle Erwartung Erfolg haben. Es handelte sich jedoch nicht um eine Anleihe, sondern um ein Geldgeschenk. Die Operation war buchstäblich ohne Interessen und bot keine Aussicht auf einen Vorteil.

Aber die Mitteilung Barbicanes hatte ihre Wirkung über die Grenzen der Vereinigten Staaten hinaus geäußert, war über den Atlantischen und Stillen Ozean gedrungen, hatte sich zugleich über Asien und Europa, Afrika und Ozeanien verbreitet. Die Observatorien der Union setzten sich unmittelbar mit den ausländischen in Verbindung; die einen zu Paris, Petersburg, Berlin, Altona, Stockholm, Warschau, Hamburg, Ofen, Bologna, Malta, Lissabon, auf dem Kap, zu Benares, Madras, Peking ließen dem Gun-Club ihre Begrüßung zugehen; die anderen beobachteten eine vorsichtig zuwartende Haltung.

Das Observatorium zu Greenwich, dem die zweiundzwanzig übrigen astronomischen Beobachtungsstätten Großbritanniens beifällig wurden, sprach sich klar aus; es leugnete dreist die Möglichkeit des Erfolges und stellte sich auf die Seite der Theorien des Kapitäns Nicholl. Ebenso, während die verschiedenen gelehrten Gesellschaften Abgeordnete nach Tampa-Town zu schicken versprachen, ging das Bureau zu Greenwich in einer Sitzung brutal über Barbicanes Vorschlag zur Tagesordnung über. Es war das die pure englische Eifersucht, nichts sonst.

Im ganzen war der Eindruck auf die wissenschaftliche Welt ausgezeichnet und äußerte seinen Einfluß auf die Massen, welche im allgemeinen sich lebhaft für die Frage interessierten; ein sehr wichtiger Umstand, weil man an diese sich wendete, um ein beträchtliches Kapital zu unterzeichnen.

Der Präsident Barbicane hatte am 8. Oktober ein Manifest voll Enthusiasmus erlassen, worin er sich an alle Menschen von gutem Willen auf dem Erdball wendete. Dieses Schriftstück wurde in alle Sprachen übersetzt und hatte guten Erfolg.

In den Hauptstädten der Union wurden Subskriptionen aufgelegt, um sich zu Baltimore bei der Bank, *9 Baltimore-Street*, zu zentralisieren; hierauf unterzeichnete man in den verschiedenen Staaten der beiden Weltteile:

Zu Wien bei S. M. von Rothschild;
zu Petersburg bei Stieglitz & Cie.;
zu Paris beim Kredit Mobilier;
zu Stockholm bei Tottie & Arfuredson;
zu London bei N. M. von Rothschild & Söhne;

zu Turin bei Ardouin & Cie.;
zu Berlin bei Mendelsohn;
zu Genf bei Lombard, Odier & Cie.;
zu Konstantinopel bei der Ottomanischen Bank;
zu Brüssel bei S. Lambert;
zu Madrid bei Daniel Weisweller;
zu Amsterdam beim Credit Néerlandais;
zu Rom bei Torlonia & Cie.;
zu Lissabon bei Lecesne;
zu Kopenhagen bei der Privatbank;
zu Buenos Aires bei der Bank Maua;
zu Rio de Janeiro bei demselben Hause;
zu Montevideo ebendaselbst;
zu Valparaiso bei Thomas La Chambre & Cie.;
zu Mexiko bei Martin Daran & Cie.;
zu Lima bei Th. Lachambre & Cie.

Drei Tage nach dem Manifest des Präsidenten Barbicane waren in den verschiedenen Städten der Union vier Millionen Dollar hergeschossen. Mit einer solchen Barschaft konnte der Gun-Club schon sich in Bewegung setzen. Doch einige Tage später ward durch Depeschen Amerika kund, daß die auswärtigen Listen sich wetteifernd mit Unterzeichnungen bedeckten. Einige Länder zeichneten sich durch edle Freigebigkeit aus; andere öffneten minder leicht die spendende Hand. Das ist Sache des Temperaments. Übrigens sprechen Zahlen beredter als Worte; es folge daher hier die offizielle Aufstellung der Summen, welche nach dem Schluß der Unterzeichnungen dem Gun-Club zur Verfügung waren.

Rußland gab als seinen Anteil den enormen Betrag von dreihundertachtundsechzigtausendsiebenhundertdreiunddreißig Rubel.* Wollte man sich darüber

*1 Rubel Gold = 3 Mark 25 Pf.

wundern, so müßte man den wissenschaftlichen Sinn der Russen verkennen und den Fortschritt, welcher die astronomischen Studien bei ihnen begleitet, dank ihren zahlreichen Observatorien, deren bedeutendstes zwei Millionen Rubel gekostet hat.

Frankreich lachte anfangs über die Anmaßung der Amerikaner. Der Mond wurde Zielscheibe unzähliger abgenützter Witze und Gegenstand einer Menge von Vaudevilles, worin schlechter Geschmack mit Unwissenheit wetteiferte. Aber wie die Franzosen vormals zahlten, nachdem sie gesungen, so zahlten sie diesmal, nachdem sie gelacht hatten, und unterzeichneten für eine Summe von einer Million zweihundertfünfunddreißigtausendneunhundertunddreißig Franc. Dafür durften sie schon sich ein wenig lustig machen.

Österreich zeigte sich inmitten seiner Finanznot recht edelmütig. Sein Beitrag belief sich in öffentlicher Steuer auf zweihundertsechzehntausend Gulden*, die sehr willkommen waren.

Zweiundfünfzigtausend Reichstaler** war der Beitrag von *Schweden* und *Norwegen*, eine im Verhältnis zum Land ansehnliche Ziffer; aber sie wäre gewiß höher ausgefallen, wenn man die Subskription zu Christiania und Stockholm zu gleicher Zeit aufgelegt hätte. Die Norweger schicken nicht gerne ihr Geld nach Schweden, für welchen Zweck es auch sei.

Preußen bezeugte durch eine Sendung von zweihundertundfünfzigtausend Talern, wie sehr es die Unternehmung billigte. Seine verschiedenen Observatorien beteiligten sich eifrig mit einer bedeutenden Summe und trugen am meisten dazu bei, den Präsidenten Barbicane zu ermutigen.

---

*1 Gulden Gold = 2 Mark.

**1 Rixdaler = 1 M. 16 Pf.

Die *Türkei* benahm sich edelmütig dabei; sie war aber auch besonders dabei interessiert; nach dem Mond ist in der Tat ihr Jahresverlauf geregelt und ihre Fastenzeit Ramadan. Sie konnte nicht weniger geben als eine Million dreihundertzweiundsiebzigtausendsechshundertundvierzig Piaster*, und sie zahlte dieselben mit einem Eifer, welcher jedoch einen gewissen Druck von seiten der Pforte erkennen ließ.

Belgien zeichnete sich unter allen Staaten zweiten Ranges aus durch eine Gabe von fünfhundertdreizehntausend Franc, ungefähr zwölf Centime auf den Kopf seiner Bewohner.

Holland und seine Kolonien beteiligten sich bei der Unternehmung mit hundertundzehntausend Gulden, bat nur um Bewilligung von fünf Prozent Skonto, weil man bar zahlte.

Dänemark gab trotz der Beschränkung seines Gebietes doch neuntausend feine Dukaten, ein Beweis, wie gerne die Dänen wissenschaftliche Unternehmungen befördern.

Der *Deutsche Bund* unterzeichnete vierunddreißigtausendzweihundertfünfundachtzig Gulden; man konnte nicht mehr von ihm begehren; auch hätte er übrigens nicht mehr gegeben.

Italien obwohl in großer Verlegenheit, fand doch in den Taschen seiner Kinder zweihunderttausend Lire**, aber es mußte dieselben tüchtig umkehren. Hätte es Venedig gehabt, so hätte es mehr gespendet; aber es war noch nicht im Besitz desselben.

Der *Kirchenstaat* glaubte nicht unter siebentausendundvierzig römische Taler*** senden zu dürfen, und *Portugal* bezeugte seine Hingebung an die Wis-

*1 türk. Piaster = 15 Pfennig.

**à 80 Pfennig.

***Scudo = 4 Mark 40 Pfennig.

senschaft mit dreißigtausend Cruzado.

Mexiko spendete den Pfennig der Witwe mit sechsundachtzig Piastern*; aber Reiche, die in der Gründung begriffen, sind immer etwas beengt.

Zweihundertsiebenundfünfzig Franken war der bescheidene Beitrag der *Schweiz* zum Werke Amerikas. Offen gesagt, die Schweiz erkannte nicht die praktische Seite der Unternehmung; sie konnte sich nicht vorstellen, daß das Hinaufsenden einer Kugel in den Mond geeignet wäre, Geschäftsverbindungen mit dem Gestirn der Nacht zu gründen, und es kam ihr unklug vor, in eine so gewagte Unternehmung Geld zu stecken. Nach allem hatte die Schweiz vielleicht recht.

Für *Spanien* war's unmöglich, mehr wie hundertundzehn Realen** aufzubringen. Sein Vorwand war, daß es seine Eisenbahnen noch fertig zu bauen habe. Der wahre Grund aber liegt darin, daß in diesem Lande die Wissenschaft nicht gerne gesehen wird. Es ist noch ein wenig zurück. Und dann waren manche Spanier, die nicht zu den Ungelehrten gehörten, aber keine genaue Vorstellung von der Masse des Projektils im Verhältnis zu der des Mondes sich machen konnten; sie fürchteten, es möge seine Bahn stören, dieselbe in seiner Trabantenbestimmung aus der Ordnung bringen, so daß er auf die Erde fallen müsse. In diesem Falle sei es besser, sich davon fernzuhalten. Und das taten sie auch, etliche Realen abgerechnet.

Blieb noch *England*. Wir kennen bereits den verächtlichen Widerwillen, womit es Barbicanes Vorschlag aufnahm. Die Engländer haben nur eine und dieselbe Seele für die fünfundzwanzig Millionen der

*1 mex. Piaster = 4 Mark 36 Pfennig

**à 20 Pfennig.

Bewohner Großbritanniens. Sie gaben zu verstehen, die Unternehmung des Gun-Clubs streite mit dem »Nichtinterventions-Prinzip«, und sie unterzeichneten nicht für einen Pfennig.

Auf diese Mitteilung hatte der Gun-Club nur ein Achselzucken und fuhr fort in seinem großen Werke. Als *Südamerika*, d.h. Peru, Chile, Brasilien, die La-Plata-Staaten, Columbia, ihnen als Beitrag die Summe von dreihunderttausend Dollar zugestellt hatte, waren sie im Besitz eines ansehnlichen Kapitals, dessen Gesamtbetrag

Unterzeichnung der Vereinigten Staaten	4,000,000	Dollar,
Ausländische Subskriptionen . . .	1,446,675	»
Summa	5,446,675	Dollar.

Also fünf Millionen vierhundertsechsundvierzigtausendsechshundertundfünfundsiebzig Dollar, oder neunundzwanzig Millionen fünfhundertundzwanzigtausendneunhundertdreiundachtzig Franc vierzig Centime ließ das Publikum in die Kasse des Gun-Clubs fließen.

Staune man nicht über die bedeutende Summe. Die Guß-, Bohr- und Maurer-Arbeiten, die Kosten für Reise und Unterhalt der Arbeiter in einem fast unbewohnten Lande, die Einrichtung der Öfen und Gebäude, die Geräte der Werkstätten, das Pulver und Projektil, die Nebenkosten mußten dem Überschlag nach fast die ganze Summe verschlingen. Im Bundeskrieg sind gewisse Kanonenschüsse auf tausend Dollar zu stehen gekommen; der Schuß des Präsidenten Barbicane, der in den Annalen der Artillerie einzig dasteht, konnte wohl fünftausendmal mehr kosten.

Am 5. Oktober wurde mit der Hütte Goldspring bei New York, die während des Krieges für Parrott seine besten Kanonen gegossen hatte, ein Vertrag abgeschlossen.

Es wurde zwischen den Kontrahenten ausgemacht, daß die Hütte Goldspring sich verbindlich mache, das zum Guß der Columbiade erforderliche Material nach Tampa-Town, in Südflorida, hinzuschaffen. Diese Operation sollte bis zum kommenden 15. Oktober fertig und die Kanone in gutem Zustand geliefert sein bei Strafe von hundert Dollar täglich bis zu dem Momente, da der Mond sich unter den nämlichen Bedingungen wieder darstellen werde, d. h. in achtzehn Jahren und elf Tagen.

Das Anwerben der Arbeiter, ihre Bezahlung, die nötige wirtschaftliche Einrichtung obliege der Compagnie Goldspring.

Dieser Vertrag, doppelt und redlich ausgefertigt, wurde unterzeichnet von J. Barbicane, Präsident des Gun-Clubs, und J. Murchison, Direktor des Hüttenwerks Goldspring.

Dreizehntes Kapitel

Stone's-Hill

Seitdem der Gun-Club zuungunsten von Texas die Wahl getroffen hatte, ward es in Amerika, wo jedermann zu lesen versteht, für jeden eine Obliegenheit, die Geographie von Florida zu studieren. Die Hauptwerke darüber wurden ausverkauft, und es mußten neue Auflagen gemacht werden.

Für Barbicane genügte das Lesen nicht; er mußte mit eigenen Augen sehen und den Ort für die Columbiade bestimmen. Auch stellte er unverzüglich dem

Observatorium zu Cambridge die zur Errichtung eines Teleskops erforderlichen Mittel zur Verfügung und verhandelte mit dem Hause Breadwill und Comp. zu Albany über die Anfertigung des Projektils in Aluminium. Darauf verließ er Baltimore in Begleitung von J. T. Maston, dem Major Elphiston und dem Direktor der Hütte Goldspring.

Die vier Reisegenossen gelangten am folgenden Tag nach New Orleans, schifften sich da unverzüglich auf dem Tampico ein, einem Avisofahrzeug der Bundesmarine, welches die Regierung ihnen zur Verfügung stellte; und als der Dampf im Zug war, entschwanden bald die Gestade Louisianas ihren Augen.

Die Überfahrt dauerte nicht lange; zwei Tage nach der Abfahrt, als sie vierhundertachtzig Meilen zurückgelegt hatten, wurden sie der Küste von Florida ansichtig. Als Barbicane näher kam, gewahrte er vor sich ein niedriges, flaches Land von ziemlich unfruchtbarem Aussehen. Nachdem der Tampico eine Reihe Töpfe mit Austern und Hummern gefüllt, fuhr er in die Bai Espiritu Santo ein.

Diese Bai besteht aus zwei langen Reeden, der von Tampa und der von Hillisboro, in deren enge Mündung der Dampfer alsbald einfuhr. Kurz darauf spiegelte das Fort Brooke seine Streichbatterien auf den Fluten ab, und es zeigte sich die Stadt Tampa im Hintergrunde des kleinen natürlichen Hafens, welchen die Mündung des Flusses Hillisboro bildet, nachlässig gelagert.

Hier ging der Tampico am zweiundzwanzigsten Oktober um sieben Uhr abends vor Anker; die vier Passagiere begaben sich unverzüglich ans Land.

Als Barbicane den Boden Floridas betrat, klopfte ihm das Herz mit heftigen Schlägen; es war, als betaste sein Fuß den Boden wie ein Architekt, der ein Gebäude prüft. J. T. Maston kratzte den Boden mit seinem eisernen Haken.

»Meine Herren«, sagte Barbicane, »wir haben keine Zeit zu verlieren; gleich morgen steigen wir zu Pferd, das Land zu rekognoszieren.«

Sowie Barbicane ans Land gestiegen war, strömten die dreitausend Bewohner von Tampa-Town ihm entgegen, eine Ehre, die dem Präsidenten des Gun-Clubs wohl gebührte, welcher ihnen bei der Wahl seine Gunst geschenkt hatte. Sie empfingen ihn mit fürchterlichem Beifallsgeschrei; aber Barbicane entzog sich jeder Huldigungsbezeugung, begab sich in ein Zimmer im Hotel Franklin und nahm keine Besuche an. Der Stand eines berühmten Mannes war ihm entschieden nicht genehm.

Am folgenden Morgen, dem dreiundzwanzigsten Oktober, sah man kleine Pferde spanischer Rasse voll Feuer und Leben unter den Fenstern paradieren; aber es waren nicht vier, sondern fünfzig, und zwar beritten. Barbicane kam herab in Begleitung seiner drei Gefährten und staunte anfangs über den Reiteraufzug um ihn her. Er bemerkte weiter, daß jeder Reiter seinen Karabiner am Bandelier und Pistolen im Halfter trug. Ein junger Floridaner gab ihm sogleich Auskunft über eine solche Entwicklung von Streitkräften mit den Worten:

»Mein Herr, es gibt da Seminolen.«

»Was? Seminolen?«

»Wilde, die auf den Wiesengründen streifen; darum hielten wir für ratsam, Ihnen als Schutzwache zu dienen.«

»Pöh!« machte Maston, indem er sein Tier bestieg.

»Am Ende«, fuhr der Floridaner fort, »ist's so sicherer.«

»Meine Herren«, sagte Barbicane, »ich danke für

die Aufmerksamkeit; und jetzt vorwärts!«

Die kleine Truppe sprengte sogleich davon und verschwand in einem Staubgewölke. Es war fünf Uhr morgens; die Sonne glänzte bereits, und das Thermometer zeigte 84°*; aber frische Seewinde mäßigten die Hitze.

Barbicane wendete sich von Tampa-Town südlich der Küste entlang, um an das Flüßchen Alisia zu gelangen, das zwölf Meilen unterhalb Tampa-Town in die Bai Hillisboro mündet. Die Truppe ritt längs seinem rechten Ufer östlich aufwärts. Bald verschwanden die Gewässer der Bai hinter einer Biegung des Landes, und nur Flachland lag vor ihren Blicken.

Florida besteht aus zwei Teilen: der nördliche, bevölkerter, minder öde, mit der Hauptstadt Talahassee und Pensacola, einem der bedeutendsten Seearsenale der Vereinigten Staaten; der südliche, eingeengt zwischen den Gewässern des Amerikanischen Meeres und dem Busen von Mexiko, ist nur eine schmale Halbinsel längs dem Golfstrom, eine Landspitze inmitten eines kleinen Archipels, beständig von zahlreichen Fahrzeugen des Bahama-Kanals umfahren. Es ist bei großen Stürmen der vorgeschobene Schutzposten des Golfs. Die Oberfläche dieses Staats beträgt achtunddreißig Millionen dreiunddreißigtausendzweihundertsiebenundsechzig Morgen (Acres) Landes, auf welchen die für die Unternehmung geeignete Stelle innerhalb des achtundzwanzigsten Breitengrades zu wählen war; daher prüfte auch Barbicane während des Reitens achtsam die Gestaltung des Bodens und seine besondere Verteilung.

Florida, von Juan Ponce de Leon im Jahre 1518 am Palmsonntag entdeckt, wurde anfangs nach diesem Tag (*Pâques Fleuries*) benannt, welche schöne Bezie-

---

*Fahrenheit = 28° des hundertteiligen.

hung gar nicht zu seinen dürren, versengten Küsten paßte. Aber einige Meilen vom Gestade entfernt ändert sich allmählich die Beschaffenheit des Bodens, und das Land zeigt sich seines Namens würdig: der Boden war mit einem Netz von Bächen und Flüßchen, fließenden und stehenden Wassern, kleinen Seen bedeckt; man konnte meinen, man sei in Holland oder Guyana; aber das Land wurde allmählich höher, und zeigte bald seine fruchtbaren Ebenen, wo alle Pflanzenprodukte des Nordens und Südens gedeihen, seine unermeßlichen Fluren, wo die tropische Sonne und die im Tonboden enthaltene Feuchtigkeit allen förmlichen Anbau ersparten; endlich seine Wiesengründe voll Ananas, Yams, Tabak, Reis, Baumwolle und Zuckerrohr, welche sich in unabsehlicher Ausdehnung erstreckten und mit ihrem Reichtum in sorgloser Üppigkeit prangten.

Barbicane schien sehr befriedigt, als er die allmähliche Erhebung des Bodens gewahrte, und als Maston ihn darüber befragte, erwiderte er:

»Mein würdiger Freund, wir haben ein bedeutendes Interesse, unsere Columbiade auf dem höher gelegenen Grund zu gießen.«

»Um dem Mond näher zu sein?« rief der Sekretär des Gun-Clubs.

»Nein!« erwiderte Barbicane lächelnd. »Was machen einige Toisen aus? Vielmehr, weil in dem höheren Grund unsere Arbeiten leichter vorschreiten, wir haben da wenig mit dem Wasser zu kämpfen, was uns weitläufige und kostspielige Röhrenwerke ersparen wird, wenn sich's handelt, einen neunhundert Fuß tiefen Schacht zu graben.«

»Sie haben recht«, sagte darauf der Ingenieur Murchison, »man muß soviel wie möglich während des Bohrens das Zuströmen des Wassers vermeiden; aber wenn wir auf Quellen stoßen, das macht nichts aus, wir werden sie mit Maschinen auspumpen, oder wir werden sie ableiten. Es handelt sich hier nicht um einen artesischen Brunnen, wobei der Schraubenbohrer, die Dille, das Senkblei, kurz alle Bohrwerkzeuge im Dunkeln arbeiten. Nein, wir werden in freier Luft, bei hellem Licht arbeiten, den Spaten, die Hacke und Keilhaue in der Hand, und mit Hilfe der Mine werden wir rasch vorwärts kommen.«

»Jedoch«, erwiderte Barbicane, »wenn wir durch einen höher liegenden Boden oder die Beschaffenheit desselben einem Kampf mit den unterirdischen Wassern ausweichen können, so wird die Arbeit dabei raschern fördern und tüchtiger sein; suchen wir also unseren Schacht in einen Grund zu führen, der einige hundert Toisen über dem Niveau des Meeres liegt.«

»Sie haben recht, Herr Barbicane, und irre ich nicht, so werden wir bald eine passende Stelle finden.«

»Ah! Ich möchte beim ersten Spatenstich dabeisein«, sagte der Präsident.

»Und ich beim letzten!« rief Maston.

»Wir werden dies Ziel erreichen, meine Herren«, erwiderte der Ingenieur, »und glauben Sie mir, die Compagnie Goldspring wird Ihnen keine Verzugsstrafen zu zahlen haben.«

»Beim heiligen Bart! Da werden Sie wohl daran tun!« erwiderte Maston; »hundert Dollar täglich, bis der Mond wieder in die nämliche Stellung kommt, d.h. achtzehn Jahre und elf Tage lang; wissen Sie wohl, daß dies sechshundertachtundfünfzigtausendundhundert Dollar betragen würde.«

»Nein, mein Herr, wir wissen's nicht«, erwiderte der Ingenieur, »und werden's gar nicht zu lernen brauchen.«

Gegen zehn Uhr vormittags hatte die kleine Schar bereits ein Dutzend Meilen zurückgelegt; sie kamen aus den fruchtbaren Feldern in die Region der Wälder. Da wuchsen mancherlei Essenzen in tropischer Fülle. Diese fast undurchdringlichen Wälder bestanden aus Granat-, Orangen-, Zitronen-, Feigen-, Oliven-, Aprikosen-Bäumen, Pisang und großen Weinreben, deren Früchte und Blüten mit Farben und Wohlgerüchen um die Wette erquickten. Im duftenden Schatten dieser prachtvollen Bäume flog und sang eine ganze Welt von Vögeln mit glänzenden Farben, unter welchen besonders die Krebsfresser hervorstechen, deren Nest ein Schmuckkästlein sein sollte, um diesen gefiederten Kleinodien würdig zu entsprechen.

Maston und der Major konnten sich nicht enthalten, ihre Bewunderung der glänzenden Schönheiten dieser reichen Natur zu äußern.

Aber der Präsident Barbicane eilte, unempfänglich für alle diese Wunder, voran; das Land mißfiel ihm eben durch seine Fruchtbarkeit; ohne gerade ein Wasserentdeckungskünstler zu sein, fühlte er das Wasser unter seinen Füßen und suchte vergeblich nach Anzeichen einer unbestreitbaren Trockenheit.

Inzwischen kam man vorwärts; man mußte mehrere Flüsse durchwaten, nicht ganz ohne Gefahr, denn sie waren durch fünfzehn bis achtzehn Fuß lange Kaimans gefährlich. Maston drohte ihnen kühn mit seinem eisernen Haken; aber nur die Pelikane, Kriechenten und Phaetons, die wilden Bewohner der Gegend, wurden scheu, während große rote Flamingos ihn dumm anblickten.

Endlich verschwanden auch diese Bewohner feuchter Landschaft; minder starke Bäume sah man zerstreut in lichterer Waldung; inmitten unendlicher Ebenen zeigten sich vereinzelte Gruppen, wohin sich Herden aufgescheuchter Damhirsche zogen.

»Endlich!« rief Barbicane, in seinen Steigbügeln sich emporrichtend, »hier kommt die Fichtenregion!«

»Und auch die der Wilden«, erwiderte der Major.

In der Tat zeigten sich am fernen Horizont einige Seminolen; sie gerieten in Bewegung, rannten auf ihren raschen Pferden hin und her, schwangen lange Lanzen oder schossen dumpf mit ihren Gewehren; übrigens beschränkten sie sich auf diese feindseligen Kundgebungen, ohne weiter zu beunruhigen.

Barbicane befand sich mit seinen Gefährten mitten auf einer felsigen Ebene, einem offenen wenige Morgen großen Raum, worauf die Sonne glühende Strahlen warf. Diese hervorragende geräumige Erhöhung des Bodens schien den Mitgliedern des Gun-Clubs alle für die Aufstellung ihrer Columbiade erforderlichen Eigenschaften zu haben.

»Halt!« rief Barbicane, indem er stehenblieb. »Hat dieser Ort einen Namen im Land?«

»Er heißt Stone's-Hill (Steinhügel)«, erwiderte ein Floridaner.

Barbicane stieg schweigend ab, nahm seine Instrumente, und begann seine Lage mit äußerster Genauigkeit aufzunehmen; die kleine Truppe sammelte sich um ihn und beobachtete ihn im tiefsten Schweigen.

In diesem Momente trat die Sonne in den Meridian. Barbicane schrieb nach einigen Augenblicken rasch das Ergebnis seiner Beobachtung auf. »Dieser Platz liegt dreihundert Toisen über der Meeresfläche unter 27° 7′ nördlicher Breite und 5° 7′ westlicher Länge; es scheint mir, er biete durch seine trockene und felsige Beschaffenheit alle dem Unternehmen günstigen Bedingungen dar; auf dieser Ebene wollen wir also unsere Magazine, unsere Werkstätten, Essen, Arbeiterwohnungen errichten, und von dieser, ja dieser Stelle aus«, wiederholte er, indem er mit dem Fuß den Gipfel von Stone's-Hill betrat, »soll unser Projektil in die Räume der Sonnenwelt emporfliegen!«

Vierzehntes Kapitel

Hacke und Kelle

An demselben Abend kehrte Barbicane mit seinen Gefährten nach Tampa-Town zurück, und der Ingenieur Murchison schiffte sich auf dem Tampico wieder nach New Orleans ein. Er mußte ein Heer von Arbeitern dingen und den größten Teil des Materials dort holen. Die Mitglieder des Gun-Clubs blieben zu Tampa-Town, um mit Hilfe der Leute des Landes die ersten Arbeiten einzurichten.

Acht Tage nach seiner Abfahrt kam der Tampico mit einer kleinen Flotte von Dampfbooten in die Bai Espiritu Santo zurück. Murchison hatte fünfzehnhundert Arbeiter zusammengebracht. Zu der leidigen Zeit der Sklaverei hätte er Zeit und Mühe verloren. Aber seitdem das Land der Freiheit, Amerika, nur freie Bewohner hat, strömen diese von allen Seiten herbei, wo reichlich bezahlte Arbeit sie hinruft. Da es dem Gun-Club nicht an Geld mangelte, so bot er seinen Leuten hohen Lohn nebst beträchtlichen verhältnismäßigen Vergütungen. Der nach Florida gedungene Arbeiter konnte darauf rechnen, daß nach Vollendung der Arbeit auf der Bank von Baltimore ein Kapital für ihn niedergelegt war. Murchison hatte daher nach Belieben die Wahl und konnte strenge Anforderungen an die Geschicklichkeit und Tüchtigkeit seiner Arbeiter machen. Man darf wohl glauben, daß er in sein Arbeitsheer nur die besten Leute sich wählte, Mechaniker, Heizer, Gießer, Kalkbrenner, Grubenarbeiter, Ziegelstreicher und Handwerker aller Art, schwarze oder weiße, ohne Unterschied der Farbe. Viele von ihnen nahmen ihre Familien mit. Es war eine Art Auswanderung.

Am 31. Oktober um zehn Uhr vormittags stieg diese Schar zu Tampa-Town ans Land; man begreift, welche Bewegung und Tätigkeit in diesem Städtchen entstand, als auf einmal sich ihre Einwohnerzahl verdoppelte. In der Tat mußte dieser Schritt des Gun-Clubs Tampa-Town zu großem Vorteil gereichen, nicht sowohl durch die Menge der Werkleute, welche sich unverzüglich nach Stone's-Hill begaben, als durch das Zuströmen von Neugierigen, die nach und nach aus allen Teilen der Welt nach der Halbinsel Florida kamen.

In den ersten Tagen schiffte man das mitgebrachte Gerät aus, die Maschinen, Lebensmittel, nebst einer großen Anzahl von Wohnungen aus Eisenblech, deren Teile auseinandergelegt und numeriert waren. Zu gleicher Zeit streckte Barbicane zur Verbindung von Stone's-Hill mit Tampa-Town eine fünfzehn Meilen lange Eisenbahn ab.

Es ist bekannt, wie man in Amerika Eisenbahnen baut; launig in Beziehung auf Umwege, mit kühnen Steigungen, Geländer und künstliche Bauten verschmähend, laufen dieselben bergan und bergab blindlings weiter ohne Rücksicht auf die gerade Linie; sie sind nicht kostspielig, nicht unbequem; nur daß man in voller Freiheit darauf entgleist und Luftsprünge macht. Die Strecke von Tampa-Town nach Stone's-Hill war eine Bagatelle, die nicht viel Geld noch Zeit kostete.

Übrigens war Barbicane die Seele dieser auf seinen Ruf zusammengeströmten Leute; er belebte sie, teilte ihnen seinen Hauch, seinen Enthusiasmus, seine Überzeugung mit, er war allerwärts zugegen, als sei er mit Allgegenwärtigkeit begabt, stets von Maston wie von einer summenden Mücke begleitet. Sein praktischer Geist ersann tausend Erfindungen. Für ihn gab's kein Hindernis, keine Schwierigkeit, keine Verlegenheit; er war Bergmann, Maurer, Mechaniker sowie Artillerist, hatte Antworten auf alle Fragen und Lösungen für alle Probleme. Er korrespondierte lebhaft mit dem Gun-Club oder dem Hüttenwerk Goldspring; Tag und Nacht war mit angezündetem Feuer und gespanntem Dampf der Tampico auf der Reede zu Hillisboro seiner Befehle gewärtig.

Am 1. November verließ Barbicane mit einem Trupp seiner Arbeiter Tampa-Town, und vom folgenden Tage an wuchs um Stone's-Hill herum eine Stadt maschinenfertiger Häuser empor; man umgab sie mit Palisaden, und ihrem regen, emsigen Leben nach hätte man sie für eine der großen Städte der Union gehalten. Das Leben war darin disziplinarisch geordnet, und die Arbeiten begannen in vollkommenster Ordnung.

Durch sorgfältig angestellte Untersuchungen kannte man schon genau die Beschaffenheit des Bodens, und die Grabarbeit konnte bereits am 4. November in Angriff genommen werden. An diesem Tage versammelte Barbicane seine Werkmeister und sprach zu ihnen:

»Es ist Ihnen, meine Freunde, allen bekannt, weshalb ich Sie in dieser öden Gegend Floridas zusammengerufen habe. Es soll eine Kanone gegossen werden, von neun Fuß innerem Durchmesser, mit sechs Fuß dicken Wänden und einer steinernen Verkleidung von neunzehnundeinhalb Fuß; dafür nun ist ein Schacht zu graben von sechzig Fuß Breite und neunhundert Tiefe. Diese bedeutende Arbeit soll in acht Monaten fertig sein. Sie haben also zwei Millionen fünfhundertdreiundvierzigtausendvierhundert Kubikfuß Grund auszugraben binnen zweihundertfünfundfünfzig Tagen, d.h. zehntausend Kubikfuß täglich. Diese Aufgabe, welche für tausend Arbeiter mit freien Armen nicht schwierig ist, wird in einem verhältnismäßig engen Raum etwas beschwerlicher sein. Dennoch, da es notwendig ist, wird die Arbeit zu fertigen sein, und ich zähle auf Ihren Mut wie auf Ihre Tüchtigkeit.«

Um acht Uhr vormittags geschah der erste Spatenstich in Floridas Boden, und von diesem Moment an blieb dieses treffliche Werkzeug in der Hand der Grubenleute nicht einen Augenblick müßig. Die Arbeiter lösten sich jedes Viertel des Tages ab.

So kolossal übrigens die Aufgabe war, überstieg sie doch nicht das Maß menschlicher Kräfte. Wie manche weit schwierigere, wobei die Elemente direkt zu bewältigen waren, wurden zu gutem Ende geführt! Und um nur von Arbeiten der nämlichen Art zu reden, brauch' ich nur den Brunnenschacht des Paters Joseph anzuführen, welchen der Sultan Saladin bei Kairo ausführen ließ, zu einer Zeit, als die menschliche Kraft noch nicht durch Maschinen hundertfach stärker geworden war, und der vom Niveau des Nils dreihundert Fuß in die Tiefe ging. Sodann den zu Koblenz, welchen Markgraf Johann von Baden sechshundert Fuß tief graben ließ. Nun um was handelte sich's denn, kurz zu sagen? Diese Tiefe dreimal zu nehmen bei zehnfacher Breite, wodurch das Graben nur leichter wurde. Darum zweifelte auch kein Werkmeister oder Arbeiter am günstigen Erfolg.

Die Beschleunigung der Arbeit wurde noch durch einen wichtigen Beschluß erleichtert, welchen der Ingenieur Murchison mit dem Präsidenten Barbicane faßte. Ein Artikel des Vertrages besagte, daß die Columbiade mit Ringen von Schmiedeeisen umgeben werden solle, welche glühend angelegt werden mußten. Es war dies eine übertriebene Vorsicht, denn man konnte diese Ringe wohl entbehren. Man verzichtete daher auf diesen Punkt und sparte dadurch viele Zeit; man konnte dann beim Graben das neue System anwenden, welches man jetzt beim Schachtbau befolgt, indem man das Mauern gleichzeitig mit dem Graben vornimmt. Infolge dieses einfachen Verfahrens ist es nicht mehr nötig, den Erdgrund mit Strebepfählen zu stützen, das Mauerwerk hält denselben unerschütterlich fest. Mit diesem Verfahren konnte man jedoch erst dann beginnen, als die Hacke auf den Felsgrund gekommen war.

Am 4. November gruben fünfzig Arbeiter im Mittelpunkt des umzäunten Raumes, auf der Oberfläche von Stone's-Hill, ein kreisrundes Loch von sechzig Fuß Breite.

Die Hacke stieß anfangs auf eine sechs Zoll tiefe Schicht schwarzen Erdreichs, das leicht beseitigt war. Hierauf folgten zwei Fuß feinen Sandes, den man sorgfältig aufhob, um ihn bei Fertigung der Gießform zu benützen.

Hernach zeigte sich ein weißer, ziemlich fester Ton, ähnlich dem Mergel in England, der eine vier Fuß dicke Schicht bildete.

Jetzt kam man auf den harten Grund von versteinerten Muscheln, der sehr trocken und fest war und fortwährend die Anwendung von Handwerkszeug notwendig machte. Man hatte bereits eine Tiefe von sechsundeinemhalben Fuß erreicht, und die Maurerarbeit konnte begonnen werden.

Auf dem Boden dieser Grube fertigte man von Eichenholz eine radförmige, stark ausgebolzte Scheibe von erprobter Festigkeit, mit einer Öffnung in der Mitte von einem Durchmesser gleich dem äußeren der Columbiade. Auf dieser Radscheibe* ruhten die ersten Schichten des Mauerwerks, dessen Steine durch hydraulischen Mörtel aufs zäheste verbunden waren. Als das Mauerwerk vom Umkreis bis zur Mitte aufgeführt war, befanden sich die Arbeiter in einem einundzwanzig Fuß breiten Schacht eingeschlossen.

Als man damit fertig war, nahmen die Arbeiter Hacke und Pickel zur Hand, hieben den Felsgrund dicht unter der Scheibe an, welche sie nach Maßgabe der fortschreitenden Arbeit mit äußerst starkem Gebälk zu stützen bedacht waren. Sobald die Grube um zwei Fuß tiefer geworden war, nahm man die Balken, einen nach dem andern, heraus; die Radscheibe senkte sich allmählich samt dem ringförmigen Mauerwerk, welches die Werkleute oben unaufhörlich weiter aufführten, indem sie dabei »Abzugslöcher« frei ließen, durch welche während der Gußarbeit das sich entwickelnde Gas entweichen konnte.

Diese Art von Arbeit erforderte auf seiten der Arbeiter eine ausnehmende Geschicklichkeit und unablässige Achtsamkeit; Mancher wurde beim Graben unter der Scheibe von Steinsplittern verwundet, aber ihr Eifer ließ bei Tag und Nacht nicht eine Minute nach; bei Tag, wo die Hitze einige Monate später bis auf neunzig Grad** stieg; nachts beim bleichen

*Auch bei uns oft angewendet.
**Fahrenheit = vierzig Grad des hundertteiligen (Celsius) Thermometers.

Schein elektrischer Lichtströme, unterm Lärmen der klopfenden Steinhauer, der explodierenden Minen, der knarrenden Maschinen, in einem Wirbel von Dünsten, welche in weitem Kreis um Stone's-Hill herum die Lüfte durchdrangen, so daß weder Büffelherden noch Seminolen sich in die Nähe wagten.

Indessen schritten die Arbeiten regelmäßig vor; das Material wurde vermittelst Kränen durch Dampfkraft auf und ab geschafft; unerwartete Hindernisse gab's wenige, der vorausgesehenen ward man leicht Herr.

Nach Verlauf des ersten Monats hatte der Schacht die für diesen Zeitraum bestimmte Tiefe, nämlich hundertundzwölf Fuß, erreicht; im Dezember das Doppelte, im Januar das Dreifache dieses Maßes. Während des Februar hatten die Arbeiter gegen Wasser zu kämpfen, welches durch den umgebenden Erdgrund eindrang. Man mußte stark wirkende Pumpen und Vorrichtungen mit zusammengepreßter Luft anwenden, um es herauszuschaffen und dann die Mündungen der Quellen zu vermauern. So wurde man der widerwärtigen Einströmungen Meister; nur geschah es, daß infolge des weicheren Grundes die Radscheibe zum Teil nachgab und ein teilweises Einstürzen eintrat. Man denke auch, welchen furchtbaren Druck das vierhundertundfünfzig Fuß hohe Mauerwerk auf die Scheibe ausüben mußte. Dabei kamen einige Arbeiter ums Leben.

Drei Wochen gingen drauf, um das Mauerwerk zu stützen, die Arbeit unten wiederaufzunehmen und die Scheibe wieder so fest wie früher zu machen. Doch erlangte das eine Zeitlang geschädigte Werk durch die Geschicklichkeit der Ingenieure und die Tüchtigkeit der Maschinen seine Festigkeit wieder, und die Bohrarbeit wurde fortgesetzt.

Von nun an hielt kein neuer Zwischenfall den Fortschritt der Arbeit auf, und am 10. Juni, zwanzig Tage vor Ablauf der von Barbicane gesteckten Frist, hatte der Schacht mit seiner vollständigen Mauereinfassung die Tiefe von neunhundert Fuß erreicht. Unten ruhte das Gemäuer auf einem massiven dreißig Fuß dicken Würfel, und oben reichte es an die Oberfläche des Bodens.

Barbicane und die Mitglieder des Gun-Clubs begrüßten warm den Ingenieur Murchison, daß seine Zyklopenarbeit so außerordentlich rasch fertig geworden.

Im Verlauf dieser acht Monate verließ Barbicane Stone's-Hill nicht einen Augenblick; während er Schritt für Schritt die Bohrarbeit begleitete, bekümmerte er sich unablässig um das Wohlsein und die Gesundheit seiner Arbeiter und wußte auch glücklich die Krankheiten fernzuhalten, welche bei großer Menschenanhäufung so leicht vorkommen und in den Gegenden tropischen Klimas so gefährlich werden können.

Es hatten zwar mehrere Arbeiter ihre Unvorsichtigkeit mit dem Leben zu büßen; aber bei so gefährlichen Arbeiten sind beklagenswerte Unfälle der Art unmöglich zu vermeiden, und sie gehören zu dem Detail, was den Amerikanern wenig Sorge macht. Sie bekümmern sich mehr um die Humanität im allgemeinen als gegen das Individuum im besonderen. Doch Barbicane hatte die entgegengesetzten Grundsätze und brachte sie bei jeder Gelegenheit zur Anwendung. Seiner Sorge und Einsicht, seinem nützlichen Einwirken bei schwierigen Fällen, seinem erstaunlichen humanen Scharfblick war es daher auch zu verdanken, daß die Unglücksfälle durchschnittlich diejenige Zahl nicht überschritten, wie sie in denjenigen europäischen Ländern vorkommen, welche man wegen überreicher Vorsichtsmaßregeln als Muster anführt, unter anderem Frankreich, wo man bei den Arbeiten auf zweimal hunderttausend Franc ungefähr einen Unglücksfall rechnet.

Fünfzehntes Kapitel

Das Gußfest

Während acht Monate lang die Grubenarbeit vorgenommen wurde, waren zu gleicher Zeit die Vorarbeiten für den Guß äußerst rasch vorgeschritten; ein Fremder, der nach Stone's-Hill kam, wäre durch den Anblick, der sich seinen Blicken darbot, sehr überrascht worden.

Sechshundert Yards von dem Schacht entfernt, im Kreise um diesen Mittelpunkt, erhoben sich zwölfhundert Streichöfen, jeder sechs Fuß breit und drei voneinander entfernt. Es war eine Linie von zwei Meilen Länge, woran diese zwölfhundert Öfen gereiht waren. Alle nach dem nämlichen Muster mit viereckigen Rauchfängen erbaut, machten einen ganz besonderen Eindruck. J. T. Maston fand diese Anordnung prachtvoll. Sie erinnerte ihn an die Monumente Washintons. Für ihn gab's nichts Schöneres auf der Welt; selbst in Griechenland oder sonst irgendwo gab's nie etwas der Art, meinte er.

Wir erinnern uns, daß das Komitee in der dritten Sitzung für die Columbiade Gußeisen, insbesondere graues, zu verwenden beschloß. Dieses Metall ist in der Tat zäher, dehnbarer, weicher, leichter zu feilen, für alle Verrichtungen des Formens geeigneter, und mit Steinkohlen behandelt, von vorzüglicher Beschaffenheit für die Stücke großer Widerstandskraft wie Kanonen, Dampfmaschinenzylinder, hydraulische Pressen etc.

Aber das Gußeisen ist, wenn es nur einmal geschmolzen wird, selten gleichartig genug, und man reinigt und läutert es durch ein zweites Schmelzen, indem man es seiner letzten erdigen Bestandteile dadurch entledigt.

Daher wurde auch das Eisenerz, bevor man es nach Tampa-Town schaffte, in den Hochöfen zu Goldspring behandelt, und mit Steinkohlen und Kieselstoff in Berührung einem hohen Hitzgrade ausgesetzt, war es mit Kohlenstoff verbunden zu Gußeisen geworden. Nach dieser ersten Zubereitung wurde das Metall nach Stone's-Hill geschafft. Aber die Masse von hundertsechsunddreißig Millionen Pfund war für Beförderung durch Eisenbahn zu kostspielig; die Kosten wären durch den Transport aufs Doppelte gestiegen. Man zog daher vor, zu New York Schiffe zu mieten, um sie mit dem Gußeisen in Barren zu befrachten. Es waren nicht weniger als achtundsechzig Fahrzeuge von tausend Tonnen erforderlich, eine wahre Flotte, die am dritten Mai aus den Gewässern von New York auslief, den Ozean längs der amerikanischen Küste durchfuhr, durch den Kanal von Bahama um die Spitze von Florida wieder aufwärts am zehnten desselben Monats in der Bai Espiritu Santo ankam und ohne Schaden und Gefahr im Hafen von Tampa-Town ankerte. Hier wurde die Ladung der Schiffe in die Waggons der Bahn nach Stone's-Hill gebracht, und um die Mitte des Januar befand sich die enorme Masse Metall an ihrem Bestimmungsort.

Es ist leicht begreiflich, daß, um diese sechzigtausend Tonnen Eisen zu gleicher Zeit zu schmelzen, zwölfhundert Öfen nicht zuviel waren. Jeder dieser Schmelzöfen konnte etwa hundertundvierzehntausend Pfund dieses Metalls fassen; sie wurden nach dem Muster derjenigen erbaut, welche man beim Guß der Rodmans-Kanone gebraucht hatte; sie waren trapezförmig und sehr niedrig. Der Heizungs-Apparat und der Rauchfang befanden sich an den beiden Enden des Ofens, so daß dieser seiner ganzen Länge nach gleichmäßig beheizt war. Diese aus feuerfesten Ziegelsteinen erbauten Öfen bestanden lediglich aus einem Rost, um die Steinkohlen darauf zu brennen, und einem Herd, »Sole«, worauf die Gußbarren gelegt wurden; diese unter einem Winkel von fünfundzwanzig Grad geneigte »Sole« ließ das Metall in die Auffangebecken abfließen; von da leiteten es zwölfhundert Rinnen dem Zentralbecken zu.

Sobald die Grab- und Mauerarbeit beendigt war, schritt Barbicane zur Fertigung der inneren Gießform. Es handelte sich darum, im Mittelpunkt des Schachtes seiner Achse entlang einen neunhundert Fuß langen und neun Fuß breiten Zylinder herzustellen, der genau den für die Seele der Columbiade bestimmten Raum enthalten sollte. Der Zylinder wurde aus einer tonartigen Erde und Sand gefertigt, mit einer Beimischung von Heu oder Stroh. Der Zwischenraum, welcher zwischen dem Zylinder und dem aufgemauerten Mantel leer blieb, sollte mit dem geschmolzenen Metall ausgefüllt werden, welches demgemäß die sechs Fuß dicken Wände bilden sollte.

Dieser Zylinder mußte, um das Gleichgewicht zu halten, durch eiserne Beschläge zusammengehalten und in gewissen Entfernungen vermittelst Querstäben, die in der steinernen Umkleidung eingelassen wurden, befestigt werden; nach dem Guß mußten diese Querstäbe sich in der Masse des Metalls befinden, was keinen Nachteil brachte.

Diese Arbeit wurde am 8. Juli fertig, und nun wurde der Guß auf den folgenden Tag festgesetzt.

»Der Guß wird ein hübsches Fest werden«, sagte Maston zu seinem Freund Barbicane.

»Allerdings!« erwiderte dieser, »aber ein öffentliches Fest darf's nicht sein.«

»Wieso! Wollen Sie nicht die Pforten jedem öffnen?«

»Davor werd' ich mich hüten, Maston; der Guß der Columbiade ist eine bedenkliche, wo nicht gefährliche Sache, und es wird besser sein, daß man dabei die Türen schließt. Beim Abschießen des Projektils, wenn man ein Fest will, meinetwegen, aber eher nicht!«

Der Präsident hatte recht; es konnten sich bei der Vornahme des Gusses unvorhergesehene Gefahren ergeben, bei welchen eine große Menge von Zuschauern hinderlich gewesen wäre. Man mußte Freiheit der Bewegung haben. Es wurde daher in den umschlossenen Raum niemand zugelassen, außer Abgeordneten des Gun-Clubs, die nach Tampa-Town kamen. Da sah man den muntern Bilsby, Tom Hunter, den Obrist Blomsberry, den Major Elphiston, den General Morgan und alle, denen der Guß der Columbiade eine persönliche Angelegenheit wurde. Maston wurde ihr Cicerone; er verschonte sie mit keinem Detail, führte sie überall umher, in die Magazine, Werkstätten, mitten unter die Maschinen, ja sie mußten die zwölfhundert Schmelzöfen der Reihe nach alle besuchen. Bei dem zwölfhundertsten waren sie ein wenig erschöpft.

Der Guß sollte gerade um Mittag vorgenommen werden; Tags zuvor wurden in jeden Ofen hundertundvierzehntausend Pfund Metall in Barren geschafft und diese kreuzweise übereinandergelegt, damit die heiße Luft frei zwischen ihnen spielen konnte. Seit dem frühen Morgen spien die zwölfhundert Essen ihre Feuerströme in die Lüfte, und der Boden war in dumpf zitternder Bewegung. Es schmolz eine so ungeheure Menge Metall, glühte eine so ungeheure Masse Kohlen. Die achtundsechzigtausend Tonnen Kohlen mußten wohl einen dichten Vorhang schwarzen Rauchs vor die Sonnenscheibe ziehen.

In der Umgebung der Öfen, die mit dumpfem Getöse, das dem Rollen des Donners glich, weithin vernehmlich waren, wurde die Hitze bald unerträglich; gewaltige Kühlmaschinen wehten beständig frische Luft zu und sättigten alle glühenden Essen mit Sauerstoff.

Sollte der Guß gelingen, so mußte er rasch ausgeführt werden. Auf ein Signal mit einem Kanonenschuß mußte jeder Ofen die flüssige Masse frei lassen und sich gänzlich entleeren. Gemäß dieser Anordnungen warteten die Werkmeister und Arbeiter auf den bestimmten Moment mit unruhig gespannter Ungeduld. Es befand sich niemand mehr im inneren Raum und jeder Gießmeister auf seinem Posten bei den Abflußlöchern.

Barbicane mit seinen Kollegen wohnte auf einer nahen Erhöhung der Ausführung bei. Vor ihnen stand ein Geschützstück bereit, auf einen Wink des Ingenieurs das Zeichen zu geben.

Einige Minuten vor zwölf Uhr begannen die ersten Tröpfchen Metall zu fließen; die Becken füllten sich allmählich, und als der Guß völlig flüssig war, ließ man ihn einige Minuten ruhig stehen, um leichter fremdartige Teile daraus zu entfernen.

Schlag zwölf donnerte der Kanonenschuß und blitzte durch die Lüfte. Die zwölfhundert Abflußlöcher öffneten sich zu gleicher Zeit, und zwölfhundert feurige Schlangen rieselten dem Schacht in der Mitte zu mit glühenden Ringen. Da stürzten sie, mit erschrecklichem Getöse, neunhundert Fuß tief hinab. Es war ein erhebender, prachtvoller Anblick. Der Boden erbebte, während diese Fluten von Guß Rauchsäulen zum Himmel emporwirbelten, zugleich die Feuchtigkeit der Form verflüchtigend, welche als undurchdringlicher Dampf durch die Zuglöcher der Umkleidung hervorqualmte. Diese künstlichen Wolken wälzten ihre dichten Spiralsäulen bis dreitausend Fuß hoch zu dem Zenit empor. Mancher außerhalb des Gesichtskreises streifende Wilde mochte glauben, es bilde sich im Schoße Floridas ein neuer Krater, und doch war kein Vulkanausbruch, kein Wetterwirbel, kein Gewitter noch sonst ein Ringen der Elemente, noch ein fürchterliches Naturereignis, wie sie sich mitunter begeben! Nein! Lediglich Menschenwerk waren diese geröteten Dampfwolken, diese eines Vulkans würdigen Riesenflammen, diese erdbebengleichen donnernden Erschütterungen, dieses stumme und gewittergleiche Dröhnen; seine Hand stürzte einen ganzen Niagara strömenden Metalls in einen selbstgegrabenen Abgrund.

Sechzehntes Kapitel

Die Columbiade

War der Guß gelungen? Man konnte darüber nur Vermutungen haben. Doch ließ alles an den guten Erfolg glauben, weil die Gießform die ganze Masse des in den Öfen geschmolzenen Metalls in sich aufgenommen hatte. Wie dem auch sei, es sollte noch lange dauern, bis man darüber Gewißheit haben konnte.

In der Tat, als der Major Rodman seine Kanone von hundertsechzigtausend Pfund goß, waren nicht weniger als vierzehn Tage zum Abkühlen erforderlich. Wie lange noch sollte die riesenhafte Columbiade, umgeben von ihren Dampfwirbeln und durch ihre große Hitze geschützt, sich den Blicken ihrer Bewunderer entziehen? Das war schwer zu berechnen.

Die Ungeduld der Mitglieder des Gun-Clubs wurde inzwischen auf eine harte Probe gestellt. Aber es ließ sich nichts dafür tun. Maston hätte sich beinahe aus Hingebung gebraten. Vierzehn Tage nach dem Guß stieg noch ein unendlicher Rauchwirbel zum Himmel empor, und im Umkreis von zweihundert Fuß um Stone's-Hill verbrannte noch der Boden die Füße.

Tage verflossen, Wochen reihten sich an Wochen. Kein Mittel, den ungeheuren Zylinder abzukühlen. Keine Möglichkeit, nahe zu kommen. Es galt nur abzuwarten, und die Mitglieder des Gun-Clubs mußten sich in Geduld fügen.

»Nun haben wir schon den 10. August«, sagte eines Morgens J. T. Maston. »Keine vier Monate mehr bis zum 1. Dezember. Den inneren Teil der Form herausnehmen, die Seele kalibrieren, die Columbiade laden, das alles muß noch geschehen! Wir werden nicht fertig! Man kann ja noch nicht einmal nahe kommen! Wird die Kanone niemals kalt werden! Da wären wir grausam angeführt!«

Vergeblich suchte man den ungeduldigen Sekretär zu beruhigen; Barbicane äußerte nichts, aber sein Schweigen barg eine innere Aufregung. Gänzlich gehemmt sein durch ein Hindernis, das nur die Zeit besiegen konnte – die Zeit, unter den gegebenen Umständen ein fürchterlicher Feind –, und einem Feind waffenlos preisgegeben, das war hart für Kriegerseelen!

Inzwischen ließen tägliche Beobachtungen eine Veränderung im Zustand des Bodens wahrnehmen. Um den 15. August war der emporsteigende Dampf bereits bedeutend minder stark und dicht. Einige Tage hernach strömte der Boden nur noch leichte Dünste aus, ein letztes Hauchen des im steinernen Sarg eingeschlossenen Ungeheuers. Nach und nach hörte das Zittern des Bodens auf, und der Kreis des Wärmestoffs ward enger; die ungeduldigsten Zuschauer wagten sich näher; den einen Tag gewannen sie zwei Toisen, den folgenden vier, und am 22. August konnte Barbicane mit seinem Ingenieur und seinen Kollegen schon auf dem Streifen-Guß Platz nehmen, welcher den Boden von Stone's-Hill leicht bedeckte; gewiß ein der Gesundheit zuträglicher Ort, wo man nicht kalte Füße bekam.

»Endlich!« rief der Präsident des Gun-Clubs mit tiefer Befriedigung aus.

Denselben Tag noch begannen wieder die Arbeiten. Sofort schritt man dazu, das Innere der Form herauszunehmen; die Hacke und Spitzhaue, die Werkzeuge zum Bohren waren unausgesetzt tätig; die Tonerde mit dem Sand hatten durch Einwirkung der Wärme eine äußerste Härte erlangt; aber mit Hilfe der Maschinen bewältigte man den Stoff, welcher in der Nähe der Wände noch glühend heiß war; er wurde herausgenommen, und rasch auf Karren mit Dampfkraft fortgeschafft. Dabei war der Eifer bei der Arbeit so groß und förderlich, Barbicanes Einwirkung so dringend und seine Beweisgründe in Form von Dollars so wirksam, daß am 3. September jede Spur der Gußform verschwunden war.

Sogleich begann darauf das Ausfeilen; unverzüglich wurden die Maschinen in Bewegung gesetzt, und mächtige Feilen waren eilig beschäftigt, alles Rauhe des Gusses zu beseitigen. Nach einigen Wochen war die innere Fläche der ungeheueren Röhre völlig zylindrisch und die Seele fein poliert.

Endlich, am 22. September, ehe noch ein Jahr seit Barbicanes Bekanntmachung verflossen, war die enorme Maschine, sorgfältig kalibriert, und mit Hilfe genauer Instrumente vollständig vertikal gerichtet, zum Gebrauch fertig. Man hatte nur noch den Mond abzuwarten, konnte aber sicher sein, daß er beim Rendezvous erscheinen werde.

Mastons Freude ging über alle Schranken, und er hätte beinahe, indem er in die neunhundert Fuß lange Röhre blickte, einen schrecklichen Fall getan.

Hätte er sich nicht an dem starken Arm Blomsberrys festgehalten, so hätte der Sekretär des Gun-Clubs, wie ein neuer Herostrat, in den Tiefen der Columbiade seinen Tod gefunden.

Die Kanone war also fertig; an ihrer vollkommenen Herstellung war nicht zu zweifeln; daher erschien auch am 6. Oktober der Kapitän Nicholl bei dem Präsidenten Barbicane, und dieser trug in seine Bücher den Einnahmeposten von zweitausend Dollar ein. Man kann wohl glauben, daß der Kapitän im höchsten Grade erzürnt war, so daß er krank ward. Doch waren noch drei Wetten, zu drei-, vier- und fünftausend Dollar, so daß, wenn er nur zwei derselben gewann, seine Sache nicht schlecht, wo nicht vortrefflich stand. Aber er brachte das Geld gar nicht in Anschlag, und der von seinem Rivalen errungene Erfolg, eine Kanone zu gießen, welcher sechsunddreißig Fuß dicke Platten nicht widerstehen konnten, versetzte ihm einen harten Schlag.

Seit dem 23. September war dem Publikum der Zutritt in den umschlossenen Raum von Stone's-Hill erlaubt, und man kann sich denken, welch ein Zuströmen von Besuchern stattfand.

In der Tat, zahllose Neugierige aus allen Teilen der Vereinigten Staaten zogen sich nun nach Florida. Die Stadt Tampa hatte sich im Laufe des den Arbeiten des Gun-Clubs gewidmeten Jahres bedeutend vergrößert, und sie zählte damals hundertundfünfzigtausend Bewohner. Nachdem sie zuerst das Fort Brooke mit einem Netz von Straßen umgeben hatte, dehnte sie sich nun auf der Erdzunge aus, welche die beiden Reeden der Bai Espiritu Santo scheidet, neue Quartiere, neue Plätze, ein ganzer Wald von Häusern war im Klima amerikanischer Sonne an den kürzlich nach öden Uferstellen emporgewachsen. Es hatten sich Compagnien gebildet, um Kirchen, Schulen, Privatwohnungen zu bauen, und im Verlauf eines Jahres war die Stadt zehnmal größer geworden.

Bekanntlich sind die Yankees geborene Kaufleute; überall, wohin sie das Schicksal wirft, vom Pol bis zum Äquator, muß ihr Geschäftsinstinkt sich nutzbringend üben. Daher kam's, daß bloß neugierige Leute, die einzig zu dem Zweck nach Florida kamen, um den Arbeiten des Gun-Clubs beizuwohnen, sich, sowie sie in Tampa wohnhaft waren, mit Handelsunternehmungen befaßten. Die Schiffe, welche für den Transport des Materials und der Arbeiter gemietet waren, hatten eine Tätigkeit ohnegleichen im Hafen veranlaßt. Bald fanden sich andere Fahrzeuge von jeder Größe und Gestalt, mit Lebensmitteln, Vorräten und Waren befrachtet, in der Bai und auf den beiden Reeden ein; es entstanden große Reederei-Comptoirs und Wechselstuben, und die Schiffahrtszeitung zählte täglich neue Schiffe auf, die im Hafen von Tampa ankamen.

Während die Straßen sich um die Stadt herum vervielfältigten, wurde diese, in Betracht des erstaunlichen Zuwachses der Bevölkerung und ihres Handels, durch eine Eisenbahn mit den Südstaaten der Union in Verbindung gebracht. Bereits war Mobile mit Pensacola, dem großen Seearsenal des Südens, durch einen Bahnweg in Verbindung, führte dann von da aus nach Talahassee. Dieses war durch eine Strecke von einundzwanzig Meilen mit St. Marks am Meeresufer in Verbindung. Diese kurze Bahnstrecke wurde nun nach Tampa-Town verlängert und führte in dieser Richtung den erstorbenen Teilen Mittelfloridas erneuertes Leben zu. So konnte Tampa, Dank der durch einen eminenten Kopf hervorgerufenen merkwürdigen Industrie mit Recht sich als große Stadt benehmen. Man hatte ihr den Beinamen »Mondstadt« gegeben.

Nun ist's jedem begreiflich, weshalb die Eifersucht zwischen Texas und Florida so arg gewesen und die Texaner so aufgebracht wurden, als sie durch die Wahl des Gun-Clubs ihre Ansprüche zurückgewiesen sahen. In vorausblickendem Scharfsinn hatten sie eine Idee davon, welche Vorteile Barbicanes Experiment dem Lande bringen werde. Es entging Texas dadurch ein bedeutender Mittelpunkt des Handels und der Eisenbahnen mit einem beträchtlichen Zuwachs an Bevölkerung. Alle diese Vorteile wurden jetzt der armseligen Halbinsel Florida zuteil, welche nun einen Damm zwischen den Fluten des Golfs und den Wogen des Ozeans bilden zu sollen schien. Darum hatte auch Barbicane eine so arge Antipathie gegen Texas, wie sie der General Sta. Anna hegte.

Obwohl ihrem Handelstrieb und ihrem industriellen Eifer hingegeben, ließ doch die neue Bevölkerung von Tampa-Town die interessanten Werke des Gun-Clubs nicht unbeachtet. Im Gegenteil, sie wendete den geringsten Details der Unternehmung eine leidenschaftliche Teilnahme zu. Zwischen der Stadt und Stone's-Hill strömte man beständig hin und her, es war eine Prozession, eine Wallfahrt.

Man konnte schon voraussehen, daß am Tage des Experiments die Zuschauer nach Millionen zählen würden, denn sie kamen schon von allen Punkten der Erde her und strömten auf der schmalen Landzunge zusammen. Europa wanderte nach Amerika.

Aber bisher, muß man zugeben, war die Neugierde dieser zahllosen Ankömmlinge nur wenig befriedigt worden. Viele rechneten bei dem Guß auf ein Schauspiel und bekamen nur Rauch zu sehen. Das war für die gierigen Blicke zu wenig; aber Barbicane wollte bei dieser Operation durchaus keine Zuschauer. Daher fluchte, murrte, schalt man; man warf dem Präsidenten eine Willkür vor, die wenig »amerikanisch« sei. Beinahe hätte es einen Aufruhr bei den Palisaden von Stone's-Hill gegeben. Barbicane blieb, wie wir wissen, unerschütterlich in seinem Entschluß.

Als aber die Columbiade völlig fertig war, gestattete er den Zutritt; es wäre auch unhöflich, ja unklug gewesen, die Gefühle des Publikums zu mißachten. Barbicane ließ daher jedermann zu; doch sein praktischer Sinn gab ihm den Gedanken ein, aus dieser Neugierde Kapital zu schlagen.

Die riesenmäßige Columbiade anzuschauen, war wohl etwas Großes; aber in dieselbe hineinzusteigen, schien den Amerikanern ein Glück ohnegleichen. Daher versagte sich auch kein einziger Besucher dieses Vergnügen, das man ihnen vermittelst einer mechanischen Vorrichtung nebst Dampfkraft verschaffte. Wie wahnsinnig drängte man sich dazu, Frauen, Kinder, Greise, in die Geheimnisse dieses Riesen bis auf den tiefsten Grund des Innern zu dringen. Trotz des hohen Preises von fünf Dollar für die Person strömten zwei Monate lang die Besucher zu, und brachten dem Gun-Club eine Einnahme von fast fünfmal hunderttausend Dollar.

Den ersten Besuch in der Columbiade statteten natürlich die Mitglieder des Gun-Clubs ab, ein Fest, das am 25. September stattfand. Der Präsident Barbicane, Maston, der Major Elphiston, Obrist Blomsberry, der Ingenieur Murchison und andere hervorragende Mitglieder, im ganzen zehn, fuhren hinab. Es war im Innern der langen Metallröhre noch ziemlich warm, ein wenig zum Ersticken; aber eine Freude dagegen zum Entzücken! Eine Tafel von zehn Gedecken war da unten hergerichtet, mit tagheller Beleuchtung durch elektrisches Licht. Zahlreiche ausgesuchte Gerichte kamen wie vom Himmel herab vor die Gäste, und die besten Weine Frankreichs strömten reichlich bei dem Gastmahl in der Tiefe von neunhundert Fuß.

Das Fest war sehr belebt, ja lärmend; man trank aufs Wohl des Erdballs und seines Trabanten, aufs Wohl des Gun-Clubs, der Union, des Mondes, der Phöbe, Selene, etc. etc. Alle diese Toaste gelangten in der akustischen Röhre donnerähnlich oben an, wo die Menge rings mit Jubel in die Rufe der zehn Gäste da unten einstimmte.

Maston war außer sich, schrie und gestikulierte, hätte seinen Platz nicht mit einem Königreich getauscht, »hätte auch die geladene Kanone hin bis zu dem Planetenraum in die Lüfte geschleudert«!

Siebzehntes Kapitel

Eine telegrafische Depesche

Die großen, vom Gun-Club unternommenen Arbeiten waren, sozusagen, fertig, und doch sollte es noch zwei Monate dauern, bis das Projektil nach dem Mond geschleudert würde. Die zwei Monate mußten der allgemeinen Ungeduld so lange wie zwei Jahre vorkommen! Bisher waren die geringsten Details der Vorbereitungen von den Journalen, die man mit gierigen und leidenschaftlichen Blicken verschlang, tagtäglich mitgeteilt worden; nun aber war zu befürchten, es möchte diese dem Publikum gespendete »Interessen-Dividende« sehr herabgemindert werden, und jeder erschrak, daß er nicht mehr seinen Teil an der täglichen Gemütsbewegung haben sollte.

Doch so kam es nicht; es begab sich ein höchst unerwartetes, ganz außerordentliches, unglaubliches, unwahrscheinliches Ereignis, welches von Neuem die gespannten Geister fanatisieren, die ganze Welt in gesteigerte Aufregung versetzen sollte.

Am 30. September, um drei Uhr siebenundvierzig Minuten nachmittags, kam ein vom Kabel zwischen Valentia in Irland und der nordamerikanischen Küste befördertes Telegramm an den Präsidenten Barbicane.

Derselbe öffnete und las die Depesche, und so groß auch seine Selbstbeherrschung war, seine Lippen erbleichten, seine Augen wurden trübe beim Lesen der zwanzig Worte.

Der Text, wie er im Archiv des Gun-Clubs zu finden ist, lautete:

Frankreich, Paris 30. Sept. 4 U. Morg.

»Barbicane, Tampa, Florida. Vereinigte Staaten. Nehmen Sie statt rundem Projektil ein zylinderkegelförmiges. Werde darin mit hinaufreisen. Werde mit Dampfboot *Atlanta* kommen.

Michel Ardan.«

Achtzehntes Kapitel

Der Passagier der Atlanta

Wäre diese Bestürzung erregende Neuigkeit, anstatt durch den elektrischen Draht einfach mit der Post unter versiegeltem Umschlag angelangt, wäre sie nicht den französischen, irländischen und amerikanischen Telegrafenbeamten zur Kenntnis gekommen, so wäre Barbicane nicht einen Augenblick in Verlegenheit gewesen. Er hätte aus Klugheit geschwiegen, um sein Werk nicht in der Achtung herabzusetzen. Es konnte ja, zumal da das Telegramm von einem Franzosen kam, eine Mystifikation dahinterstecken. War es denn wahrscheinlich, daß irgendein Mensch so kühn wäre, auch nur den Gedanken einer solchen Reise zu fassen? Und gab es so einen Menschen, war es nicht ein Narr, den man in eine Zelle einschließen mußte, nicht in eine Kugel?

Aber die Depesche war bekannt, weil die Art der Beförderung die Verschwiegenheit ausschließt, und der Vorschlag Michel Ardans war schon in allen Vereinigten Staaten verbreitet. Also war für Barbicane kein Grund, ihn geheimzuhalten. Er berief daher seine zu Tampa-Town anwesenden Kollegen und las, ohne seine Gedanken zu äußern, ohne über die

Glaubwürdigkeit der Mitteilung ein Wort zu reden, ihnen kalt den lakonischen Text vor.

»Nicht möglich! – Unwahrscheinlich! – Purer Scherz! – Man macht sich über uns lustig! – Lächerlich! – Absurd!« Alle Ausdrücke zur Bezeichnung von Zweifel, Unglauben, Torheit, Unsinn ließen sich einige Minuten lang vernehmen mit Begleitung üblicher Bewegungen. Jeder lächelte, lachte hell auf, zuckte die Achseln. Nur Maston hatte ein Wort der Befriedigung:

»Das ist eine Idee, das!« rief er aus.

»Ja«, erwiderte der Major, »aber wenn es mitunter gestattet ist, solche Ideen zu haben, so versteht sich dabei, daß man keinen Gedanken hat, sie auszuführen.«

»Und warum nicht?« erwiderte lebhaft der Sekretär des Gun-Clubs und wollte darüber streiten. Aber man wollte es doch nicht weiter treiben.

Doch war Michel Ardans Name zu Tampa bereits ein Stadtgespräch. Fremde wie Einheimische sahen sich einander an, fragten sich und scherzten nicht über diesen Europäer – eine Mythe, eine Person der Einbildung –, sondern über Maston, der an die Existenz des sagenhaften Individuums glauben konnte. Als Barbicane den Vorschlag machte, ein Projektil nach dem Mond zu entsenden, hielt jeder das Vorhaben für natürlich, ausführbar, lediglich eine Sache der Ballistik! Aber daß ein vernünftiger Mensch sich erbot, in dem Projektil Platz zu nehmen, diese unwahrscheinliche Reise zu wagen war eine Phantasterei, ein Scherz, eine Posse, und um einen bei den Franzosen eingebürgerten Ausdruck zu gebrauchen, ein »Humbug«!

Die Spöttereien dauerten unaufhörlich bis zum Abend, und man kann behaupten, daß man in der ganzen Union hell auflachte, was in einem Lande, wo unmögliche Unternehmungen Lobredner, Teilnehmer und Anhänger finden, nichts Gewöhnliches ist.

Doch verfehlte Michel Ardans Vorschlag nicht, wie alle neuen Ideen, manche Geister zu beschäftigen. Das brachte die gewöhnlichen Gemütsbewegungen aus ihrem Gang. »An so was hatte man nicht gedacht!« dieser Fall gewann bald selbst durch seine Seltsamkeit eine Kraft, die Leute davon besessen zu machen. Man dachte darüber nach. Wie manches, was man abends verwirft, wird den folgenden Tag wirklich! Warum sollte nicht eine solche Reise früher oder später einmal ausführbar sein? Aber jedenfalls mußte der Mensch, der sich so der Gefahr aussetzen wollte, ein Narr sein, und gewiß, weil sein Projekt nicht ernstlich genommen werden konnte, hätte er besser geschwiegen, anstatt eine ganze Bevölkerung durch lächerliche Hirngespinste in Aufruhr zu bringen.

Aber, fürs erste, existiert wirklich diese Person? Eine Hauptfrage! Der Name »Michel Ardan« war in Amerika nicht unbekannt! Er gehörte einem wegen kühner Unternehmungen oft genannten Europäer. Sodann, dieses über die Tiefen des Atlantischen Ozeans gesendete Telegramm, diese Bezeichnung des Schiffes, auf welchem der Franzose kommen wollte, der für seine demnächstige Ankunft festgesetzte Tag, alle diese Umstände gaben dem Vorschlag einen Anstrich von Wahrscheinlichkeit. Man mußte darüber ins reine kommen. Bald traten einzelne Personen in Gruppen zusammen. Diese Gruppen wurden infolge der Neugierde dichter, wie Atome durch Einwirkung der Anziehungskraft, und zuletzt entstand daraus eine kompakte Menge, die sich nach der Wohnung des Präsidenten Barbicane hin bewegte.

Dieser hatte seit Ankunft der Depesche seine Ansicht nicht ausgesprochen; er hatte Maston seine Meinung sagen lassen, ohne weder Billigung noch Tadel zu äußern; er verhielt sich stille und nahm sich vor, die Ereignisse abzuwarten, aber dabei hatte er die Ungeduld des Publikums nicht in Anschlag gebracht und war wenig befriedigt, als er die Bewohner Tampas sich unter seinen Fenstern sammeln sah. Bald nötigte man ihn durch Murren und Rufen, sich zu zeigen. Man sieht, er hatte samt den Obliegenheiten auch alle Unannehmlichkeiten der Berühmtheit.

Er erschien also; es ward stille, ein Bürger ergriff das Wort und stellte unumwunden die Frage: »Ist die in der Depesche mit dem Namen Michel Ardan bezeichnete Person auf dem Weg nach Amerika, ja oder nein?«

»Meine Herren«, erwiderte Barbicane, »das weiß ich so wenig wie Sie.«

»Man muß es wissen«, riefen ungeduldige Stimmen.

»Das wird die Zeit lehren«, erwiderte kalt der Präsident.

»Die Zeit hat nicht das Recht, ein ganzes Land in Spannung zu halten«, entgegnete der Redner. »Haben Sie den Plan des Projektils geändert, wie das Telegramm verlangt?«

»Noch nicht, meine Herren; aber, Sie haben recht, man muß wissen, woran man sich zu halten hat; der Telegraf, welcher diese ganze Aufregung verursacht hat, wird wohl die Güte haben, Ihnen vollständige Auskunft zu geben.«

»Zum Telegrafen! Zum Telegrafen!« schrie die Menge.

Barbicane kam herab und begab sich, gefolgt von

der ungeheuren Menge, aufs Bureau der Administration.

Einige Minuten darauf ging eine Depesche an den Syndikus der Schiffsmakler zu Liverpool ab. Man begehrte Antwort auf folgende Fragen:

»Wie steht's mit dem Schiff Atlanta? – Wann hat es Europa verlassen? – Befand sich ein Franzose namens Michel Ardan an Bod?«

Zwei Stunden hernach empfing Barbicane so genaue Auskunft, daß nicht der mindeste Zweifel mehr blieb.

»Der Dampfer Atlanta aus Liverpool ist am 2. Oktober nach Tampa-Town unter Segel gegangen – an seinem Bord befand sich ein Franzose, der unter dem Namen Michel Ardan im Passagierbuch eingetragen ist.«

Auf diese Bestätigung der ersten Depesche erglänzten plötzlich die Augen des Präsidenten, er ballte heftig die Faust, und man hörte ihn murren:

»Es ist also doch wahr! Doch möglich! Der Franzose existiert! Und binnen vierzehn Tagen wird er hier sein! Aber 's ist ein Narr, ein verbranntes Gehirn ... Niemals werd' ich gestatten ...«

Inzwischen, denselben Abend, schrieb er an das Haus Breadvill & Cie. und bat, bis auf weiteren Befehl den Guß des Projektils zu verschieben.

Sollte ich jetzt die Aufregung schildern, welche ganz Amerika ergriff und die zehnmal größer war, als bei der ersten Mitteilung Barbicanes; die Äußerungen der Journale der Union, wie sie die Nachricht aufnahmen und nach welcher Weise sie dem Helden des alten Kontinents zu seiner Ankunft ein Loblied sangen; von der fieberhaften Bewegung, worin jeder die Stunden, Minuten, Sekunden zählend lebte, ein Bild geben; nur eine schwache Idee davon, wie alle

Köpfe von einem einzigen Gedanken beherrscht, besessen waren, einem einzigen Lieblingsgedanken alle anderen wichen, die Arbeiter stille standen, der Handel gehemmt war, die zur Abfahrt bestimmten Schiffe vor Anker blieben, um die Ankunft des Atlanta nicht zu verfehlen; wie die Eisenbahnzüge voll ankamen und leer zurückkehrten, die Bai Espiritu-Santo unaufhörlich von Dampfern, Paketbooten, Vergnügungs-Yachten, Küstenschiffen aller Größe durchkreuzt war; wollte ich die Tausende von Neugierigen aufzählen, welche in vierzehn Tagen die Bevölkerung von Tampa-Town vervierfachten und gleich einer Armee im Felde unter Zelten zubringen mußten, diese Aufgabe würde menschliche Kraft übersteigen, es wäre vermessen sie zu versuchen.

Am 20. Oktober um neun Uhr vormittags signalisierten die Telegrafen des Bahamakanals einen dichten Rauch. Zwei Stunden später tauschte ein großer Dampfer Erkennungssignale mit ihnen. Sogleich wurde der Name Atlanta nach Tampa-Town gemeldet. Um vier Uhr näherte sich das englische Schiff der Reede Espiritu-Santo. Um fünf Uhr segelte es mit vollem Dampf durch das Fahrwasser der Reede Hillisboro. Um sechs Uhr legte es sich im Hafen von Tampa vor Anker.

Der Anker hatte noch nicht Grund gefaßt, als bereits hundert Fahrzeuge den Atlanta umgaben. Der Dampfer wurde im Sturm besetzt. Barbicane erstieg zuerst die Verschanzung und rief mit vergeblich unterdrückter Bewegung:

»Michel Ardan!«

»Hier!« rief ein Mann vom Hinterverdeck.

Mit gekreuzten Armen, forschendem Auge, schweigendem Mund heftete Barbicane seine Blicke auf den Passagier.

Es war ein Mann von zweiundvierzig Jahren, von hohem Wuchs, aber schon etwas gewölbtem Rücken, wie die Karyatiden, welche Balkone stützten. Sein starker Kopf, ein echtes Löwenhaupt, schüttelte mitunter ein brandrotes Haar, das ihn wie eine Mähne umwallte. Sein kurzes Angesicht mit breiten Schläfen, borstigem Schnurrbart und einzelnen Haarbüscheln auf den Wangen hatte etwas auffallend katzenartiges, die runden Augen waren kurzsichtig, mit etwas krassem Blick, die Nase kühn gezeichnet, der Mund besonders freundlich, die Stirne hoch, verständig und voll Runzeln. Ein kräftig entwickelter Oberkörper in fester Haltung auf langen Beinen, muskelstarke Arme, ein entschlossener Gang kennzeichneten diesen Europäer als solid gebauten Gesellen, der mehr geschmiedet als gegossen war.

Lavaters Jünger hätten am Schädel und in den Gesichtszügen dieses Mannes unverkennbare Zeichen von Streitfertigkeit entdeckt, Mut in Gefahren und Neigung, Hindernisse zu beseitigen; von Wohlwollen und Liebe zum Wunderbaren, dem Instinkt, von dem manche Charaktere zu leidenschaftlichem Interesse an übermenschlichen Dingen getrieben werden; dagegen die Kennzeichen der Erwerbsamkeit, des Bedürfnisses zu besitzen und sich anzueignen, mangelten gänzlich.

Seine Kleidung war weit geformt, Hosen und Paletot reichlich an Stoff, so daß er sich selbst »Tuchmörder« nannte, seine Halsbinde schloß mit breit ausgelegtem Hemdkragen, zeigte einen starken Hals, und aus stets aufgeknöpften Manschetten ragten fieberheiße Hände hervor. Man fühlte, daß der Mann, auch im strengsten Winter und in ärgster Gefahr, niemals Kälte empfand – selbst nicht im Blick.

Übrigens ging er auf dem Verdeck, inmitten der

Menge, beständig hin und her, blieb nie an derselben Stelle, gestikulierte, duzte jedermann und nagte gierig an seinen Nägeln.

In der Tat, die moralische Persönlichkeit Michel Ardans bot dem Analytiker zu Beobachtungen ein reiches Feld dar. Der seltsame Mensch lebte in beständiger Neigung zu Übertreibungen, und er war über das Alter der Superlative noch nicht hinaus; die Gegenstände zeichneten auf der Netzhaut seines Auges Bilder von übermäßiger Größe, woraus eine Assoziation riesenhafter Ideen entsprang; er schaute alles in kolossalem Maßstab, nur die Schwierigkeiten und die Menschen nicht. Zudem war's eine überreiche Natur, Künstler von Instinkt, ein geistreicher Geselle, der zwar nicht Rottenfeuer von *bon mots* hören ließ, doch aufs Tiraillieren sich verstand. Beim Disputieren kümmerte er sich wenig um Logik; ein Feind von Vernunftschlüssen, die er nicht erfunden hätte, versetzte er Schläge auf eigene Art. Ein wahrer Scheibenzertrümmerer, schleuderte er sicher treffende *Argumenta ad hominem* aus voller Brust und verfocht gerne verzweifelte Sachen mit Händen und Füßen.

Unter anderen hatte er die Manie, sich einen »erhabenen Ignoranten«, gleich wie Shakespeare, zu nennen und die Gelehrten professionsmäßig zu verachten. »Das sind Leute«, sagte er, »die nur die Points markieren, während wir die Partie spielen.« Es war, kurz gesagt, ein Heidenkind aus dem Wunderland, abenteuerlich, doch kein Abenteurer, ein Wagehals, ein Phaeton, der den Sonnenwagen in voller Karriere zu leiten verstand, ein Ikarus mit Flügeln zum Wechseln. Schließlich, er stand mit eigener Person ein, und tüchtig; er stürzte sich keck in tolle Unternehmungen, verbrannte seine Schiffe lustiger als Agathokles, und zu jeder Stunde bereit, sich das Rückgrat zu brechen, fiel er doch zuletzt immer wieder auf die Füße, wie die Purzelmännchen von Hollundermark, womit die Kinder sich ergötzen.

Mit zwei Worten, sein Wahlspruch war: *Wenn auch!* Und die ihn beherrschende Leidenschaft Neigung zum Unmöglichen.

Aber auch wie war dieser unternehmende Geselle mit allen Fehlern seiner Vorzüge begabt! Wer nichts wagt, gewinnt nichts, sagt das Sprichwort. Ardan wagte häufig und gewann nichts dabei! Es war ein Geldvergeuder, ein Danaidenfaß. Als ein sonst uneigennütziger Mensch, spielte ihm ebenso das Herz einen Streich wie der Kopf; hilfreich, ritterlich, wäre er nicht imstande gewesen, seines bittersten Feindes Todesurteil zu unterzeichnen, und hätte sich als Sklave verkaufen lassen, um einen Neger loszukaufen.

In Frankreich, in Europa war diese glänzende, geräuschvolle Persönlichkeit jedermann bekannt. Machte er nicht unaufhörlich von sich reden durch die hundert Stimmen der Fama, die bis zur Heiserkeit sein Lob priesen? Lebte er nicht in einem gläsernen Hause, wo er die ganze Welt zur Vertrauten seiner Geheimnisse machte? Aber er hatte auch eine beträchtliche Anzahl Feinde, Leute, die er mehr oder minder verletzt, verwundet, unbarmherzig gestürzt hatte, indem er die Ellenbogen gebrauchte, um sich in dem Gedränge der Masse Luft zu machen.

Doch liebte man ihn allgemein, behandelte ihn als Schoßkind. Es war, wie man volksmäßig sagt, »ein Mann zum Nehmen oder Lassen«. Und man nahm ihn. Jeder interessierte sich für seine kühnen Unternehmungen und begleitete ihn dabei mit besorgten Blicken, weil man die Unvorsichtigkeit seiner Verwegenheit kannte. Als ihm ein Freund durch Warnungen vor einer bevorstehenden Katastrophe Einhalt tun wollte, antwortete er mit liebenswürdigem Lächeln: »Der Wald ist nur durch seine eigenen Bäume verbrannt.« Er ahnte nicht, daß er damit eines der schönsten arabischen Sprichwörter zitierte.

So war der Passagier der Atlanta, stets in Bewegung, stets aufbrausend, von innerem Feuer getrieben, stets aufgeregt, nicht durch das, was er in Amerika vorhatte – daran dachte er nicht einmal –, sondern infolge seiner fieberhaften Organisation. Standen jemals zwei Personen in auffallendem Kontrast, so war es der Franzose Michel Ardan und der Yankee Barbicane, einer jedoch wie der andere unternehmend, kühn, verwegen, jeder in seiner Weise.

Die Betrachtung, welcher der Präsident des Gun-Clubs sich hingab, als er den Rivalen, der ihn an die zweite Stelle hinabdrücken sollte, vor sich sah, wurde rasch durch die Hurras und Vivats der Menge unterbrochen. Dies Geschrei wurde so rasend, der Enthusiasmus nahm dergestalt persönliche Formen an, daß Michel Ardan, nachdem er tausend Hände gedrückt und dabei fast seiner Finger verlustig geworden wäre, sich in seine Kabine flüchten mußte.

Barbicane folge ihm, ohne ein Wort zu reden.

»Sie sind Barbicane?« fragte ihn Michel Ardan, sobald sie allein waren, und in dem Ton, als seien sie schon zwanzig Jahre Freunde.

»Ja«, erwiderte der Präsident des Gun-Clubs.

»Ah! Guten Tag, Barbicane. Wie geht's? Recht gut? Nun, um so besser, so besser!«

»Also«, sagte Barbicane, »ohne auf Weiteres einzugehen, Sie sind entschlossen, die Reise zu machen?«

»Fest entschlossen.«

»Lassen Sie sich durch nichts abhalten?«

»Durch nichts. Haben Sie das Projektil abgeändert, wie meine Depesche angab?«

»Ich wartete auf Ihre Ankunft. Aber«, fragte Barbicane, »von neuem zusetzend, haben Sie wohl überlegt?« . . .

»Überlegt! Ist denn Zeit zu verlieren. Ich finde die Gelegenheit, einen Abstecher in den Mond zu machen, und ergreife sie; was weiter? Es dünkt mir, dies bedürfe nicht so vieler Überlegung.«

Barbicane konnte seinen Blick von dem Manne nicht wegwenden, der von seinem Reiseprojekt mit solchem Leichtsinn, mit solcher Sorglosigkeit und ohne alle Unruhe sprach.

»Aber Sie haben doch wenigstens«, sprach er, »einen Plan, Mittel der Ausführung?«

»Vortreffliche, mein lieber Barbicane. Aber gestatten Sie mir eine Bemerkung; ich habe so große Lust, meine Geschichte einmal jedermann zu erzählen, so daß nicht mehr davon die Rede sein soll. Also, Besseres vorbehalten, berufen Sie Ihre Freunde zusammen, Ihre Kollegen, die ganze Stadt, ganz Florida, wenn Sie wollen, ganz Amerika, und ich will morgen bereit sein, meine Mittel darzulegen und auf alle Einwendungen zu antworten. Seien Sie ruhig, ich werde sie festen Fußes abwarten. Sind Sie das zufrieden?«

»Ich bin's zufrieden«, erwiderte Barbicane.

Darauf trat der Präsident aus der Kabine und teilte der Menge die Absicht Michel Ardans mit. Seine Worte wurden mit Beifallstampfen und Freudegrunzen aufgenommen. Damit war jede Schwierigkeit abgeschnitten. Am folgenden Tag konnte jeder den Helden aus Europa sich nach Lust ansehen. Doch wollten einige hartnäckige Zuschauer das Verdeck nicht verlassen; sie blieben die Nacht über an Bord. Unter ihnen war J. T. Maston, der seinen Haken in das Barkholz des Hinterverdeckes eingeschraubt hatte; man hätte ihn loswinden müssen.

»Es ist ein Heros! Ein Heros!« rief er in allen Tonarten, »und wir sind nur Weiblein gegen diesen Europäer!«

Der Präsident begab sich, nachdem er die Besucher zum Fortgehen aufgefordert hatte, in die Kabine des Passagiers zurück und blieb da bis Mitternacht.

Darauf drückten sich die beiden Nebenbuhler um die Volksgunst warm die Hand, und Michel Ardan duzte den Präsidenten Barbicane.

Neunzehntes Kapitel

Ein Meeting

Am folgenden Morgen erhob sich das Tagesgestirn zu spät für die Ungeduld des Publikums. Man hielt dafür, die Sonne sei träge, da es galt, ein solches Fest zu beleuchten. Barbicane hätte gerne, um indiskrete Fragen für Michel Ardan zu vermeiden, seine Zuhörer auf eine geringe Anzahl Eingeweihter beschränkt, z. B. seine Kollegen. Aber das wäre ein Versuch gewesen, den Niagara durch einen Damm zu hemmen. Er mußte dieses Vorhaben aufgeben und mußte seinen neuen Freund die Chancen einer öffentlichen Konferenz bestehen lassen. Der neue Börsensaal zu Tampa-Town wurde trotz seines kolossalen Umfanges für ungenügend zu dieser Versammlung gehalten, denn diese nahm die Verhältnisse eines Meetings an.

Eine sehr große Ebene außerhalb der Stadt wurde

für diesen Zweck ausgewählt; in einigen Stunden wurde man mit der Errichtung eines ungeheuren Schutzdaches fertig; die Schiffe des Hafens lieferten mit ihrem reichen Vorrat an Segeln, Takelwerk, Masten und Stangen das nötige Zubehör für ein kolossales Zelt. Nicht lange, so deckte ein unermeßlicher Zelthimmel die trockene Wiese zum Schutz gegen die brennenden Sonnenstrahlen. Hier fanden dreimal hunderttausend Menschen Platz und trotzten in Erwartung des Franzosen einige Stunden lang einer erstickenden Temperatur! Von dieser Masse von Zuschauern war doch nur ein Drittel imstande, zu sehen und zu hören; ein zweites Drittel sah schlecht und hörte nichts; das dritte hörte und sah nichts. Und doch waren diese am eifrigsten im Beifallspenden.

Um drei Uhr erschien Michel Ardan in Begleitung der hervorragenden Mitglieder des Gun-Clubs. Er gab den rechten Arm dem Präsidenten Barbicane, den linken J. T. Maston, der so glanzvoll strahlte wie die Mittagssonne und fast ebenso rötlich.

Ardan bestieg ein Gerüste, von welchem herab seine Blicke über einen Ozean von schwarzen Hüten schweiften. Er schien durchaus nicht in Verlegenheit, suchte auch nicht zu imponieren; er befand sich da wie zu Hause, munter, vertraulich, liebenswürdig. Die Hurras, womit er empfangen ward, beantwortete er mit einem höflichen Gruß; darauf begehrte er mit einem Wink Stille, ergriff das Wort und sprach korrekt englisch folgendermaßen:

»Meine Herren, obwohl es sehr heiß ist, will ich Ihre Geduld einige Augenblicke in Anspruch nehmen, um Ihnen einige Auskunft über Projekte zu geben, welche Sie zu interessieren scheinen. Ich bin weder Redner noch Gelehrter und hatte nicht darauf gerechnet, öffentlich zu sprechen; aber mein Freund

Barbicane sagte mir, es werde Ihnen Vergnügen machen, drum hab' ich mich dazu verstanden. Schenken Sie mir also mit ihren sechsmal hunderttausend Ohren Gehör und entschuldigen die Mängel des Vortrages.«

Dieser ungezwungene Eingang war sehr nach dem Geschmack der Anwesenden, welche ihre Befriedigung durch ein unermeßliches Beifallsmurren zu erkennen gaben.

»Meine Herren«, fuhr er fort, »Äußerungen des Beifalls oder der Mißbilligung sind nicht untersagt. Dies vorausgesetzt, beginne ich. Und vor allem, vergessen Sie nicht, Sie haben's mit einem Ignoranten zu tun, aber seine Unwissenheit ist so groß, daß er selbst die Schwierigkeiten nicht kennt. Es dünkte ihm daher, es sei eine einfache, natürliche, leichte Sache, in einem Projektil als Passagier Platz zu nehmen und eine Reise nach dem Mond zu machen. Früher oder später mußte diese Reise geschehen, und was die angenommene Art der Beförderung betrifft, so folgt sie ganz einfach dem Gesetz des Fortschritts. Der Mensch reiste zuerst auf vier Füßen, hernach eines schönen Morgens auf zweien, dann auf einem Karren, hernach in der Kutsche, darauf in der Patache, sodann im Waggon; aber nun! Das Projektil ist der Waggon der Zukunft, und die Wahrheit zu sagen, die Planeten sind nur Projektile, Kanonenkugeln, welche des Schöpfers Hand abgeschossen hat. Doch kommen wir auf unser Fahrzeug zurück. Einige von Ihnen, meine Herren, haben glauben können, die Schnelligkeit, welche ihm mitgeteilt werden soll, sei eine übermäßige; dem ist nicht so; alle Gestirne übertreffen dasselbe an reißend schneller Bewegung, und selbst die Erde in ihrer Bewegung um die Sonne reißt uns dreimal schneller mit sich fort. Ich will einige Beispiele anführen. Nur bitte ich um die Erlaubnis, mich des Ausdrucks *Lieues** bedienen zu dürfen, denn die amerikanischen Maße sind mir nicht recht geläufig, und ich besorge, in meinen Berechnungen dadurch irre zu werden.«

Die Bitte schien ganz natürlich, und es gab keine Schwierigkeit. Der Redner fuhr also fort:

»Zuerst, meine Herren, über diese Schnelligkeit der Planeten. Ich muß gestehen, daß ich trotz meiner Unwissenheit dieses kleine astronomische Detail sehr genau kenne; aber binnen zwei Minuten werden Sie davon ebensoviel verstehen wie ich. So merken Sie gefälligst, daß Neptun in einer Stunde fünftausend Lieues macht: Uranus siebentausend; Saturn achttausendachthundertachtundfünfzig; Jupiter elftausendsechshundertfünfundsiebzig; Mars zweiundzwanzigtausendundelf; die Erde siebenundzwanzigtausendfünfhundert; Venus zweiunddreißigtausendhundertundneunzig; Merkur zweiundfünfzigtausendfünfhundertundzwanzig; einige Kometen vierzehnhunderttausend in ihrer Sonnennähe! Dagegen sind wir wahrhaftig Faulenzer, saumselige Leute; unsere Schnelligkeit wird nicht über neuntausendneunhundert Lieues gehen und dabei stets abnehmen? Ich frage Sie, ist da ein Grund, vor Verwunderung außer sich zu geraten, und ist's nicht klar, daß dies alles einmal durch noch weit größere Geschwindigkeiten wird überboten werden, wobei das Licht oder die Elektrizität vermutlich die mechanischen Agenten abgeben?«

Kein Mensch schien diese Behauptung Michel Ardans in Zweifel zu ziehen.

»Meine lieben Zuhörer«, fuhr er fort, »soll man ge-

---

*Eine alte Lieue = 0,6 geogr. Meilen; die neue = 10 Kilometer = 1,35 geogr. Meilen.

wissen bornierten Köpfen – der bezeichnende Ausdruck für sie – glauben, so wäre die Menschheit in einen Kreis des Popilius* eingeengt, aus dem sie nicht herauskönnte, und dazu verurteilt, auf diesem Erdball zu vegetieren, ohne jemals sich in die Planetenräume emporschwingen zu können. Daran ist nichts! Man ist im Begriff, auf den Mond zu reisen, man wird auf die Planeten, auf die Sterne reisen, so wie gegenwärtig von Liverpool nach New York, leicht, rasch, sicher, und es wird nicht lange dauern, so wird man über den atmosphärischen Ozean ebenso setzen, wie über den Ozean, der uns vom Monde trennt! Die Distanz ist nur ein relativer Begriff, der schließlich auf ein Null reduziert werden wird.«

Obgleich die Versammlung sehr günstig für unseren französischen Heros gestimmt war, so wurde sie doch etwas verblüfft über diese kühne Theorie. Michel Ardan schien's zu begreifen.

»Sie scheinen nicht überzeugt, meine wackeren Freunde«, fuhr er mit liebenswürdigem Lächeln fort. »Nun denn! Überlegen wir ein wenig. Wissen Sie, wieviel Zeit der Expreßzug brauchen würde, um auf dem Monde anzulangen? Dreihundert Tage, mehr nicht. Eine Fahrt von sechsundachtzigtausendvierhundertneunzehn Lieues, aber was will das heißen? Nicht neunmal die Fahrt um die Erde, und es gibt keinen Seemann noch irgendeinen bewanderten Reisenden, der nicht eine größere Strecke in seinem Leben zurückgelegt hätte. Denken Sie doch, daß ich nur siebenundneunzig Stunden unterwegs sein werde! Ach! Sie meinen, der Mond sei weit von der Erde entfernt und man müsse zweimal überlegen, ehe man den Ver-

*Der Leser wird sich erinnern, wie der römische Gesandte an den ägyptischen König Ptolemäus bei der Audienz mit einem Stab einen Kreis um denselben zog, und seine Erklärung über Krieg oder Frieden von ihm verlangte, ehe er aus diesem heraustrete.

such wagt! Aber was würden Sie erst sagen, wenn es sich darum handelte, auf den Neptun zu reisen, der in einer Entfernung von elfhundertsiebenundvierzig Millionen Lieues um die Sonne gravitiert! Solch eine Reise würden wenige machen können, und wenn sie nur fünf Sous per Kilometer kostete! Selbst der Baron Rothschild würde mit einer Milliarde seinen Platz nicht bezahlen können, es würden ihm hundertundsiebenundvierzig Millionen fehlen.«

Diese Art der Beweisführung schien der Versammlung sehr zu gefallen; übrigens geriet dabei Michel Ardan, der von seinem Gegenstand das Herz voll hatte, in einen prachtvollen Schwung; er fühlte, daß man ihm gierig zuhörte, und fuhrt mit erstaunlicher Sicherheit fort.

»Nun denn, meine Freunde, diese Entfernung des Neptun von der Sonne ist noch nichts, wenn man sie mit der der Sterne vergleicht; in der Tat, will man diese Entfernungen schätzen, so muß man Berechnungen vornehmen, wobei es einem schwindeln kann, die kleinste Ziffer ihre neun Stellen hat und die Milliarde als Einheit genommen wird. Ich bitte um Entschuldigung, daß ich in Beziehung auf diese Frage so gut bewandert bin, aber sie ist von tiefdringendem Interesse. Hören und urteilen Sie! Alpha des Centauren ist achttausend Milliarden Lieues entfernt, Wega fünfzigtausend Milliarden, Sirius ebenso, Arcturus zweiundfünfzigtausend Milliarden, der Polarstern hundertsiebzehntausend Milliarden, die Ziege hundertsiebzigtausend Milliarden, die anderen Sterne Tausend, Millionen und Milliarden von Milliarden Lieues! Ist dagegen die Distanz der Planeten von der Sonne noch der Rede wert? Kann man behaupten, das sei eine Entfernung? Irrtum! Unwahrheit! Sinnestäuschung! Wissen Sie, was ich von der Welt halte, die von dem strahlenden Gestirn beginnt und mit dem Neptun endigt? Soll ich Ihnen meine Theorie sagen? Sie ist sehr einfach: In meinen Augen ist diese Sonnenwelt ein solider, gleichartiger Körper; die Planeten, aus welchen er besteht, sind sich ganz nahe, berühren sich, und der zwischen ihnen befindliche Raum will nicht mehr bedeuten, als der zwischen den Elementarteilchen des festesten Metalls, Silber, Gold oder Platin! Ich behaupte in vollem Recht und wiederhole mit einer Überzeugung, die Sie alle durchdringen wird: Distanz ist ein inhaltsleeres Wort, Distanz existiert nicht!«

»Gut gesprochen! Bravo! Hurra!« rief einstimmig die Versammlung, die von den Bewegungen, dem Akzent des Redners, von der Kühnheit seiner Begriffe elektrisiert war.

»Nein!« rief Maston energischer als die anderen, »die Distanz existiert nicht!«

Und das Ungestüm seiner Bewegungen, der Schwung seines Körpers, dessen er kaum noch Meister war, brachte ihn fast dahin, daß er vom Gerüst herabfiel. Doch gelang es ihm, wieder ins Gleichgewicht zu kommen und damit einen Sturz zu vermeiden, der ihm einen derben Beweis geliefert hätte, daß die Distanz nicht ein inhaltleerer Begriff ist. Darauf fuhr der fesselnde Redner fort:

»Meine Freunde«, sprach Michel Ardan, »ich denke, diese Frage ist nunmehr gelöst. Wenn ich Sie nicht alle überzeugt habe, so liegt der Grund in der Schüchternheit meiner Beweisführung, der Schwäche meiner Begründung und Mangel an hinreichenden theoretischen Studien. Wie dem auch sei, ich wiederhole, die Entfernung der Erde von ihren Trabanten ist in Wirklichkeit von geringer Bedeutung und nicht wert, einen ernsten Geist befangen zu machen. Ich glaube daher nicht zu weit zu gehen, wenn ich behaupte, man werde bald Projektilzüge einrichten, um mit Bequemlichkeit die Reise zum Mond vorzunehmen, und man wird dieses Ziel rasch erreichen, ohne Ermüdung, in gerader Linie, »im Flug der Biene«, um einen Ausdruck eurer Pelzjäger zu gebrauchen. Ehe zwanzig Jahre verflossen sind, wird die Hälfte der Erdbewohner einen Besuch auf dem Mond gemacht haben!«

»Hurra! Hurra! Für Michel Ardan!« riefen die Anwesenden, selbst die am wenigsten überzeugt waren.

»Hurra für Barbicane!« erwiderte der Redner bescheiden.

Diese Anerkennung des Urhebers der Unternehmung wurde mit einstimmigem Beifall aufgenommen.

»Jetzt, meine Freunde«, fuhr Michel Ardan fort, »wenn Sie eine Frage an mich zu richten haben, werden Sie mich armen Menschen wohl in Verlegenheit setzen, doch ich will mich zu antworten bemühen.«

Bis dahin hatte der Präsident des Gun-Clubs Grund, mit der Haltung der Debatte zufrieden zu sein. Sie war auf die spekulativen Theorien gerichtet, worin Michel Ardan, von seiner lebhaften Phantasie fortgerissen, sich sehr glänzend zeigte. Man mußte ihn nur abhalten, sich den praktischen Fragen zuzuwenden, woraus er sich schwerlich ebensogut gezogen hätte. Barbicane ergriff daher schnell das Wort und richtete an seinen neuen Freund die Frage, ob er meine, daß der Mond oder die Planeten bewohnt seien.

»Du stellst mir da, mein würdiger Präsident, eine große Aufgabe zur Lösung«, erwiderte der Redner lächelnd; »doch, irre ich nicht, so haben Männer von großer Einsicht, Plutarch, Swedenborg, Bernardin de St. Pierre und viele andere sich bejahend über dieselbe ausgesprochen. Vom Standpunkt der Naturphilosophie aus wäre ich geneigt, ihnen beizustimmen; ich würde mir sagen, daß in der Welt nichts zwecklos existiert, und indem ich eine Frage mit einer anderen beantworte, Freund Barbicane, würde ich die Behauptung aufstellen: wenn die Welten bewohnbar sind, so sind sie entweder bewohnt oder sind es gewesen oder werden es sein.«

»Sehr gut!« riefen die Zuhörer der vordersten Reihen, deren Meinung Gesetzeskraft für die hinteren hatte.

»Man kann nicht logischer und richtiger antworten«, sagte der Präsident des Gun-Clubs. »Die Frage ist also auf die zurückgeführt: »Sind die Welten bewohnbar?« – Ich meinesteils glaube es.«

»Und ich bin davon überzeugt«, erwiderte Michel Ardan.

»Doch gibt es«, entgegnete einer der Anwesenden, »Gründe gegen die Bewohnbarkeit der Welten. Offenbar müßten bei den meisten die ersten Lebensbedingungen andere sein. So müßte man, um nur von den Planeten zu reden, auf den einen verbrennen, auf den anderen erfrieren, je nachdem sie der Sonne näher oder ferner sie umkreisen.«

»Ich bedaure«, versetzte Michel Ardan, »daß ich meinen ehrenwerten Gegner nicht persönlich kenne, denn ich will eine Erwiderung versuchen. Sein Einwand ist nicht ohne Wert, aber ich glaube, er läßt sich mit einigem Erfolg bestreiten, gleich allen anderen, die gegen die Bewohnbarkeit der Welten aufgestellt werden. Wäre ich Physiker, so würde ich sagen, man braucht nur auf den der Sonne näheren Planeten weniger Wärmestoff sich entwickeln zu lassen, dagegen mehr auf den entfernteren, so reicht diese einfache Tatsache hin, um die Wärme auszugleichen und die Temperatur dieser Welten für Wesen, die organisiert sind wie wir, erträglich zu machen. Wäre ich Naturforscher, so würde ich nach dem Vorgang vieler berühmter Gelehrter sagen, die Natur stelle uns auf der Erde Beispiele von Geschöpfen auf, die unter sehr verschiedenen Bedingungen der Bewohnbarkeit leben, wie die Fische in einer Umgebung sich befinden, welche anderen lebenden Wesen tödlich ist, die Amphibien eine doppelte, schwer zu erklärende Existenz haben; wie gewisse Meerbewohner sich in großen Tiefen aufhalten, ohne durch den Druck von fünfzig oder sechzig Atmosphären zerquetscht zu werden; wie manche Wasserinsekten so unempfindlich gegen die Temperatur sind, daß man sie ebensowohl in siedendheißen Quellen wie im Eismeer der Pole findet; endlich man müsse bei der Natur eine Verschiedenheit in den Mitteln ihres Wirkens anerkennen, welche oft unbegreiflich, aber darum doch wirklich ist und bis zur Allmacht hinanreicht. Wäre ich Chemiker, so würde ich anführen, daß die Meteorsteine, welche offenbar außerhalb des Bereiches der Erde gebildet sind, bei der Analyse unbestreitbare Spuren von Kohle erkennen ließen; daß diese Substanz nur von organisierten Wesen herrührt und daß sie, nach Reichenbachs Experimenten, notwendig tierischem Stoff angehörig, »animalisiert sein« müssen. Wäre ich Theologe, so würde ich ihm sagen, es scheine, man müsse die göttliche Erlösung, nach dem Apostel Paulus, nicht allein auf die Erde, sondern auf allen Welten des Himmels beziehen. Aber ich bin weder Theologe noch Chemiker, noch Naturforscher oder Physiker. Darum beschränke ich mich, bei meiner großen Unbekanntschaft mit den Gesetzen der Welt, auf die

Antwort: Ich weiß nicht, ob die Welten bewohnt sind,
weil ich's nicht weiß, will ich einen Besuch machen.«

Wagte der Gegner der Theorien Michel Ardans an-
dere Beweise dagegen anzuführen? Man kann es
nicht sagen, denn das wahnsinnige Geschrei der
Menge hätte die Äußerung jeder Meinung gehindert.
Als es bis zu den entferntesten Gruppen wieder stille
geworden, begnügte sich der triumphierende Redner,
die folgenden Betrachtungen beizufügen:

»Sie denken wohl, wackere Yankees, daß ich eine
so bedeutende Frage nur oberflächlich berührt habe;
ich habe nicht die Absicht, Ihnen einen wissenschaft-
lichen Vortrag zu halten und über diesen umfassen-
den Gegenstand einen Streitsatz zu verfechten. Es
gibt noch eine ganze Reihe von Gründen für die Be-
wohnbarkeit der Welten. Ich lasse sie beiseite und er-
laube mir, nur einen Punkt hervorzuheben. Den Leu-
ten, welche behaupten, die Planeten seien nicht be-
wohnt, muß man entgegnen: Sie können recht haben,
wenn es bewiesen ist, daß die Erde die bestmögliche
der Welten ist, aber das ist sie nicht, was auch Voltaire
darüber gesagt haben mag. Sie hat nur *einen* Traban-
ten, während Jupiter, Uranus, Saturn, Neptun deren
mehrere zu Diensten haben, ein Vorzug, der nicht zu
unterschätzen ist. Aber was besonders unseren Erd-
ball so unbehaglich macht, ist die Neigung seiner
Achse gegen seine Bahn. Daher rührt die Ungleich-
heit der Tage und Nächte, die leidige Verschiedenheit
der Jahreszeiten. Auf unserem unglückseligen Planc-
ten ist's stets zu warm oder zu kalt; im Winter leidet
man Frost, im Sommer Hitze; es ist eine Wohnstätte
des Schnupfens, Katarrhs und Rheumatismus, wäh-
rend auf dem Jupiter z. B., dessen Achse sehr wenig
geneigt ist*, die Bewohner einer stets gleichen Tempe-

*Die Neigung der Achse des Jupiter zu seiner Bahn beträgt nur 8° 5′.

ratur sich erfreuen können: da gibt's eine Zone des Frühlings, eine solche des Sommers wie des Herbstes und Winters mit fortdauernd gleichem Klima; jeder Jupiterbewohner kann sich ein solches nach Belieben wählen, und sich sein Lebtag gegen die Abwechslungen der Temperatur schützen. Ihr werdet wohl diesen Vorzug Jupiters vor unserem Planeten gerne anerkennen, ohne seiner Jahre zu gedenken, deren eins zwölf der unsrigen dauert! Ferner, für mich ist es offenbar, daß unter diesen merkwürdigen Lebensbedingungen die Bewohner dieser glückseligen Welt Wesen höherer Gattung sind, die Gelehrten noch gelehrter, die Künstler noch mehr künstlerisch, die Bösen minder böse, die Guten noch besser. Ach! Woran mangelt's unserem Planeten, um ebenso vollkommen zu sein? Nicht viel! Nur eine Umdrehungsachse, die weniger geneigt wäre gegen die Ebene seiner Bahn.«

»Aber nun!« rief eine Stimme voll Ungestüm, »vereinigen wir unsere Bemühungen, Maschinen zu erfinden, um die Erdachse zu ändern!«

Ein Beifallklatschen gleich dem Donner erschallte bei diesem Vorschlag, der von niemand sonst als J. T. Maston herrühren konnte. Aber man muß es heraussagen, denn es ist Wahrheit, viele unterstützten ihn mit ihrem Beifallgeschrei, und hätten die Amerikaner den Stützpunkt gehabt, welchen bereits Archimedes vermißte, sie hätten ohne allen Zweifel einen Hebel konstruiert, der fähig wäre, die Welt aus ihren Angeln zu heben und ihre Achse anders zu richten. Aber an diesem Stützpunkt eben fehlte es diesen verwegenen Maschinenkünstlern.

Demungeachtet hatte diese »eminent praktische« Idee einen ungeheuren Erfolg; die Diskussion wurde für eine gute Viertelstunde unterbrochen, und lange, sehr lange noch sprach man in den Vereinigten Staaten Amerikas von dem Vorschlag, welchen der beständige Sekretär des Gun-Clubs so energisch gemacht hatte.

Zwanzigstes Kapitel

Angriff und Abwehr

Dieser Zwischenfall schien den Schluß der Beratung zu veranlassen. Ein besseres Schlußwort war nicht zu finden. Doch als die Aufregung sich gelegt hatte, vernahm man mit starker und ernster Stimme folgende Worte:

»Nunmehr, nachdem der Redner der Phantasie reichlich Raum gegeben, wolle er zu seinem Gegenstand zurückkehren, weniger sich mit Theorie befassen und die praktische Seite des Unternehmens besprechen?«

Alle Blicke wandten sich auf die Person, welche dies sprach. Es war ein magerer, trockener Mann von energischem Aussehen, mit einem amerikanisch zugeschnittenen Bart, der üppig sein Kinn umgab. Bei der in der Versammlung herrschenden Bewegung hatte er allmählich in der vordersten Reihe Platz gewonnen. Hier stand er mit gekreuzten Armen, glänzenden kühnen Augen mit unverwandtem Blick auf den Helden des Meetings. Nachdem er sein Begehren gestellt, schwieg er, und es schienen weder die tausend auf ihn gerichteten Blicke noch das durch seine Worte hervorgerufene Murren der Mißbilligung Eindruck auf ihn zu machen. Da die Antwort auf sich warten ließ, stellte er seine Frage nochmals mit demselben klaren und bestimmten Ton, dann fügte er bei:

»Wir haben uns hier mit dem Mond zu befassen, nicht mit der Erde.«

»Sie haben recht, mein Herr«, erwiderte Michel Ardan, »die Unterredung ist abgeschweift, kommen wir auf den Mond zurück.«

»Mein Herr«, fuhr der Unbekannte fort, »Sie behaupten, unser Trabant sei bewohnt. Gut. Aber wenn es Mondbewohner gibt, so leben diese Leute sicherlich, ohne zu atmen, denn – ich bemerke es in Ihrem Interesse zum voraus – es gibt auf der Oberfläche des Mondes nicht die geringste Spur von Luft.«

Bei dieser Behauptung strich sich Ardan sein helles Haar zurück; er begriff, daß der Streit mit diesem Manne auf den Kern der Frage einging. Er faßte ihn ebenfalls scharf ins Auge und sprach:

»So! Es gibt keine Luft auf dem Mond. Und wer behauptet das, wenn's beliebt?«

»Die Gelehrten.«

»Wirklich?«

»Wirklich.«

»Mein Herr«, fuhr Michel fort, »allen Scherz beiseite, ich habe tiefe Achtung vor den Gelehrten, die etwas verstehen, aber eine tiefe Mißachtung gegen die, welche nichts verstehen.«

»Kennen Sie solche, die zu Letzteren gehören?«

»Sehr genau. In Frankreich gibt's einen, der behauptet, mathematisch könne der Vogel nicht fliegen, und einen anderen, der die Theorie aufstellt, der Fisch sei nicht geeignet, im Wasser zu leben.«

»Um diese handelt sich's nicht, mein Herr, ich könnte zur Stütze meiner Behauptung Namen anführen, sie Sie nicht zurückweisen würden.«

»Dann, mein Herr, würden Sie einen armen Ignoranten sehr in Verlegenheit setzen, der übrigens sich zu belehren sehr beflissen ist.«

»Warum befassen Sie sich denn mit wissenschaftlichen Fragen, wenn Sie dieselben nicht studiert haben?« fragte etwas barsch der Unbekannte.

»Warum?« erwiderte Ardan; aus dem Grunde, weil, wer eine Gefahr nicht ahnt, stets tapfer ist! Ich weiß nichts, 's ist wahr, aber gerade in dieser meiner Schwäche liegt meine Kraft.«

»Ihre Schwäche geht bis zum Wahnsinn«, schrie der Unbekannte in übelgelauntem Ton.

»Nun, um so besser«, entgegnete der Franzose, »wenn mich mein Wahnsinn bis zum Mond führt!«

Barbicane und seine Kollegen warfen grimmige Blicke auf diesen zudringlichen Menschen, der sich so keck dazwischengeworfen hatte. Niemand kannte ihn, und der Präsident, in Unruhe über die Folgen eines so offen geführten Disputs, blickte mit einer gewissen Besorgnis auf seinen neuen Freund. Die Versammlung war aufmerksam gespannt und ernstlich unruhig, denn dieser Streit führte dazu, ihre Aufmerksamkeit auf die Gefahren oder sogar wirkliche Unmöglichkeit des Vorhabens zu richten.

»Mein Herr«, fuhr der Gegner Michel Ardans fort, »es gibt unzählige unbestreitbare Gründe, welche beweisen, daß es keine Atmosphäre um den Mond herum gibt. Ich sage sogar *a priori*, daß, wenn es je eine solche gab, sie ihm durch die Erde entzogen werden müßte. Doch will ich Ihnen lieber unbestreibare Tatsachen anführen.«

»Führen Sie nur solche an, mein Herr«, erwiderte Michel Ardan mit vollkommener Höflichkeit, führen Sie an, soviel es Ihnen beliebt.«

»Sie wissen«, sagte der Unbekannte, »daß, wenn Lichtstrahlen ein Medium der Art, wie die Luft ist, durchlaufen, sie von der geraden Linie abgelenkt werden, mit anderen Worten, daß sie eine Brechung erleiden. Nun! Wenn Sterne durch den Mond verdeckt werden, haben ihre Strahlen, die an den Rand der Scheibe streifen, nie die geringste Abweichung, die leiseste Spur von Brechung bemerken lassen. Daraus folgt klar, daß der Mond nicht mit einer Atmosphäre umgeben ist.«

Man wendete seine Blicke auf den Franzosen, denn wurde die Wahrheit des Satzes zugegeben, so waren bedeutende Folgerungen daraus zu ziehen.

»In der Tat«, erwiderte Michel Ardan, »das ist Ihr bester Beweisgrund, wo nicht der einzige, und ein Gelehrter wäre vielleicht in Verlegenheit, darauf zu antworten; ich sage Ihnen nur, daß derselbe keinen unbedingten Wert hat, weil er voraussetzt, daß der angulare Durchmesser des Mondes vollständig berstimmt sei, was nicht der Fall ist. Aber gehen wir weiter, und sagen Sie mir, lieber Herr, geben Sie zu, daß es Vulkane auf der Oberfläche des Mondes gibt?«

»Ausgebrannte, ja; brennende, nein.«

»Lassen Sie mich jedoch glauben, und ohne die Grenzen der Logik zu überschreiten, daß diese Vulkane zu einer gewissen Zeit in Tätigkeit gewesen sind.«

»Unstreitig, aber da sie den zum Verbrennen nötigen Sauerstoff selbst gewähren konnten, so liefert die Tatsache ihres Ausbruchs durchaus keinen Beweis dafür, daß eine Atmosphäre auf dem Mond vorhanden.«

»Gehen wir also weiter«, erwiderte Michel Ardan, lassen wir diese Art Beweisgründe beiseite, um uns zu direkten Beobachtungen zu wenden. Aber ich sage Ihnen im voraus, ich werde Namen beibringen.«

»Bringen Sie diese nur bei.«

»Ich führe an. Im Jahre 1715 haben die Astronomen Louville und Halley bei Beobachtung der Sonnenfinsternis des 3. Mai gewisse blitzartige Erscheinungen sonderbarer Art wahrgenommen. Dieses rasche, öfters wiederholte Aufblitzen des Lichts schrieben sie Gewittern zu, die im Bereich der Mondatmosphäre entstanden.«

»Im Jahre 1715«, erwiderte der Unbekannte, haben die Astronomen Louville und Halley Erscheinungen, die lediglich zur Erde gehörten, für solche des Mondes gehalten, Boliden* oder andere, welche innerhalb unserer Atmosphäre vorgingen. So haben sich die Gelehrten über jene Tatsache ausgesprochen, und dies gebe ich Ihnen zur Erwiderung.«

»Gehen wir weiter«, versetzte Ardan, ohne sich durch den Widerspruch irremachen zu lassen. Hat nicht Herschel im Jahre 1787 eine große Anzahl von Lichtpunkten auf der Oberfläche des Mondes beobachtet?«

»Allerdings, aber ohne über den Ursprung derselben eine Erklärung zu geben; Herschel selbst hat daraus keinen Schluß auf das notwendige Vorhandensein einer Mondatmosphäre gezogen.«

»Gut geantwortet«, sagte Michel Ardan, mit einem Kompliment für seinen Gegner; »ich sehe, daß Sie sehr stark in der Selenographie sind.«

»Sehr stark, mein Herr, und ich füge bei, daß die geschicktesten Beobachter, welche am meisten Studien über den Mond gemacht haben, Beer und Mädler, über den gänzlichen Mangel an Luft auf seiner Oberfläche einig sind.«

Die Zuhörer, auf welche die Argumente des merkwürdigen Mannes Eindruck zu machen schienen, gerieten in Bewegung.

»Nur weiter«, erwiderte Michel Ardan mit größter

---

*Aërolithen oder Meteorsteine bilden sich innerhalb, Boliden außerhalb der Erdatmosphäre.

Seelenruhe, »und nehmen wir eine bedeutende Tatsache in Betracht. Laussedat, ein tüchtiger französischer Astronom, hat bei Beobachtung der Sonnenfinsternis am 18. Juli 1860 konstatiert, daß die Spitzen der halbmondförmigen Sonnenscheibe abgerundet und verstümmelt waren. Diese Erscheinung aber konnte nur von einer Brechung der Sonnenstrahlen durch die Atmosphäre des Mondes herrühren; eine andere Erklärung ist nicht gut möglich.«

»Aber steht auch die Tatsache fest?« fragte lebhaft der Unbekannte.

»Unumstößlich fest!«

Das Schweigen seines Gegners erregte in der Versammlung abermals eine Bewegung, und zwar zugunsten ihres gefeierten Helden. Ardan ergriff wieder das Wort und sagte, ohne sich mit dem errungenen Vorteil zu brüsten, einfach:

»Sie sehen also wohl, mein werter Herr, daß man sich nicht so bestimmt gegen das Vorhandensein einer Atmosphäre auf der Oberfläche des Mondes aussprechen darf; diese Atmosphäre ist vielleicht dünn, etwas fein, aber heutigen Tages hat die Wissenschaft allgemein angenommen, daß sie vorhanden ist.«

»Nicht über die Berge hinaus, wenn Sie belieben«, entgegnete der Unbekannte, der an seiner Meinung festhielt.

»Nein, aber in den Tälern und einige hundert Fuß hoch.«

»Jedenfalls würden Sie wohl tun, sich vorzusehen, denn diese Luft wird erschrecklich dünn sein.«

»Oh! Mein wackerer Herr, für einen einzigen Menschen wird sie immer hinreichen; übrigens, bin ich nur einmal oben, so werde ich möglichst haushälterisch sein, und nur bei Hauptveranlassungen atmen.«

Entsetzliches Lachen donnerte dem geheimnisvollen Disputanten in die Ohren; mit stolzem Trotz schweiften seine Blicke über die Versammlung hin.

»Da wir nun«, fuhr Michel Ardan mit ungezwungener Miene fort, »über das Vorhandensein einer Atmosphäre einig sind, so müssen wir notwendig zugeben, daß auch eine gewisse Quantität Wasser vorhanden sei. Über diese Folgerung freue ich meinerseits mich sehr. Außerdem, mein liebenswürdiger Gegner, gestatten Sie mir, Ihnen noch eine Bemerkung vorzulegen. Wir kennen nur *eine* Seite der Mondscheibe, und wenn auf der uns zugekehrten Seite wenig Luft vorhanden ist, so ist's möglich, daß derselben viel auf der entgegengesetzten sich findet.«

»Und aus welchem Grund?«

»Weil der Mond infolge der Anziehung von seiten der Erde die Gestalt eines Eies angenommen hat, dessen Spitze uns zugekehrt ist. Daher, nach Hansens Berechnung, die Folge, daß sein Schwerpunkt in der anderen Hälfte liegt. Daraus schließt man, daß von den ersten Tagen der Schöpfung unseres Trabanten an, alle Massen von Luft und Wasser sich auf die andere Seite ziehen mußten.«

»Pure Phantasien!« rief der Unbekannte.

»Nein, pure Theorien, die sich auf die Gesetze der Mechanik stützen und die, meines Erachtens, schwer zu widerlegen sind. Ich berufe mich darüber auf diese Versammlung, und ich lege ihr die Frage zur Entscheidung vor, ob ein solches Leben, wie es auf der Erde vorhanden, auf der Oberfläche des Mondes möglich?«

Dreihunderttausend Zuhörer zollten dem Satze Beifall. Der Gegner Michel Ardans wollte noch reden, konnte aber nicht zu Gehör kommen. Er ward von Schreien und Drohen wie mit einem Hagel überschüttet.

»Genug, genug«, riefen die einen.

»Jagt den Eindringling fort!« wiederholten andere.

»Hinaus! Hinaus!« schrie die aufgeregte Menge.

Er aber, fest an das Gerüst geklammert, wich und wankte nicht, ließ den Sturm austoben, der zu einer fürchterlichen Höhe gestiegen wäre, hätte ihn nicht Michel Ardan durch eine Handbewegung gestillt. Er war zu ritterlich, um seinen Gegner in solcher Not steckenzulassen.

»Sie wünschen noch einige Worte hinzuzufügen«, fragte er im freundlichsten Tone.

»Ja! Hundert, tausend«, erwiderte der Unbekannte empört. Oder vielmehr nein, ein einziges! Wollten Sie auf Ihrem Vorhaben beharren, so müßten Sie . . .«

»Wie unklug! Mir so dafür zu begegnen, daß ich von meinem Freund Barbicane ein zylindrokonisches Geschoß begehrte, um nicht unterwegs mich umdrehen zu müssen wie die Eichhörnchen!«

»Aber, Unglückseliger, der fürchterliche Gegenstoß würde Sie in Stücke zerfetzen!«

»Mein lieber Widersacher! Sie legen den Finger auf die wahre und einzige Schwierigkeit; doch hab' ich eine zu gute Meinung von dem industriellen Genie der Amerikaner, um zu glauben, sie könnten dieselbe nicht lösen!«

»Aber die Hitze, welche beim Durchschneiden der Luftschichten durch die Schnelligkeit des Projektils entwickelt wird.«

»Oh! Seine Wände sind so dick, und ich werde ja rasch über die Atmosphäre hinauskommen!«

»Aber Lebensmittel? Wasser?«

»Ich habe ausgerechnet, daß ich für die Dauer eines Jahres mitnehmen kann, und meine Fahrt wird vier Tage dauern!

»Aber Luft zum Atmen unterwegs?«

»Ich werde solche auf chemischem Wege erzeugen.«

»Aber wenn Sie je auf den Mond kommen, werden Sie dort zu Boden fallen.«

»Ein Fall auf die Erde würde sechsmal schneller sein, weil auf der Oberfläche des Mondes die Schwerkraft sechsmal geringer ist.«

»Doch würde sie noch hinreichend sein, um Sie wie Glas zu zerschmettern.«

»Und wer würde mich hindern, meinen Fall vermittelst angemessen angebrachter und rechtzeitig angezündeter Raketen langsamer zu machen?«

»Aber endlich, vorausgesetzt, daß alle diese Schwierigkeiten gelöst, alle Hindernisse beseitigt seien, daß alles noch Ungewisse zu Ihren Gunsten ausfiele; angenommen, daß Sie wohlbehalten auf dem Mond ankämen, wie würden Sie wieder zurückkommen?«

»Ich würde gar nicht wiederkommen.«

Bei dieser durch ihre Einfachheit an das Erhabene reichenden Antwort blieb die Versammlung stumm, aber dies Schweigen war beredter als enthusiastisches Geschrei. Der Unbekannte benützte dasselbe, um zum letzten Male seine Einsprache zu erheben.

»Sie würden unfehlbar sich umbringen«, rief er aus, »und Ihr unsinniger Tod würde nicht einmal der Wissenschaft nützen!«

»Fahren Sie nur fort, edelmütiger Unbekannter, denn wahrhaftig, Sie prophezeien recht angenehm!«

»Ah! Das ist zu viel«, rief der Gegner Michel Ardans, »und ich weiß nicht, weshalb ich eine so wenig ernsthafte Unterredung fortsetzen soll. Führen Sie nur nach Belieben Ihr tolles Vorhaben aus. Ihnen hat man darüber nichts vorzuwerfen.«

»Oh! Genieren Sie sich nicht!«

»Nein, ein anderer wird für Ihr Tun verantwortlich sein!«

»Und wer denn, wenn's beliebt?« fragte Michel Ardan in gebieterischem Ton.

»Der Ignorant, welcher diesen so unmöglichen, rein lächerlichen Versuch veranstaltet hat.«

Das war ein direkter Angriff. Barbicane hatte seit dem Dazwischentreten des Unbekannten sich mit äußerster Anstrengung zurückgehalten, um, wie manche Kessel »seinen Rauch zu verzehren«; aber als er sich so beleidigend angegriffen sah, stand er eilig auf und schritt auf seinen Gegner zu, der ihm trotzig ins Gesicht sah – als er plötzlich von ihm getrennt ward.

Das Gerüst wurde auf einmal von hundert kräftigen Armen emporgehoben, und der Präsident des Gun-Clubs mußte mit Michel Ardan die Ehre eines Triumphzuges teilen. Es war zwar ein schwerer Schild, aber die Träger lösten sich einander unablässig ab, und jeder stritt sich darum, rang und kämpfte, mit seinen Schultern zu dieser Huldigung beizutragen.

Inzwischen hatte der Unbekannte den Tumult nicht benützt, um seinen Platz zu verlassen. Er hätte es auch in der dichtgedrängten Menge nicht vermocht. Für jeden Fall blieb er in der vordersten Reihe, mit gekreuzten Armen, die Augen fest auf Barbicane gerichtet.

Dieser verlor ihn auch nicht aus dem Gesicht, und die Blicke beider Männer blieben wie gezückte Degen gegeneinander gerichtet.

Während dieses Triumphzugs blieb das Geschrei

der unermeßlichen Menge fortwährend auf seinem Höhepunkt. Michel Ardan ließ sich's mit augenscheinlichem Behagen gefallen; sein Antlitz strahlte. Manchmal schien das Gerüst in ein Schwanken zu geraten gleich dem Stampfen und Schlingern eines Schiffes auf den Wogen. Aber die beiden Helden des Meetings verstanden sich auf die See; sie wankten nicht, und ihr Fahrzeug langte ohne Fährlichkeit im Hafen von Tampa-Town an.

Es gelang Michel Ardan, sich dem äußersten Gedränge seiner kräftigen Bewunderer zu entziehen; er flüchtete ins Hotel Franklin, begab sich unverzüglich in sein Zimmer und schlüpfte rasch in sein Bett, während ein Heer von hunderttausend Mann unter seinen Fenstern Wache hielt.

Während dieser Zeit begab sich eine kurze, bedeutsame, entschiedene Szene zwischen der geheimnisvollen Person und dem Präsidenten des Gun-Clubs.

Als Barbicane sich endlich frei fühlte, war er gerade auf seinen Gegner losgegangen.

»Kommen Sie«, sprach er barsch.

Der letztere folgte ihm auf den Kai, und bald standen sich die Gegner allein gegenüber am Eingang einer Werft.

Hier sahen sich die beiden Feinde, ohne sich zu kennen, einander ins Angesicht.

»Wer sind Sie?« fragte Barbicane.

»Der Kapitän Nicholl.«

»Ich vermutete es. Bis jetzt hat der Zufall noch nicht gewollt, mit Ihnen auf meinem Wege zusammenzutreffen . . .«

»Deshalb bin ich gekommen!«

»Sie haben meine Ehre angegriffen!«

»Öffentlich.«

»Und Sie werden mir für den Schimpf Genugtuung

geben.«

»Augenblicklich.«

»Nein. Ich wünsche, daß alles im stillen unter uns vorgehe. Drei Meilen von Tampa-Town ist das Gehölz Skersnaw. Kennen Sie's?«

»Ja.«

»Beliebt's Ihnen, morgen früh fünf Uhr von einer Seite her dorthin zu kommen?«

»Ja, wenn Sie zu derselben Zeit sich von der anderen Seite her einfinden.«

»Und Sie werden nicht Ihren Rifle vergessen«, fragte Barbicane.

»So wenig, wie Sie den ihrigen«, erwiderte Nicholl.

Nach diesen in aller Kälte gewechselten Worten gingen der Präsident des Gun-Clubs und der Kapitän auseinander. Barbicane begab sich nach Hause, aber anstatt einige Stunden auszuruhen, sann er die Nacht über auf Mittel, den Gegenstoß des Projektils zu vermeiden und das von Michel Ardan bei der Diskussion des Meetings aufgestellte schwierige Problem zu lösen.

Einundzwanzigstes Kapitel

Wie ein Franzose eine Sache zur Ausgleichung bringt

Während zwischen dem Präsidenten und dem Kapitän die Abrede über das Duell getroffen wurde, das entsetzliche, unmenschliche Duell, worin jeder Gegner einem Menschen das Leben zu nehmen trachtet, ruhte Michel Ardan aus von den Strapazen seines Triumphs. Ausruhen ist nicht der richtige Ausdruck, denn die amerikanischen Betten können an Härte mit

Marmortischen wetteifern.

Ardan schlief daher ziemlich schlecht, indem er sich zwischen den Servietten, die ihm als Leintücher dienten, hin und her warf, und er dachte darauf, in seinem Projektil sich ein bequemeres Lager einzurichten – als ein heftiges Getöse ihn in seinen Träumen störte. Es wurde mit übermäßigen Schlägen an seine Türe gepocht; es schien, sie rührten von einem eisernen Instrument her. Zwischen diesem etwas allzufrühen Lärmen vernahm man fürchterlich rufende Stimmen:

»Mach auf!« rief's, »um Himmels willen, mach gleich auf!« Ardan hatte keinen Grund, einem so lärmend gestellten Begehren zu willfahren. Doch stand er auf und öffnete seine Türe, als sie eben der Gewaltübung des beharrlichen Besuchers nachzugeben im Begriff war.

Der Sekretär des Gun-Clubs drang in das Gemach. Eine Bombe würde nicht minder ohne Umstände sich Eingang verschafft haben.

»Gestern abend«, rief J. T. Maston ohne weiteres, »ist unser Präsident während des Meetings öffentlich beschimpft worden! Er hat seinen Gegner gefordert, der niemand sonst ist als der Kapitän Nicholl. Diesen Morgen früh schlagen sie sich im Gehölz von Skersnaw! Ich weiß alles aus Barbicanes eigenem Munde! Fällt er, so werden dadurch unsere Projekte zunichte! Also muß dies Duell verhindert werden! Niemand in der Welt aber kann auf Barbicane Einfluß genug haben, um ihn davon abzubringen, als Michel Ardan!«

Während Maston so sprach, hatte Michel Ardan, ohne ihn zu unterbrechen, in aller Hast seine weiten Hosen angezogen, und binnen weniger als zwei Minuten befanden sich die beiden Freunde eilenden Schritts in der Vorstadt von Tampa-Town.

Unterwegs setzte Maston seinen Begleiter in Kenntnis von der Sache. Er teilte ihm den wahren Grund der Feindschaft beider mit, wie dieselbe von langer Zeit herrührte, weshalb durch die Bemühungen gemeinschaftlicher Freunde der Präsident und der Kapitän sich bisher noch nicht persönlich begegnet waren; er fügte bei, es handle sich einzig um eine Rivalität der Platte und Kugel, und Nicholl habe bei dem Meeting nur die Gelegenheit gesucht, einen alten Groll zu befriedigen.

Es gibt nichts Schrecklicheres als diese persönlichen Feindschaften und Zweikämpfe in Amerika. Da suchen sich zwei Gegner und lauern aufeinander in Wald und Gehölz und zielen aus dem Gebüsch wie auf Rotwild. Dann beneiden sie die Indianer der Prärien um ihre wunderbaren Naturgaben, den raschen Verstand, die angeborene Schlauheit, die instinktmäßige Witterung des Feindes. Ein Irrtum, ein Anstoß, ein Fehltritt können den Tod herbeiführen. Solches Streifen nehmen die Yankees oft in Begleitung ihrer Hunde vor, zugleich als Jäger und Wild, und treiben sich stundenlang einander auf.

»Welche Teufel von Leuten seid Ihr!« rief Michel Ardan, als ihm sein Gefährte mit viel Energie dies ganze Treiben geschildert hatte.

»So sind wir«, erwiderte Maston kleinlaut; aber eilen wir.«

Indessen mochten Sie noch so sehr in Eile über die taufeuchte Ebene rennen, über Reisfelder und Bäche setzen, um die Wege abzukürzen; vor halb sechs Uhr konnten sie nicht ins Gehölz von Skersnaw kommen. Barbicane mußte schon seit einer halben Stunde sich am Platz eingefunden haben.

Sie trafen da einen alten Buschmann, der mit Reiserbinden beschäftigt war.

Maston lief zu ihm, und rief ihm zu:

»Haben Sie einen Mann mit einer Büchse in den Wald gehen sehen – den Präsidenten Barbicane, meinen besten Freund? . . .«

Der würdige Sekretär des Gun-Clubs war so naiv zu glauben, sein Präsident müsse der ganzen Welt bekannt sein. Aber der Buschmann schien ihn nicht zu verstehen.

»Einen Jäger«, sagte darauf Ardan.

»Einen Jäger? Ja«, erwiderte der Buschmann.

»Ist's schon lange?«

»Etwa eine Stunde.«

»Zu spät!« schrie Maston.

»Und haben Sie Flintenschüsse gehört?« fragte Michel Ardan.

»Nein.«

»Nicht einen einzigen?«

»Nicht *einen.* Der Jäger hat, scheint's, keine gute Jagd.«

»Was nun weiter?« fragte Maston.

»Wir gehen ins Gehölz auf die Gefahr, von einer Kugel getroffen zu werden, die nicht für uns bestimmt ist.«

»Ach!« rief Maston in einem Ton, der nicht mißzuverstehen war, »lieber hätt' ich zehn Kugeln in meinem Kopf als eine einzige in Barbicanes.«

»Vorwärts also!« fuhr Ardan mit einem Händedruck fort.

Nach einigen Minuten verschwanden die beiden Freunde im Gehölz. Es war ein Dickicht von Riesenzypressen, Sykomoren, Tulpenbäumen, Ölbäumen, Tamarinden, immergrünen Eichen. Die Zweige dieser verschiedenen Bäume waren unentwirrbar miteinander verwachsen und gestatteten dem Blick keine weite Aussicht. Michel Ardan und Maston gingen also nicht weit voneinander schweigend durch hohes Gras, bahnten sich ihren Weg durch Lianen, fragten mit Blicken die Büsche und das dichte Laubwerk. Nirgends ließ sich eine Spur erkennen, die Barbicanes Schritte hätte bezeichnen können, und sie gingen wie blind auf den mit Mühe gebahnten Pfaden, wo ein Indianer Schritt für Schritt seinem Gegner gefolgt wäre.

Nach einer Stunde vergeblichen Suchens blieben sie stehen. Ihre Unruhe verdoppelte sich.

»Es muß wohl alles vorbei sein«, sagte Maston entmutigt. Ein Mann wie Barbicane hat nicht seinem Gegner einen listigen Streich gespielt! Er ist zu offen, zu mutig, ist gerade vorwärts der Gefahr entgegengegangen, ohne Zweifel zu weit von dem Buschmann entfernt, als daß dieser den Schuß hören konnte!«

»Aber wir! Wir!« versetzte Michel Ardan, »seit wir uns in dem Gehölz befinden, hätten ihn hören müssen!...«

»Und wenn wir zu spät kamen!« rief Maston im Ton der Verzweiflung.

Michel Ardan hatte kein Wort darauf zu antworten, und sie gingen weiter. Von Zeit zu Zeit erhoben sie lautes Geschrei und riefen bald Barbicane, bald Nicholl; aber keiner von beiden gab eine Antwort. Muntere Vögel, von dem Lärm geschreckt, verließen in Schwärmen das Gezweig, und einige aufgescheuchte Damhirsche flüchteten eiligst durch das Gehölz.

Noch eine volle Stunde suchten sie fort. Sie hatten fast den größten Teil des Buschwerks durchforscht, und keine Spur von der Anwesenheit der Kämpfer hatte sich gezeigt. Die Aussage des Buschmanns war doch zu bezweifeln, und Ardan wollte schon das fruchtlose Suchen aufgeben, als Maston plötzlich stehenblieb.

»St! St! Da ist jemand!«

»Jemand?« erwiderte Michel Ardan.

»Ja! Ein Mann! Es scheint, er rührt sich nicht. Keine Büchse in seiner Hand. Was treibt er doch?«

»Aber erkennst du ihn?« fragte Michel Ardan, den bei solchem Anlaß sein kurzes Gesicht im Stiche ließ.

»Ja! Ja! Er wendet sich um«, erwiderte Maston.

»Und es ist? . . .«

»Der Kapitän Nicholl!«

»Nicholl!« rief Michel Ardan, dem das Herz sich zusammenschnürte.

Nicholl ohne Waffe! Also hatte er von seinem Gegner nichts mehr zu fürchten? Aber sie waren noch keine fünfzig Schritte weitergegangen, als sie stehenblieben, um den Kapitän aufmerksamer zu betrachten. Sie meinten einen blutbefleckten, in seiner Rache gesättigten Menschen zu treffen. Und sie staunten, wie sie ihn sahen.

Zwischen riesenhaften Tulpenbäumen war ein Maschennetz gespannt, in dessen Mitte ein Vöglein, dessen Flügel sich darein verwickelt hatten, mit kläglichem Geschrei sich abzappelte. Der Vogelsteller, der dieses unzerreißliche Netz gespannt hatte, war kein menschliches Wesen, sondern eine giftige, in der Landschaft einheimische Spinne von der Größe eines Taubeneis, mit enormen Krallen. Als das häßliche Tier eben über seine Beute herfallen wollte, wurde es fortgescheucht und suchte auf den Zweigen des Baumes seine Zuflucht, denn es sah sich selbst von einem fürchterlichen Feind bedroht.

Wirklich legte der Kapitän Nicholl seine Büchse beiseite, vergaß die Gefahr seiner Lage, und war sorgfältig bemüht, das im Garne der abscheulichen

Spinne gefangene Tierlein zu befreien. Als er damit fertig war, ließ er das Vöglein flattern, das mit lustigem Flügelschlag verschwand.

Nicholl sah mit gerührtem Blick ihm durch die Zweige nach, als er die mit bewegter Stimme gesprochenen Worte vernahm:

»Sie sind doch ein wackerer Mensch!«

Er wendete sich um. Michel Ardan stand vor ihm, und wiederholte in allen Tonarten:

»Und ein liebenswürdiger Mensch!«

»Michel Ardan!« rief der Kapitän. »Was wollen Sie hier, mein Herr?«

»Ihnen die Hand drücken, Nicholl, und Sie abhalten, entweder Barbicane oder sich selbst ums Leben zu bringen.«

»Barbicane!« rief der Kapitän, den ich seit zwei Stunden vergeblich suche! Wo steckt er? . . .«

»Nicholl«, sagte Michel Ardan, »das ist nicht fein! Man muß stets seinen Gegner achten; seien Sie ruhig, wenn Barbicane noch bei Leben ist, werden wir ihn finden, und um so leichter, als er, wenn er sich nicht damit vergnügt hat, verfolgten Vöglein beizustehen, uns ebenfalls suchen muß. Aber wenn wir ihn gefunden haben, so wird – Michel Ardan sagt Ihnen dies – von einem Duell zwischen Ihnen keine Rede mehr sein.«

»Zwischen dem Präsidenten Barbicane und mir«, erwiderte Nicholl ernst, »besteht eine so feindliche Rivalität, daß nur der Tod . . .«

»Gehen Sie doch! Gehen Sie damit«, fuhr Michel Ardan fort, »so wackere Leute wie Sie können sich wohl einander zuwider sein, aber man achtet sich. Sie werden sich nicht schlagen.«

»Ich werde mich schlagen, mein Herr.«

»Nimmermehr.«

»Kapitän«, sagte darauf J. T. Maston mit tiefbewegtem Herzen, ich bin des Präsidenten Freund, sein *alter ego*, ein anderes Exemplar von ihm; wenn Sie durchaus einen ums Leben bringen wollen, zielen Sie auf mich, es wird ganz dasselbe sein.«

»Mein Herr«, sagte Nicholl, indem er krampfhaft seine Büchse in die Hand nahm, solche Scherze . . .«

»Freund Maston scherzt nicht«, erwiderte Michel Ardan, »und ich begreife die Idee, für den Mann, den man liebt, sein Leben zu lassen! Aber weder er noch Barbicane werden durch die Kugel des Kapitäns Nicholl ums Leben kommen, denn ich habe den beiden Rivalen einen Vorschlag zu machen, der so verführerisch ist, daß sie eifrig bereit sein werden, ihn anzunehmen.«

»Und welchen?« fragte Nicholl, mit augenscheinlichem Zweifel.

»Geduld«, erwiderte Ardan, »ich kann ihn nur in Gegenwart Barbicanes mitteilen.«

»So wollen wir ihn suchen«, rief der Kapitän.

Und sofort machten sich die drei Männer auf den Weg; der Kapitän entlud sein Gewehr, hängte es um seine Schulter und ging schweigend im Trott weiter.

Noch eine halbe Stunde lang suchten sie vergeblich. Maston ward von einer schlimmen Ahnung ergriffen. Er faßte Nicholl strenge ins Auge und fragte sich, ob etwa, nachdem des Kapitäns Rache befriedigt worden, der unglückliche Barbicane von einer Kugel getroffen bereits leblos in seinem Blute unter einem Gebüsch liege. Michel Ardan schien den gleichen Gedanken zu haben, und beider Blicke maßen bereits fragend den Kapitän Nicholl, als Maston plötzlich stille stand.

Zwanzig Schritte von da gewahrte man unbeweglich am Fuß einer riesenmäßigen Catalpa unbeweglich mit dem Rücken widergelehnt, im Grase halb versteckt eine Mannesgestalt.

»Er ist's«, sagte Maston.

Barbicane rührte und regte sich nicht. Ardan senkte seine Blicke in die Augen des Kapitäns, aber der wankte nicht. Ardan schritt vor und rief:

»Barbicane! Barbicane!«

Keine Antwort. Ardan stürzte auf seinen Freund, aber im Moment, als er ihn beim Arm fassen wollte, hielt er ein mit einem Schrei der Verwunderung.

Barbicane, mit dem Bleistift in der Hand, machte geometrische Figuren und Formeln in ein Notizbüchlein, indes sein Gewehr unschädlich auf dem Boden lag.

In seine Arbeit versunken, hatte der Gelehrte ebenfalls Duell und Rache vergessen, nichts *gesehen*, nichts *gehört*.

Aber als Michel Ardan seine Hand auf die seinige legte, richtete er sich auf und sah ihn verwundert an.

»Ah!« rief er endlich, du hier! Ich hab's gefunden, Freund! Gefunden!«

»Was gefunden?«

»Mein Mittel.«

»Was für ein Mittel?«

»Das Mittel, die Wirkung des Rückstoßes beim Abschießen des Projektils aufzuheben.«

»Wirklich?« fragte Michel, und blickte schielend nach dem Kapitän.

»Ja! Wasser! Bloßes Wasser wird die Federkraft abgeben ... Ah! Maston! Sie auch!«

»Er selbst«, erwiderte Michel Ardan, »und erlaube mir, dir zugleich den würdigen Kapitän Nicholl vorzustellen!«

»Nicholl!« rief Barbicane und sprang augenblicklich auf. »Verzeihen Sie, Kapitän, ich hatte vergessen ... ich bin bereit ...«

Michel Ardan legte sich ins Mittel, ehe noch die beiden Feinde Zeit hatten, sich anzureden.

»Wahrhaftig!« sprach er, »ein Glück, daß so wakkere Männer wie Sie sich nicht eher begegneten! Wir hätten sonst einen oder den anderen zu beweinen. Aber, Gott sei Dank, er hat dafür gesorgt, daß nichts mehr zu besorgen ist. Wenn man seinen Haß vergißt, um sich in mechanische Probleme zu versenken oder den Spinnen einen Streich zu spielen, dann ist dieser Haß für niemand mehr gefährlich.«

Und Michel Ardan erzählte dem Präsidenten, was mit dem Kapitän vorgegangen war.

»Ich frage nun endlich«, sagte er zum Schluß, »ob zwei so tüchtige Männer wie Sie dafür da sind, um sich einander den Kopf zu zerschmettern?«

Diese Sachlage enthielt etwas Lächerliches, etwas so Unerwartetes, daß Barbicane und Nicholl nicht recht wußten, welche Haltung sie einander gegenüber annehmen sollten. Michel Ardan merkte es wohl und beschloß, die Auflösung mit einem Schlag herbeizuführen.

»Meine wackeren Freunde«, sagte er und ließ sein bestes Lächeln auf den Lippen spielen, »es hat stets nur ein Mißverstehen zwischen Ihnen stattgefunden, sonst nichts. Nun denn! Zum Beweis, daß zwischen Ihnen alles im reinen ist, und da Sie ja Männer sind, die ihre Haut zu riskieren fähig sind, nehmen Sie frisch den Vorschlag an, den ich eben Ihnen machen will.«

»Reden Sie«, sagte Nicholl.

»Freund Barbicane glaubt, sein Projektil werde geraden Wegs in den Mond gelangen.«

»Ja sicherlich«, erwiderte der Präsident.

»Und Freund Nicholl ist überzeugt, daß es wieder auf die Erde fallen werde.«

»Ganz gewiß«, rief der Kapitän.

»Gut!« versetzte Michel Ardan. Ich maße mir nicht an, Sie miteinander in Harmonie zu bringen; aber ich sage Ihnen ganz einfach: – Reisen Sie mit mir, und wir wollen dann sehen, ob wir die Reise durchführen.«

»Hm!« sagte J. T. Maston bestürzt.

Die beiden Rivalen sahen sich bei dem plötzlichen Vorschlag einander an, warteten mit Spannung einer auf des anderen Wort.

»Nun?« fragte Michel Ardan mit gewinnendem Ton. »Weil ein Rückstoß nicht mehr zu fürchten!«

»Angenommen!« rief Barbicane.

Aber, so rasch er das Wort sprach, Nicholl sprach dasselbe zugleich.

»Hurra! Bravo! Hipp! Hipp! Hipp!« rief Michel Ardan, und reichte den beiden Gegnern die Hand. »Und nun, da die Sache beigelegt ist, gestatten Sie mir, nach französischer Weise, Sie zu bewirten. Gehen wir zum Frühstück.«

Zweiundzwanzigstes Kapitel

Der neue Bürger der Vereinigten Staaten

An demselben Tag erfuhr ganz Amerika den Handel des Kapitäns Nicholl mit dem Präsidenten Barbicane sowie seine eigentümliche Erledigung. Die Rolle, welche der ritterliche Europäer dabei spielte, sein unerwarteter Vorschlag, welcher die Schwierigkeit durchschnitt, die gleichzeitige Annahme der beiden Rivalen, diese Eroberung des Mondkontinents, wobei Frankreich und die Vereinigten Staaten zusammenwirkten, alles vereinigte sich, um die Popularität Michel Ardans zu steigern. Es ist bekannt, bis zu welchem Wahnsinn die Yankees ihre Leidenschaft für ein Individuum steigern. In einem Lande, wo ehrwürdige Magistratspersonen sich an den Wagen einer Tänzerin spannen und sie im Triumph herumfahren, was kann man da von der durch den kühnen Franzosen entfesselten Leidenschaft erwarten! Spannte man nicht seine Pferde aus, so geschah es vermutlich nur deshalb, weil keine da waren, aber alle anderen Huldigungsbezeugungen wurden ihm gespendet. Nicht *ein* Bürger, der ihm nicht mit Herz und Geist ergeben war!

Von diesem Tage an hatte Michel Ardan keine ruhige Stunde mehr. Abgeordnete aus allen Ecken und Enden der Union belästigten ihn unablässig. Er mußte sie unweigerlich empfangen. Das Händedrükken, das Duzen der Leute ist gar nicht herzuerzählen. Es dauerte nicht lange, so war er erschöpft; seine Stimme, heiser von den unzähligen Ansprachen, konnte nur noch unverständliche Worte stammeln, und er hätte von der Menge der Toaste, die er auszustehen hatte, fast eine Lungenentzündung bekommen. Dieser Erfolg hätte einen anderen am ersten Tag benebelt, aber er wußte sich in geistreicher, reizender Halbtrunkenheit zu halten.

Unter den Deputationen aller Art, welchc ihn bestürmten, befand sich auch dic der »Mondsüchtigen«, welche nicht vergaß, was sie gegen den künftigen Frober des Mondes zu beobachten hatte. Eines Tages suchten einige der armen Leute, deren es in Amerika ziemlich viele gibt, ihn auf und baten, ihn in ihre Heimat begleiten zu dürfen. Einige von ihnen behaupteten, »selenitisch« zu sprechen, und wollten Michel Ardan diese Sprache lehren. Dieser zeigte sich gutmütig bereit, ihrer naiven Manie zu willfahren und Aufträge an ihre dortigen Freunde anzunehmen.

»Sonderbarer Wahnsinn!« sagte er zu Barbicane, nachdem er sie verabschiedet hatte, »ein Wahnsinn der oft gescheite Leute befällt. Einer unserer berühmtesten Gelehrten, Arago, sagte mir, viele sehr gescheite und in ihren Begriffen sehr nüchterne Leute gerieten allemal, wenn der Mond sie befangen mache, in große Aufregung bis zu unglaublichen Sonderbarkeiten. Du glaubst nicht an den Einfluß des Mondes auf die Krankheiten?«

»Wenig«, erwiderte der Präsident des Gun-Clubs.

»Ich glaube auch nicht daran, und doch finden sich Tatsachen zum Erstaunen in der Geschichte verzeichnet. So sind im Jahre 1693 zur Zeit einer Epidemie am 21. Januar im Moment einer Mondfinsternis die Leute in größerer Anzahl gestorben. Der berühmte Bacon fiel während der Mondfinsternisse in Ohnmacht und kam erst dann, wann sie völlig vorüber waren, wieder zu vollem Lebensbewußtsein. Karl VI. verfiel im Jahre 1399 sechsmal, beim Neumond oder Vollmond, in Irrsinn. Die Epilepsie wird von den Ärzten unter diejenigen Krankheiten gezählt, welche den Mondphasen gemäß auftreten. Die Nervenkrankheiten scheinen oft dem Einfluß des Monds unterworfen zu sein. Mead spricht von einem Kind, welches in Krämpfe verfiel, wenn der Mond in die Stellung der Opposition trat. Gall hatte bemerkt, daß bei schwachen Personen die Nervenaufregung zweimal monatlich, zur Zeit des Neu- und Vollmonds, zunahm. Endlich gibt es auch unzählige Wahrnehmungen dieser Art über Schwindel, bösartiges Fieber, Somnambulismus, welche zu beweisen geeignet sind, daß das Nachtgestirn einen geheimnisvollen Einfluß auf die Krankheiten des Erdenlebens ausübt.«

»Aber wie? Warum?« fragte Barbicane.

»Warum?« erwiderte Ardan. »Wahrhaftig, ich gebe dir die nämliche Antwort, welche neunzehn Jahrhunderte nach Plutarch Arago wiederholt hat: »Vielleicht, weil es nicht wahr ist!«

Bei seinem Triumph konnte Michel Ardan sich keiner der lästigen Zumutungen entziehen, welche dem Stand eines berühmten Menschen anhängen. Die Unternehmer von Erfolg wollten ihn öffentlich aufstellen. Barnum bot ihm eine Million, um ihn in allen Staaten der Union von Stadt zu Stadt zu führen und wie ein Wundertier anstaunen zu lassen. Michel Ardan behandelte ihn als Elefantenführer und wies ihm seinen Weg.

Indessen weigerte er auch in solcher Weise die öffentliche Neugierde zu befriedigen, so machte wenigstens sein Bild die Runde durch die Welt und erhielt in den Alben einen Ehrenplatz; man gab es in allen Größen heraus, von der natürlichen bis zu der mikroskopischen der Postmarken. Man konnte den Helden in allen denkbaren Stellungen haben, als Kopf- oder Brustbild, *en face* oder *profil*, ganze Figur etc. Es wurden über fünfzehnhunderttausend Exemplare abgezogen, und es gab eine hübsche Gelegenheit, sich selbst als Andenken zu verschleißen, wenn er hätte davon profitieren wollen. Er brachte nur seine Haare um einen Dollar das Stuck zu verkaufen und hätte sich damit ein großes Vermögen gemacht!

Offen gesagt, war diese Popularität doch nach seinem Geschmack. Er stellte sich gerne dem Publikum zu Disposition und korrespondierte mit der ganzen Welt. Man wiederholte seine *bon mots*, verbreitete sie weiter, ganz besonders die, welche er gar nicht gesprochen hatte. Man legte sie ihm, wie gewöhnlich, in den Mund, denn er war reich in dem Punkt.

Nicht allein die Männer hatte er zu Anhängern, sondern auch die Frauen. Was hätte er für eine Menge »guter Partien« machen können, wenn er hätte sich fesseln lassen wollen. Zumal die alten Jungfern, welche seit vierzig Jahren schmachteten, träumten Tag und Nacht von seiner Fotografie.

Gewiß hätte er Hunderte von Lebensgefährtinnen gefunden, selbst unter der Bedingung, ihn in den Weltenraum zu begleiten. Die Frauen, welche sich nicht vor allem fürchten, sind unverzagt. Aber es war seine Absicht nicht, auf dem Mondkontinent ein Stammvater zu werden und eine Mischrasse von französischem und amerikanischem Geblüt dorthin zu verpflanzen. Daher lehnte er ab.

»Dort oben«, sagte er, »die Rolle Adams mit einer Tochter Evas zu spielen, danke schön! Da würde ich's mit Schlangen zu tun bekommen! . . .«

Als er sich endlich den allzu häufigen Triumphesfreuden entziehen konnte, machte er in Begleitung seiner Freunde der Columbiade einen Besuch. Das war auch seine Schuldigkeit. Übrigens hatte er auch seit seinem Umgang mit Barbicane, Maston und Genossen in der Ballistik große Fortschritte gemacht. Es machte ihm die größte Freude, den wackeren Artilleriebeflissenen oft vorzusagen, sie seien nur liebenswürdige und gelehrte Menschenschlächter. Über diesen Punkt war er unerschöpflich in Scherzreden. Bei seinem Besuch gab er der Columbiade seine hohe Bewunderung zu erkennen und drang dem Riesenmörser, der ihn bald dem Gestirn der Nacht entgegenschleudern sollte, bis auf den Grund der Seele.

»Wenigstens«, sagte er, »wird diese Kanone niemand ein Leid zufügen – was bei einer Kanone etwas sehr Erstaunliches ist. Aber von euren Maschinen, die zerstören, in Brand stecken, zertrümmern, das Leben rauben – davon redet mir nicht, und vor allem sagt mir doch nicht, sie haben ›eine Seele‹; ich würde es nicht glauben!«

Nun muß ich noch einen Vorschlag J. T. Mastons berichten. Als der Sekretär des Gun-Clubs hörte, wie Barbicane und Nicholl den Vorschlag Michel Ardans annahmen, entschloß er sich, als vierter an der Partie teilzunehmen. Eines Tages stellte er das Begehren, sich anzuschließen. Barbicane, der ihm ungern etwas abschlug, suchte ihm begreiflich zu machen, das Projektil könne eine so große Anzahl Passagiere nicht mitnehmen. In Verzweiflung wendete sich Maston an Michel Ardan, der ihn aufforderte, auf diesen Wunsch zu verzichten, und machte dabei Gründe *ad hominem* geltend.

»Siehst du, mein alter Maston«, sprach er zu ihm, »du darfst mir nicht übelnehmen, was ich dir darüber zu sagen habe; aber wahrhaftig, unter uns gesagt, du bist zu unvollständig, um auf dem Mond aufzutreten!«

»Unvollständig!« rief der rüstige Invalide.

»Ja! Mein wackerer Freund! Denke dir, wenn wir dort oben Bewohnern begegnen. Möchtest du ihnen wohl eine so traurige Vorstellung von dem, was hinieden vorgeht, geben; einen Begriff von dem, was ein Krieg heißt: ihnen anschaulich machen, daß man seine beste Zeit darauf wendet, sich gegenseitig zu zerfleischen, und das auf einer Kugel, worauf hundert Milliarden Bewohner ihre Nahrung finden können und kaum zwölfhundert Millionen sich befinden? Ah! Da würdest du, würdiger Freund, Anlaß geben, daß man uns die Aufnahme versagte!«

»Aber wenn ihr in Stücken ankommt«, entgegnete J. T. Maston, »werdet ihr ebenso unvollständig sein wie ich!«

»Allerdings«, erwiderte Michel Ardan, aber in Stücken werden wir nicht anlangen!«

In der Tat hatte ein am 18. Oktober vorgenommenes vorbereitendes Experiment die besten Resultate geliefert und zu den besten Hoffnungen berechtigt. In der Absicht, sich über den Rückstoß im Moment des Abfahrens eines Projektils genau zu unterrichten, ließ Barbicane aus dem Arsenale zu Pensacola einen Mörser von zweiunddreißig Zoll kommen. Man stellte ihn am Ufer der Reede von Hillisboro auf, damit die Bombe ins Meer falle, und so ihr Fall unschädlich werde. Es handelte sich nur darum, die Erschütterung beim Abschleudern zu probieren, nicht die Wirkung beim Anprallen.

Für dieses merkwürdige Experiment wurde mit größter Sorgfalt ein hohles Projektil hergerichtet. Die inneren Wände wurden mit dichter Flockseide über einem Netz von Springfedern aus dem besten Stahl ausgefüttert, gleich einem sorgfältig auswattierten Nest.

»Wie schade, daß man sich nicht da hineinlegen kann!« sagte J. T. Maston mit Bedauern, daß seine Taille ihm den Versuch nicht gestattete.

In diese reizende Bombe, die mit einem Schraubendeckel verschließbar war, brachte man zuerst eine große Katze, hernach ein Eichhörnchen, das dem beständigen Sekretär des Gun-Clubs angehörte und sehr wert war, aber man wollte wissen, wie diesem wenig dem Schwindel unterworfenen Tierchen die Versuchsreise bekommen würde.

Der Mörser wurde mit hundertundsechzig Pfund

Pulver geladen, die Bombe hinein getan. Man gab Feuer. Mit reißender Schnelligkeit fuhr das Projektil heraus, beschrieb majestätisch seine Parabel bis zu einer Höhe von etwa tausend Fuß und senkte sich in graziösem Bogen in die Fluten.

Unverzüglich fuhr ein Boot nach der Stelle, wo sie niedergefahren war; geschickte Taucher stürzten sich auf den Meeresgrund und befestigten Taue an die Henkel der Bombe, welche dann sofort heraufgezogen wurde. Es waren kaum fünf Minuten verflossen, seit die Tiere eingeschlossen wurden, bis man den Deckel wieder öffnete.

Ardan, Barbicane, Nicholl, Maston befanden sich auf der Barke und sahen mit begreiflicher Spannung dem Resultat entgegen. Kaum war die Bombe geöffnet, so sprang die Katze heraus, zwar ein wenig gequetscht, aber lustig und munter, und ohne daß man ihr die Luftreise ansah. Aber das Eichhörnchen war nicht vorhanden. Man suchte nach; keine Spur. Man mußte sich überzeugen, daß die Katze ihren Reisegefährten aufgezehrt hatte. J. T. Maston war sehr betrübt über dies Märtyrertum der Wissenschaft.

Wie dem auch sei, in Folge dieses Experiments verschwand alles Bedenken, alle Besorgnis; übrigens war Barbicane darauf bedacht, das Projektil noch vollkommener zu machen, um die Wirkungen des Rückstoßes gänzlich zu beseitigen. Damit war es zum Abschießen fertig.

Zwei Tage hernach erhielt Michel Ardan eine Botschaft des Präsidenten der Union, eine Ehre, die ihm sehr schmeichelte.

Nach dem Beispiel seines ritterlichen Landsmannes Lafayette erteilte ihm die Regierung das Ehrenbürgerrecht der Vereinigten Staaten Amerikas.

Dreiundzwanzigstes Kapitel

Der Projektil-Waggon

Nach Vollendung der berühmten Columbiade wendete sich das öffentliche Interesse sofort dem Projektil zu, diesem neuen Transportmittel, welches die drei kühnen Abenteurer durch den Weltraum befördern sollte. Jeder wußte, daß Michel Ardan in seiner Depesche vom 30. September eine Modifikation der vom Komitee beschlossenen Einrichtung desselben begehrt hatte.

Der Präsident Barbicane war damals mit Recht der Meinung, daß die Form des Projektils wenig auf sich habe, denn nachdem es in wenigen Sekunden aus dem Bereich der Atmosphäre gekommen, sollte es in dem absolut leeren Raum weiterfahren. Das Komitee hatte daher die runde Form gewählt, damit die Kugel sich um sich selber drehen und nach Belieben sich verhalten könne. Aber von dem Augenblick an, da man ihm die Bestimmung eines Transportmittels gab, war die Sache eine andere. Michel Ardan hatte nicht Lust, sich gleich dem Eichhörnchen zu bewegen; er wollte aufrecht gehen, Kopf oben, Füße nach unten, mit ebensoviel Anstand, wie die Passagiere des Luftballons in dem Schifflein, zwar rascher, aber ohne unaufhörlich Luftsprüngen ausgesetzt zu sein, die ihm wenig zusagten.

Es wurde daher dem Hause Breadwill & Cie. zu Albany ein neuer Plan zugeschickt und die unverzügliche Anfertigung anempfohlen. Das demnach abgeänderte Projektil wurde am 2. November gegossen und sofort durch die Eisenbahn nach Stone's-Hill befördert.

Am 10. kam es wohlbehalten an seinem Bestimmungsort an. Michel Ardan, Barbicane und Nicholl erwarteten mit der größten Ungeduld diesen »Projektil-Waggon«, in welchem sie zur Entdeckung einer neuen Welt ausfliegen sollten.

Man muß zugeben, es war ein prachtvolles Stück Metall, ein metallurgisches Produkt, welches dem industriellen Genie der Amerikaner alle Ehre machte. Man hatte zum ersten Male Aluminium in so beträchtlicher Masse gewonnen, was mit Recht als ein staunenswertes Ergebnis angesehen werden konnte. Das kostbare Projektil funkelte in den Sonnenstrahlen. Beim Anblick seiner imponierenden Formen mit der kegelförmigen Spitze hätte man's leicht für so ein dickes Türmchen in Gestalt einer Gewürzbüchse gehalten, wie sie die Architekten des Mittelalters an den Ecken ihrer festen Schlösser anbrachten; es fehlte dafür nur an Schießscharten und einer Wetterfahne.

»Es sieht mir so aus«, rief Michel Ardan, »als käme ein mit Hakenbüchse und stählernem Panzer gewappneter Mann daraus hervor. Wir werden uns darin wie Feudalherren befinden, und mit etwas Artillerie könnte man darin allen Seleniten-Heeren standhalten, sofern es deren auf dem Monde gibt!«

»Also ist das Fahrzeug nach deinem Geschmack?« fragte Barbicane seinen Freund.

»Ja! Ja! Gewiß«, erwiderte Michel Ardan, der es mit einem Künstlerauge ansah. »Ich vermisse nur schlankere Formen, eine graziösere Spitze; man hätte ihm einen Büschel Verzierungen von guillochiertem Metall aufsetzen sollen, mit einer Chimäre, z. B. einem Schlaraffengesicht, einem Salamander, der mit ausgebreiteten Flügeln und offenem Rachen aus dem Feuer herauskäme . . .«

»Wozu das?« fragte Barbicane, dessen positiver

Geist wenig Sinn für Kunstschönheiten hatte.

»Wozu? Freund Barbicane! Ach! Da du mir so eine Frage stellst, fürchte ich wohl, daß du's niemals begreifst!«

»Sag's nur heraus, wackerer Kamerad.«

»Nun denn, meiner Ansicht nach muß man bei dem, was man vornimmt, immer etwas Kunst anbringen, das ist besser. Kennst du ein indisches Stück, »Das Kinderwägelein« betitelt?«

»Nicht dem Namen nach«, erwiderte Barbicane.

»Das nimmt mich nicht wunder«, fuhr Michel Ardan fort. »So merke dir, daß in diesem Stück ein Dieb vorkommt, der im Begriff in ein Haus einzubrechen sich die Frage stellt, ob er seinem Loch die Form einer Lyra, einer Blume, eines Vogels oder einer Amphora geben solle? Nun sag' mir, Freund Barbicane, wenn du zu der Zeit zur Jury gehört hättest, würdest du diesen Dieb verurteilt haben?«

»Ohne Bedenken«, erwiderte der Präsident des Gun-Clubs, »und zwar unter erschwerenden Umständen.«

»Und ich hätte ihn freigesprochen, Freund Barbicane. Deshalb wirst du mich nie begreifen!«

»Ich werde es nicht einmal versuchen, mein tapferer Künstler!«

»Aber zum mindesten«, fuhr Michel Ardan fort, »weil das Äußere unseres Waggon-Projektils etwas zu wünschen übrigläßt, wird man mir gestatten, es nach meinem Geschmack zu möblieren, und mit allem Luxus, der den Botschaftern der Erde zusteht!«

»In der Hinsicht, mein wackerer Michel«, erwiderte Barbicane, »wirst du's nach Belieben machen, wir werden dich gewähren lassen.«

Aber ehe er das Angenehme vornahm, hatte der Präsident des Gun-Clubs an das Nützliche gedacht, und die von ihm erfundenen Mittel, um die Wirkungen des Gegenstoßes abzuschwächen, wurden mit einer vollendeten Einsicht in Anwendung gebracht.

Barbicane hatte sich gesagt, und nicht ohne Grund, daß keine Sprungfeder Kraft genug haben könne, um die Wirkung des Stoßes gänzlich zu beseitigen, und während seines merkwürdigen Spaziergangs im Gehölz von Skersnaw war er am Ende darauf gekommen, diese große Schwierigkeit auf sinnreiche Weise zu lösen. Das Wasser, darauf rechnete er, sollte ihm diesen ausgezeichneten Dienst leisten. Sehen wir, in welcher Weise.

Das Projektil sollte drei Fuß hoch mit Wasser angefüllt werden, worauf eine hölzerne, vollständig wasserdichte Scheibe an den inneren Wänden des Projektils dicht hinglitt. Auf diesem Floß nahmen die Passagiere ihren Platz. Die flüssige Masse war durch horizontale Scheidewände in Schichten zerteilt. Der Stoß beim Abschießen mußte diese nacheinander zerbrechen, worauf sodann jede Wasserschicht von der niedrigsten aufwärts bis zur höchsten durch Abzugsröhren nach dem oberen Teile des Projektils drang und so den Zweck einer Federkraft erfüllte, während die Scheibe, selbst mit äußerst starken Pfropfen versehen, nur, nachdem allmählich die verschiedenen Scheidewände zertrümmert waren, mit dem Bodenstück zusammenstoßen konnte. Ohne Zweifel würden die Reisenden nach vollständigem Entweichen der flüssigen Masse noch einen heftigen Gegenstoß erleiden, aber der erste Stoß mußte doch durch jenen sehr starken Gegendruck fast gänzlich unwirksam gemacht werden.

Zwar mußten drei Fuß Wasser auf einer Fläche von vierundfünfzig Quadratfuß gegen elftausendfünfhundert Pfund wiegen; aber die Treibkräfte des in der Columbiade angesammelten Gases genügten nach Barbicanes Annahme, diesen Zuwachs an Schwere aufzuwiegen; übrigens mußte der Stoß in weniger als einer Sekunde all dieses Wasser hinaustreiben, so daß das Projektil gleich sein normales Gewicht wieder bekam.

Dieses also hatte der Präsident des Gun-Clubs ausgedacht, und auf diese Weise glaubte er die wichtige Frage des Gegenstoßes gelöst zu haben. Übrigens wurde diese Arbeit von den Ingenieuren des Hauses Breadwill mit Einsicht begriffen und zum Erstaunen ausgeführt; war einmal die Wirkung geäußert und das Wasser hinausgetrieben, so konnten die Reisenden sich leicht der zerbrochenen Scheidewände entledigen, und die bewegliche Scheibe, auf welcher sie im Moment der Abfahrt sich befanden, hinwegnehmen.

Oben waren die Wände des Projektils mit einer dichten Lederbekleidung gefüttert, über Spiralfedern vom besten Stahl, die so biegsam wie Uhrfedern waren. Unter diesem Lederfutter waren die Abzugsröhren so verdeckt, daß man ihr Vorhandensein nicht wahrnehmen konnte.

So waren also alle erdenklichen Vorkehrungen getroffen, um die Wirkung des ersten Stoßes zu beseitigen, und um sich erdrücken zu lassen, müßte man, wie Michel Ardan sich ausdrückte, »von schlechter Komposition sein«.

Das Projektil hatte einen äußeren Breitedurchmesser von neun Fuß bei zwölf Fuß Höhe. Um das angegebene Gewicht nicht zu überschreiten, hatte man die Wände etwas minder dick gemacht, den Boden dagegen stärker, weil er die ganze Gewalt des durch Verbrennen der Baumwolle entwickelten Gases auszuhalten hatte. So ist's übrigens auch bei den Bomben und konischen Granaten, deren Bodenteil immer dikker ist.

In diesen metallenen Turm gelangte man durch eine enge Öffnung, welche an der Spitze angebracht war, gleich wie bei den Dampfkesseln. Sie wurde hermetisch durch eine Aluminiumplatte verschlossen, welche innen durch starke Stellschrauben befestigt war. Die Reisenden konnten also nach Belieben aus ihrem beweglichen Gefängnis herauskommen, sobald sie auf dem Gestirn der Nacht angelangt waren.

Aber man mußte unterwegs auch sehen. Dies war sehr leicht gemacht. Es befanden sich unter dem Futter vier Luken mit sehr dicken Linsengläsern, zwei in der Rückwand, eine im Boden und eine in der Spitze. Dadurch waren die Reisenden imstande, sowohl nach der Erde als nach dem Monde und dem Sternenhimmel zu schauen und zu beobachten. Nur waren diese Schaulöcher gegen Stöße durch fest angepaßte Dekkel geschützt, welche man leicht im Inneren nach außen zurückschrauben konnte. Auf diese Art wurden die Beobachtungen möglich, ohne daß die in dem Projektil enthaltene Luft entwich.

Alle diese bewundernswerten mechanischen Vorrichtungen waren sehr leicht im Gang, und die Ingenieure bewiesen ebensoviel Einsicht bei der inneren Einrichtung als bei der Versorgung des Waggon-Projektils.

Sehr fest gefügte Behälter waren bestimmt, das für die drei Reisenden nötige Wasser und die Lebensmittel aufzunehmen; dieselben konnten sogar sich Feuer und Licht durch Gas verschaffen, welches in besonderen Behältern unter einem Druck mehrerer Atmosphären aufbewahrt war. Man brauchte nur einen

Hahn zu drehen und hatte für sechs Tage das zur Erleuchtung und Heizung erforderliche Gas. Man sieht, es fehlte an nichts, was wesentlich zum Leben und selbst zur Behaglichkeit diente. Außerdem war, dem Geschmack Michel Ardans gemäß, durch Kunstgegenstände das Angenehme mit dem Nützlichen verbunden. Übrigens würde man irren, wollte man annehmen, es müsse drei Personen in diesem Turm zu enge werden. Seine Oberfläche betrug ungefähr vierundfünfzig Quadratfuß zu zehn Fuß Höhe, wobei Raum für einige Bewegung war. Sie hätten im bequemsten Waggon der Vereinigten Staaten nicht soviele Gemächlichkeit gehabt.

So war die Frage der Lebensmittel und Beleuchtung gelöst; es blieb noch die der Luft. Offenbar konnte die in dem Projektil enthaltene Luft nicht vier Tage zum Atmen der Reisenden ausreichen; denn jeder Mensch verbraucht etwa in einer Stunde den gesamten, in hundert Liter Luft enthaltenen Sauerstoff. Barbicane, seine beiden Gefährten und zwei Hunde, die er mitnehmen wollte, mußten in vierundzwanzig Stunden zweitausendvierhundert Liter Sauerstoff, d. h. ungefähr sieben Pfund, verzehren. Es mußte also die Luft im Projektil erneuert werden. Wie das? Durch ein sehr einfaches Verfahren, nach Reiset und Regnault, wie Michel Ardan während der Diskussion beim Meeting angegeben hatte.

Bekanntlich besteht die Luft hauptsächlich aus einundzwanzig Teilen Sauerstoff und neunundsiebzig Teilen Stickstoff. Beim Atmen nun verzehrt der Mensch den Sauerstoff der eingeatmeten Luft und stößt den Stickstoff wieder aus. Die ausgeatmete Luft hat etwa fünf Prozent ihres Sauerstoffes verloren und enthält dann fast ebensoviel Kohlensäure, welche durch Verbrennen von Elementen des Bluts durch den eingeatmeten Sauerstoff entsteht. Daraus ergibt sich, daß in einem umschlossenen Raum nach einer gewissen Zeit aller Sauerstoff der Luft durch Kohlensäure ersetzt wird, ein wesentlich schädlicher Stoff.

Die Aufgabe bestand also damals darin: 1) Den verzehrten Sauerstoff zu ersetzen; 2) die ausgeatmete Kohlensäure zu vernichten. Dies war sehr leicht durch chlorsaures Kali und kaustisches Kali.

Chlorsaures Kali ist ein Salz, das in Form von weißen Flitterblättchen vorkommt; wenn man es einer Temperatur von mehr als hundert Grad aussetzt, verwandelt es sich in salzsaures Kali, und der Sauerstoff, welchen es enthält, entbindet sich völlig. Nun geben achtzehn Pfund chlorsaures Kali sieben Pfund Sauerstoff, also soviel, als die Reisenden binnen vierundzwanzig Stunden brauchen. So also läßt sich der Sauerstoff ergänzen.

Kaustisches Kali verschlingt den in der Luft enthaltenen Kohlenstoff sehr gierig, und man braucht es nur zu schütteln, damit es denselben an sich ziehe und doppeltkohlensaures Kali bilde. So kann man also die Kohlensäure vernichten.

Durch Verbindung dieser beiden Mittel konnte man sicher sein, der verdorbenen Luft alle belebenden Eigenschaften wiederzugeben. Dieses hatten die beiden Chemiker Reiset und Regnault durch glückliche Experimente festgestellt.

Aber, nicht zu verhehlen ist, die Experimente wurden bis jetzt nur mit Tieren – *in anima vili* – gemacht. Bei aller wissenschaftlichen Genauigkeit, womit dieselben veranstaltet wurden, wußte man durchaus nicht, wie sich Menschen dazu verhielten.

Diese Bemerkung war in der Sitzung, wo diese wichtige Frage behandelt wurde, gemacht worden.

Michel Ardan wollte die Möglichkeit, mittelst dieser künstlich erzeugten Luft zu leben, nicht im Zweifel lassen, und erbot sich, vor der Abreise den Versuch zu machen.

Aber J. T. Maston nahm die Ehre, diesen Versuch zu machen, energisch in Anspruch.

»Da ich nicht mitreise«, sagte der brave Artillerist, »so darf ich doch wenigstens das Projektil acht Tage lang bewohnen.«

Es wäre undankbar gewesen, ihm seine Bitte abzuschlagen. Man willfahrte ihm und stellte ihm die hinreichende Quantität von chlorsaurem und kaustischem Kali samt Lebensmitteln für acht Tage zur Verfügung; darauf, am 12. November um sechs Uhr morgens frühe, drückte er seinen Freunden die Hand und schlüpfte, nachdem er ausdrücklich anempfohlen, vor dem 20. um sechs Uhr abends sein Gefängnis nicht zu öffnen, in das Projektil, und man schloß die Öffnung hermetisch.

Was ging während dieser acht Tage vor? Man konnte darüber durchaus nichts vernehmen, da die Dicke der Wände hinderte, daß irgendwelches Geräusch im Inneren außerhalb gehört wurde.

Am 20. November präzis sechs Uhr wurde geöffnet; Mastons Freunde waren doch etwas unruhig geworden. Aber sie wurden sogleich beruhigt, als sie mit freudiger Stimme ein fürchterliches Hurra rufen hörten.

Alsbald kam auch der Sekretär des Gun-Clubs an der Spitze des Kegels in triumphierender Haltung zum Vorschein.

Er war fetter geworden!

Vierundzwanzigstes Kapitel

Das Teleskop des Felsengebirges

Am 20. Oktober des verflossenen Jahres, nachdem die Subskription beendigt war, hatte der Präsident des Gun-Clubs dem Observatorium zu Cambridge die nötige Summe angewiesen, um ein ungeheures optisches Instrument zu verfertigen. Dasselbe sollte stark genug sein, um auf der Oberfläche des Mondes einen nur neun Fuß breiten Gegenstand sichtbar zu machen.

Zwischen Fernrohr und Teleskop ist ein bedeutender Unterschied, woran hier zu erinnern nicht überflüssig ist. Das Fernrohr besteht aus einer Röhre, welche an ihrem oberen Ende mit einer konvexen Linse versehen ist, Objektiv genannt, am unteren mit einer zweiten, genannt Okularglas, vor welchem das Auge des Beobachters sich befindet. Die von dem erleuchteten Gegenstand herkommenden Strahlen dringen durch die erste Linse und bilden durch Brechung im Brennpunkte derselben ein umgekehrtes Bild. Dieses betrachtet man mittelst des Okulars, welches dasselbe, gerade wie einen Lupe, vergrößert. Also ist beim Fernrohr die Röhre an beiden Enden geschlossen durch das Objektiv- und das Okularglas.

Beim Teleskop dagegen ist die Röhre am oberen Ende offen. Die von dem beobachteten Gegenstand ausgehenden Strahlen dringen da frei ein und fallen auf einen konkaven Metallspiegel konvergent. Von da zurückprallend, treffen sie auf einen kleinen Spiegel, welcher sie einem Okularglas zuwirft, das zur Vergrößerung des hervorgebrachten Bildes geeignet ist.

So spielt bei den Fernrohren Brechung der Strahlen

die Hauptrolle, bei den Teleskopen das Zurückprallen derselben. Daher nennt man die ersteren Refrakteure, d.h. Strahlenbrecher, die letzteren Reflekteure, Zurückstrahler. Die ganze Schwierigkeit bei der Fertigung dieses optischen Apparats liegt in der Bereitung der Objektive, seien sie Linsen oder Metallspiegel.

Zur Zeit nun, als der Gun-Club sein großes Experiment machte, waren diese Instrumente äußerst vollkommen und gaben prachtvolle Resultate. Galilei hatte seine Beobachtungen mit einem armseligen Fernrohr angestellt, welches höchstens siebenmal vergrößerte. Seit dem sechzehnten Jahrhundert wurden die optischen Instrumente beträchtlich weiter und länger und gestatteten, die Sternenräume so gründlich wie noch nie bisher auszumessen. Unter den damals gebrauchten Refrakteuren nannte man das Fernrohr des Observatoriums zu Pulkowa in Rußland, dessen Objektiv fünfzehn Zoll breit ist, das des französischen Optikers Lerebours mit einem Objektiv von gleicher Größe wie das vorige und endlich das Fernrohr des Observatoriums zu Cambridge mit einem Objektiv von neunzehn Zoll.

Unter den Teleskopen waren zwei von merkwürdiger Stärke und riesenhafter Größe bekannt. Das erste, von Herschel konstruiert, war sechsunddreißig Fuß lang und hatte einen 4½ Fuß breiten Spiegel; man konnte damit sechstausendfache Vergrößerungen erhalten. Das zweite befand sich in Irland, zu Birrcastle im Park von Parsonstown und gehörte dem Lord Rosse. Seine Röhre war achtundvierzig Fuß lang, sein Spiegel sechs Fuß breit; es vergrößerte sechstausendundvierhundertfach, und man hatte ein ungeheures Mauerwerk aufführen müssen, um den für die Handhabung des Instruments nötigen Apparat anzubringen; dasselbe wog achtundzwanzigtausend Pfund.

Aber, wie man sieht, trotz dieser kolossalen Dimensionen betrug die Vergrößerung nicht über sechstausendmal, in runder Zahl; eine solche aber bringt den Mond nur bis auf neununddreißig (engl.) Meilen nahe und läßt nur Gegenstände von sechzig Fuß Durchmesser wahrnehmen, sofern sie nicht sehr lange sind.

Im vorliegenden Falle aber handelte sich's um ein Projektil von neun Fuß Durchmesser und fünfzehn Fuß Länge: man mußte daher den Mond bis auf fünf Meilen (zwei Lieues) wenigstens nahe bringen und dafür achtundvierzigtausendfache Vergrößerung erzielen.

Diese Aufgabe ward dem Observatorium zu Cambridge gestellt. Ungehemmt von finanziellen Schwierigkeiten, blieben nur noch die materiellen.

Fürs erste war zwischen Fernrohr und Teleskop zu wählen. Ersteres bietet größere Vorteile: bei gleich großem Objektiv gestatten sie, beträchtlichere Vergrößerungen zu erzielen, weil die Lichtstrahlen, welche durch die Linsen dringen, weniger abgeschwächt werden als durch die Reflexion vermittelst des Metallspiegels. Aber der Linse kann man nur eine beschränkte Größe geben, weil sie bei zu großer Dicke die Lichtstrahlen nicht mehr durchdringen läßt. Zudem ist die Anfertigung dieser ungeheuer großen Linsen äußerst schwierig und erfordert jahrelange Zeit.

Obwohl daher die Bilder der Gegenstände im Fernrohr besser beleuchtet sind, ein unschätzbarer Vorzug bei Beobachtung des Mondes, dessen Licht bloß ein reflektiertes ist, so entschied man sich doch fürs Teleskop, welches rascher zu fertigen ist und stärkere Vergrößerungen erzielen läßt. Nur beschloß der Gun-Club, weil die Lichtstrahlen beim Durchdringen unserer Atmosphäre sehr an Stärke verlieren, das Instrument auf einem der höchsten Berge der Union aufzustellen, der dünneren Luftschicht wegen.

Bei den Teleskopen wird, wie wir gesehen haben, die Vergrößerung durch das Okularglas, d. h. die vor dem Auge des Beobachters befindliche Lupe, bewirkt, und dasjenige Objektiv ist dafür am förderlichsten, welches den größten Durchmesser und die größte Distanz des Brennpunktes hat. Um eine achtundvierzigtausendmalige Vergrößerung zu erzielen, müßte man das Objektiv bedeutend größer machen wie Herschel und Lord Rosse. Darin lag die Schwierigkeit, denn der Guß solcher Spiegel ist eine sehr mißliche Sache.

Zum Glück hatte vor einigen Jahren ein französischer Gelehrter, Léon Foucault, Mitglied des Instituts, ein Verfahren erfunden, wodurch das Polieren der Objektive sehr leicht und rasch zustande gebracht wird, indem man an Stelle der Metallspiegel versilberte anwendet. Man brauchte nur ein Glas von der erforderlichen Größe zu gießen und vermittelst Silbersalz mit Metall zu überziehen. Dieses so trefflich bewährte Verfahren wurde bei Anfertigung des Objektivs befolgt.

Ferner wendete man für die Anordnung die von Herschel für seine Teleskope ersonnene Methode an. Bei dem großen Apparate des Astronomen von Slough wurde das Bild des Gegenstandes von dem unten im Tubus in geneigter Lage befindlichen Spiegel reflektiert, so daß es am entgegengesetzten Ende, wo das Okularglas sich befand, sich darstellte. Dergestalt bekam der Beobachter anstatt am unteren Teile der Röhre am oberen seinen Platz, von wo aus er vermittelst seiner Lupe in den enormen Zylinder hinabschaute. Diese Anordnung bot den Vorteil, daß der kleinere Spiegel, welcher die Bestimmung hatte, das Bild dem Okularglas zuzuwerfen, ganz wegfiel, so daß anstatt einer doppelten Zurückstrahlung nur eine einmalige stattfand, folglich eine mindere Anzahl von Lichtstrahlen verlorenging, demnach das Bild minder schwach war, mithin mehr Klarheit erzielt wurde, ein höchst schätzbarer Vorzug bei der Beobachtung, welche angestellt werden sollte.

Nachdem diese Beschlüsse gefaßt waren, begannen die Arbeiten. Nach den Berechnungen des Bureaus des Observatoriums zu Cambridge sollte der Tubus des neuen Reflektors eine Länge von zweihundertundachtzig Fuß und sein Spiegel sechzehn Fuß Durchmesser bekommen. So kolossal auch solch ein Instrument war, so war es doch nicht mit dem Teleskop zu vergleichen, welches der Astronom Hooke vor einigen Jahren in Vorschlag brachte, nämlich von einer Länge von zehntausend Fuß (= 3 Kilometer). Dennoch bot dessen Anfertigung große Schwierigkeiten.

Die Frage, an welcher Stelle dasselbe aufzustellen sei, wurde rasch entschieden. Es war ein hohes Gebirge zu wählen, und solche sind in den Vereinigten Staaten nicht zahlreich.

In der Tat beschränkt sich das Gebirgssystem dieses großen Landes auf zwei Ketten von mittlerer Höhe, zwischen welchen der majestätische Mississippi strömt, welchen die Amerikaner »König der Flüsse« nennen würden, wenn sie irgendein Königtum gelten ließen.

In der östlichen Kette der Apalachen ragt der höchste, in New-Hampshire gelegene Gipfel nicht über die bescheidene Höhe von fünftausendsechshundert Fuß hinan.

Im Westen dagegen findet sich das Felsengebirge, ein Teil der ungeheuren Kette, welche von der Magellanischen Enge an längs der Westküste Süd-Amerikas unter dem Namen Anden oder Cordilleren hinzieht, über den Isthmus von Panama sich fortsetzt und durch Nordamerika bis zum Gestade des Polarmeeres läuft.

Dieses Gebirge ist nicht sehr hoch, und die Alpen wie der Himalaya würden mit größter Verachtung auf sie herabsehen. In der Tat ist sein höchster Gipfel nicht über zehntausendsiebenhundert Fuß hoch, während der Montblanc vierzehntausendvierhundertneununddreißig mißt und der Kintschindjinga* sechsundzwanzigtausendsiebenhundertsechsundsiebzig über den Meeresspiegel sich erhebt.

Aber da der Gun-Club darauf hielt, daß das Teleskop, ebenso wie die Columbiade, innerhalb der Staaten der Union errichtet würde, so mußte man sich mit dem Felsengebirge begnügen, und das erforderliche Material wurde auf den Gipfel Longs-Peak im Gebiet von Missouri geschafft.

Unbeschreibliche Schwierigkeiten aller Art hatten die amerikanischen Ingenieure zu überwinden; sie verrichteten Wunder an Kühnheit und Geschicklichkeit. Enorme Steinblöcke, schwere Stücke geschmiedeten Metalls, Klammern von beträchtlichem Gewicht, ungeheure Stücke des Zylinders, das Objektiv, welches allein bei dreißigtausend Pfund wog, mußten über die Linie des ewigen Schnees mehr als zehntausend Fuß hoch hinaufgeschafft werden, nachdem man sie zuvor über öde Wiesengründe, undurchdringliche Wälder und reißende Gewässer, fern von bevölkerten Plätzen, mitten durch wilde Gegenden zu

*Der höchste Gipfel des Himalaya.

transportieren hatte, wo jede Existenz fast unmöglich war. Dennoch triumphierte das Genie der Amerikaner über diese tausend Hindernisse. Es verfloß nicht ein volles Jahr seit dem Beginnen der Arbeiten, in den letzten Tagen des September ragte der riesenhafte Refraktor mit seinem zweihundertachtzig Fuß langen Tubus in die Lüfte empor. Er war von einem enormen eisernen Gerüste umgeben, und ein sinnreicher Mechanismus setzte in den Stand, ihn leicht nach allen Punkten des Himmels zu bewegen, um den Gestirnen auf ihrer Bahn von der einen Seite des Horizonts bis zur anderen zu folgen.

Er hatte über viermal hunderttausend Dollar gekostet. Als er zum erstenmal auf den Mond gerichtet wurde, gerieten die Beobachter vor neugierigem Wissensdrang in unruhige Bewegung. Was sollten sie mit dem achtundvierzigtausendmal vergrößernden Teleskop da für Entdeckungen machen? Mondvölker und Herden, Städte, Seen Meere? – Nichts von dem fand sich, nichts, was die Wissenschaft nicht bereits kannte; und auf allen Punkten seiner Scheibe ließ sich die vulkanische Natur des Mondes mit absoluter Genauigkeit feststellen.

Aber das Teleskop des Felsengebirgs leistete, noch ehe es des Gun-Clubs Zwecke förderte, der Astronomie bereits unermeßliche Dienste. Durch seine weitreichende Kraft wurden die Tiefen des Himmels bis zu den äußersten Grenzen durchforscht, bei einer großen Anzahl von Sternen wurde der scheinbare Durchmesser sehr genau bestimmt, und H. Clarke auf dem Bureau zu Cambridge war imstande, das Nebelgestirn »Krebs« im Stiere in seine Einzelteile zu zerlegen, was der Reflektor Lord Rosses niemals hatte fertigbringen können.

Fünfundzwanzigstes Kapitel

Letzte Begebnisse

Es war der 22. November, und in zehn Tagen der äußerste für die Abreise bestimmte Zeitpunkt. Noch eine Operation war vorzunehmen und glücklich auszuführen, die viele Behutsamkeit erforderte, gefährlich, ja so mißlich war, daß der Kapitän Nicholl seine dritte Wette auf ihr Mißglücken gestellt hatte. Die Columbiade war mit viermal hunderttausend Pfund Schießbaumwolle zu laden. Nicholl hatte, vielleicht nicht ohne Grund, besorgt, die Behandlung einer so furchtbaren Menge leicht entzündlichen Stoffes werde bedeutende Katastrophen veranlassen und jedenfalls die Masse unter dem Druck des Projektils sich von selbst entzünden.

Noch größere Gefahr drohte durch die leichtsinnige Sorglosigkeit der Amerikaner, welche während des Bundeskriegs gar keinen Anstand nahmen, mit der Zigarre im Mund ihre Bomben zu laden. Aber Barbicane ließ es sich angelegen sein, es mit Erfolg auszuführen und nicht im Hafen zu scheitern; er wählte daher seine besten Arbeiter aus, ließ sie unter seinen Augen ihr Werk verrichten, wendete nicht einen Augenblick den Blick von ihnen und wußte durch Klugheit und Vorsicht sich den glücklichen Erfolg zu sichern.

Vor allem war er so vorsichtig, nicht die ganze Ladung auf einmal nach Stone's-Hill bringen zu lassen, sondern nur nach und nach in vollkommen verschlossenen Kisten. Die gesamte Baumwollmasse war in Päcke von fünfhundert Pfund Gewicht verteilt, das waren achthundert starke Patronen, die von den geschicktesten Werkleuten zu Pensacola sorgfältig gefertigt waren. Jede Kiste enthielt deren zehn, und sie kamen eine nach der anderen auf der Eisenbahn von Tampa-Town; auf diese Weise hatte er nie mehr als fünftausend Pfund auf einmal in dem Werkhof. Sowie eine solche ankam, wurde sie von Arbeitern, die barfuß gingen, entladen und jede Patrone an die Mündung der Columbiade gebracht, wo man sie vermittelst Kränen, die von Menschenhand gedreht wurden, hinabsenkte. Jede Dampfmaschine war entfernt, und auf zwei Meilen ringsum jedes Fünkchen Feuer gelöscht. Es war schon eine starke Aufgabe, die Masse Schießbaumwolle gegen die Sonnenhitze zu schützen. Man arbeitete daher vorzugsweise bei Nacht beim Schein eines künstlich erzeugten Lichtes, welches mit Hilfe eines Ruhmkorffschen Apparates das Innere der Columbiade bis auf den Grund taghell erleuchtete. Hier wurden die Patronen regelmäßig in Reihen geordnet und mit einem Metalldraht aneinander befestigt, welcher den elektrischen Funken gleichzeitig ins Zentrum einer jeden zu leiten bestimmt war.

In der Tat, die Anzündung dieser Masse Baumwolle mußte vermittelst der Voltaischen Säule geschehen. Alle diese mit einem isolierenden Stoff umgebenen Drahtfäden vereinigten sich oben, wo das Projektil aufgesetzt werden sollte, bei einem engen Zündloch; hier liefen sie durch die dicke gußeiserne Wand durch eines der in der Mauerkleidung gelassenen Luftlöcher bis zum Boden hinauf. Hier auf der Höhe von Stone's-Hill wurde der Draht, von Trägern unterstützt, zwei Meilen weit fortgeleitet, indem er durch einen Unterbrechungsapparat bis zu einer starken Voltaischen Säule lief.

Man brauchte dann nur mit dem Finger auf den Knopf des Apparates zu drücken, um den Strom augenblicklich wiederherzustellen, und das Feuer teilte sich den viermal hunderttausend Pfund Baumwolle mit. Es versteht sich von selbst, daß die Säule erst im letzten Augenblick in Tätigkeit gesetzt ward.

Am 28. November waren die achthundert Patronen im Inneren der Columbiade eingelegt. Dieser Teil der Arbeit war glücklich fertig. Aber welches Lärmen, welche Unruhe, welche Kämpfe hatte Barbicane zu bestehen! Es half nichts, den Eintritt in Stone's-Hill zu verbieten; tagtäglich stiegen die Neugierigen über die Palisaden, und manche gingen in ihrer Unvorsichtigkeit bis zum Wahnsinn, rauchten mitten unter den Ballen Schießbaumwolle. Barbicane geriet täglich in Zornentrüstung. Maston unterstützte ihn möglichst, indem er die Eingedrungenen lebhaft verjagte, und die brennenden Zigarrenstumpen sammelte, welche die Yankees hinwarfen. Ein schweres Stück Arbeit, denn es drängten sich über dreimal hunderttausend Mann um die Palisaden. Michel Ardan hatte sich zwar erboten, die Kisten bis zur Mündung der Columbiade zu eskortieren; aber da er ihn selbst mit einer Zigarre im Munde betraf, während er die Unvorsichtigen, welchen er das schlimme Beispiel gab, fortjagte, sah der Präsident des Gun-Clubs wohl, daß er sich auf diesen unermüdlichen Raucher nicht verlassen könne, und sah sich genötigt, ihn ganz besonders überwachen zu lassen.

Endlich, da Gottes Auge die Artilleristen schützt, wurde das Laden ohne Explosion glücklich fertiggebracht. Die dritte Wette des Kapitäns Nicholl war also sehr gewagt. Es war nur noch das Projektil hineinzubringen, und auf der dichten Lage Schießbaumwolle aufzustellen.

Aber bevor man zu dieser Verrichtung schritt, wurden die Reisebedürfnisse in dem Waggon-Projektil geordnet aufgestellt. Es war deren eine ziemliche Anzahl, und hätte man Michel Ardan gewähren lassen, so hätten sie bald den ganzen für die Reisenden vorbehaltenen Raum eingenommen. Man kann sich kaum vorstellen, was dieser liebenswürdige Franzose alles in den Mond mitnehmen wollte. Ein wahrer Ballast unnötiger Dinge. Aber Barbicane legte sich ins Mittel, und man mußte sich auf das streng Notwendige beschränken.

Einige Thermometer, Barometer und Brillen wurden in den Koffer zu den Instrumenten getan.

Die Reisenden waren begierig, unterwegs den Mond zu studieren, und sie nahmen, um sich die Kenntnis dieser neuen Welt zu erleichtern, die ausgezeichnete Mondkarte von Beer und Mädler mit, in vier Blättern, welche für ein wahres Meisterstück ausdauernder Beobachtung gilt. Sie stellt mit gewissenhafter Genauigkeit die uns zugewendete Seite des Mondes im geringsten Detail dar: Berge, Täler, Zirkus, Krater, Rundplätze, Bergkegel und Streifen waren in genauen Maßangaben, richtiger Lage und Benennung, von den Bergen Dörfel und Leibniz mit seinem hohen Gipfel auf der östlichen Seite der Scheibe bis zum Eismeer in der Umgebung des nördlichen Pols.

Es war also für die Reisenden ein kostbares Dokument, denn sie konnten darauf das Land studieren, bevor sie noch den Fuß darauf gesetzt.

Sie nahmen ferner drei Büchsen und drei Jagd-Karabiner für explodicrende Kugeln mit; dazu Pulver und Blei in reichlichem Vorrat.

»Man weiß nicht, mit wem man dort zu tun haben wird«, sagte Michel Ardan. »Menschen oder Tiere könnten's übelnehmen, daß wir ihnen einen Besuch machen! Man muß sich also vorsehen.«

Übrigens wurde auch nützliches Werkzeug, wie

Beile, Hacken und Handsägen, mitgenommen sowie Kleidungsstücke für alle Temperaturen und Zonen.

Michel Ardan hätte gern eine Anzahl Tiere mitgenommen, obwohl nicht von jeder Gattung ein Paar, denn Schlangen, Tiger, Alligatoren und andere Raubtiere wollte er nicht auf dem Monde einführen.

»Nein«, sagte er zu Barbicane, »aber einige Saumtiere, Ochse oder Kuh, Esel oder Pferd würden dort dienlich und uns vielleicht sehr nützlich sein.«

»Ich geb' das zu, lieber Ardan«, erwiderte der Präsident des Gun-Clubs, »aber unser Waggon-Projektil ist nicht eine Arche Noah. Das ist weder seine Bestimmung, noch ist's dazu eingerichtet. Also bleiben wir innerhalb der Grenzen des Möglichen.«

Endlich, nach langem Widerreden, kam man überein, sich mit einer vortrefflichen Jagdhündin, die Nicholl gehörte, und einem munteren, kräftigen Neufundländer zu begnügen. Einige Kisten nützlicher Arten Saatfrucht wurden zu den unerläßlichen Gegenständen gerechnet. Hätte man Michel Ardan gewähren lassen, so hätte er auch einige Säcke mit Erde mitgenommen, um sie darauf zu säen. Für alle Fälle nahm er ein Dutzend junger Bäumchen mit, welche sorgfältig mit Stroh eingepackt in einen Winkel gestellt wurden.

Nun blieb noch die wichtige Lebensmittelfrage, denn man mußte sich für den Fall vorsehen, daß man in eine durchaus unfruchtbare Gegend des Mondes geraten würde. Barbicane war so vorsichtig, für ein ganzes Jahr Vorrat mitzunehmen. Doch muß ich bemerken, daß man nicht allzusehr staune, diese Lebensmittel bestanden in Konserven von Fleisch und zusammengepreßtem Gemüse, und zwar solche, die viel Nahrungsstoff enthielten; zwar nicht viel zur Abwechslung, aber bei solch einer Fahrt darf man nicht heikel sein. Auch Branntwein war dabei, etwa zweihundert Liter, und Wasser nur für zwei Monate; denn infolge der neuesten astronomischen Beobachtungen zweifelte man nicht, daß auf der Oberfläche des Mondes eine gewisse Quantität Wasser vorhanden sei. In Hinsicht der Lebensmittel wäre es unsinnig gewesen, zu glauben, daß Erdbewohner dort keine Nahrung für sich fänden. Michel Ardan hatte in der Hinsicht gar keinen Zweifel mehr; sonst hätte er sich auch nicht zur Reise dahin entschlossen.

»Übrigens«, sate er eines Tages zu seinen Freunden, »werden wir von unseren Kameraden auf der Erde nicht ganz im Stich gelassen werden, sie werden uns nicht vergessen.«

»Nein, gewiß nicht«, erwiderte J. T. Maston.

»Wie verstehen Sie das?« fragte Nicholl.

»Ganz einfach«, erwiderte Ardan. »Ist nicht die Columbiade hier? Nun! Sooft der Mond sich in der günstigen Zenitstellung findet, wenn auch nicht in Erdnähe, also etwa einmal im Jahre, könnte man uns denn nicht eine mit Lebensmitteln befrachtete Kugel zusenden, die wir am bestimmten Tage erwarten würden?«

»Hurra! Hurra!« rief Maston, als ein Mann von Ideen; »trefflich gesagt! Gewiß, wackere Freunde, wir werden euch nicht vergessen!«

»Ich verlasse mich darauf. So, sehen Sie, bekommen wir regelmäßig Nachrichten vom Erdball, und was uns betrifft, so würden wir sehr ungeschickt sein, wenn wir nicht Mittel fänden, uns mit unseren guten Freunden auf der Erde in Verbindung zu setzen!«

Diese Worte atmeten eine solche Zuversicht, daß Michel Ardan bei seiner entschiedenen Miene, seiner festen Haltung den ganzen Gun-Club mit sich fortgerissen hätte. Was er sagte, schien so einfach, elementar, leicht, von sicherem Erfolg, und man hätte wahrhaftig in kleinlicher Weise an diesem armseligen Erdball kleben müssen, wäre man nicht bereit gewesen, die drei Reisenden bei ihrer Mondfahrt zu begleiten.

Als die verschiedenen Gegenstände in dem Projektil aufgestellt waren, wurde das zur Hemmung des Rückstoßes bestimmte Wasser in seine Verschläge gebracht und das Leuchtgas in seine Behälter gepumpt. Von kohlensaurem und kaustischem Kali nahm Barbicane, um für eine unvorausgesehene Verspätung zu sorgen, einen hinreichenden Vorrat mit, um zwei Monate lang den Sauerstoff erneuern und die Kohlensäure entfernen zu können. Er hatte einen äußerst sinnreichen Apparat, der automatisch wirkend der Luft ihre belebenden Eigenschaften wiedergab und sie vollständig reinigte. So war denn das Projektil gerüstet, es war nur noch nötig, dasselbe in die Columbiade hinabzubringen; eine übrigens schwierige und gefährliche Operation.

Das enorme Geschoß wurde auf den Gipfel von Stone's-Hill gebracht, wo starke Kräne es faßten und schwebend über den metallenen Schacht hielten.

Es war ein Moment ängstlicher Besorgnis. Wenn unter dem ungeheueren Gewicht die Ketten rissen, so wäre durch das Herabfallen einer solchen Masse die Entzündung der Baumwolle unfehlbar erfolgt.

Zum Glück trat dieser Fall nicht ein, und nach einigen Stunden lagerte das behutsan in die Seele der Kanone hinabgesenkte Projektil auf der baumwollenen Unterlage wie auf Eiderdaunen. Seine Schwere wirkte nur dahin, die Ladung der Columbiade stärker zu verpfropfen.

»Ich hab' verloren«, sagte der Kapitän und stellte

dem Präsidenten Barbicane dreitausend Dollar zu.

Barbicane wollte von seinem Reisekameraden das Geld nicht annehmen; aber er mußte Nicholls Beharrlichkeit nachgeben, der, bevor er die Erde verließ, alle seine Verbindlichkeiten erfüllen wollte.

»Dann«, sagte Michel Ardan, »habe ich nur noch *einen* Wunsch für Sie, mein wackerer Kapitän.«

»Und der wäre?« fragte Nicholl.

»Daß Sie auch die beiden anderen Wetten verlieren mögen! Dann werden wir sicherlich auf der Reise nicht draufgehen.«

Sechsundzwanzigstes Kapitel

Feuer!

Der erste des Dezember nahte heran, ein verhängnisvoller Tag, denn wenn das Abschleudern des Projektils nicht denselben Abend um zehn Uhr sechsundvierzig Minuten und vierzig Sekunden zustande kam, so wurden über achtzehn Jahre verfließen, ehe der Mond unter denselben gleichzeitigen Bedingungen von Zenit unter denselbenn gleichzeitigen Bedingungen von Zenit und Erdnähe sich darböte.

Es war prächtiges Wetter, trotz der Annäherung des Winters bestrahlte die Sonne glänzend diese Erde, welche drei ihrer Bewohner um einer neuen Welt willen zu verlassen im Begriff waren. Wie viele verbrachten die Nacht vor dem so ungeduldig ersehnten Tag schlaflos! Wie manche Brust war von der schweren Last des Wartens beklommen! Alle Herzen schlugen voll Unruhe, außer Michel Ardans. Dieser Mann, den nichts aus seiner Gemütsruhe brachte, ging in gewöhnlicher Geschäftigkeit ab und zu, und man konnte nicht wahrnehmen, daß sein Geist ungewöhnlich in Anspruch genommen war. Er schlief so ruhig wie Turenne vor der Schlacht auf einer Lafette.

Seit dem frühen Morgen bedeckte eine unzählbare Menge die Wiesen, welche sich unabsehbar um Stone's-Hill herum ausdehnen. Jede Viertelstunde brachte die Eisenbahn Neugierige von Tampa-Town her; diese Einwanderung stieg bald ins Fabelhafte, und nach Angabe des *Tampa-Town Observer* betraten im Laufe dieses denkwürdigen Tages fünf Millionen Zuschauer den Boden Floridas.

Seit einem Monat biwakierte die Menge zum größten Teil in der Umgebung des Werkhofes und legte den Grund zu einer Stadt, die nachher Ardans Town genannt wurde. Die Ebene war mit Baracken, Hütten, Zelten bedeckt, unter welchen eine so zahlreiche Bevölkerung sich aufhielt, daß sie den Neid der größten Städte erregte.

Es waren da alle Völker der Erde vertreten, es wurden alle Sprachen der Welt gesprochen in einer Verwirrung wie einst um den Turm zu Babel. Es herrschte da unbedingte Gleichheit der amerikanischen Gesellschaftsklassen. Bankiers, Landbauern, Seeleute, Kommissionäre, Makler, Baumwollpflanzer, Großhändler, Schiffsleute, Magistrate drängten und stießen sich da in angeborener Rücksichtslosigkeit. Die Kreolen Louisianas fraternisierten mit den Farmern Indianas; die Gentlemen aus Kentucky und Tennessee, die eleganten und stolzen Virginier verkehrten mit den halbwilden Pelzjägern von den Seen und den Eierhändlern aus Cincinnati. Unterm weißen Kastorhut oder klassischen Panama, in blauen Hosen aus den Fabriken Opelousas, eleganten Linnenblusen, mit bunten Stiefelchen legten sie übermäßige Jabots aus und behängt Hemden und Manschetten, Krawatten, ihre Ohren und alle zehn Finger mit einem Kleinodienlager von Nadeln, Brillanten, Ketten, Schnallen, Berlocken, die so teuer wie geschmacklos waren. Frauen, Kinder und Dienerschaft, ebenfalls reich geschmückt, begleiteten und umgaben die Männer und Väter, die in der Mitte zahlloser Familienglieder den Stammeshäuptlingen glichen.

Zur Essenszeit hätte man sehen sollen, wie diese Menge Leute über die Lieblingsspeisen des Südens herstürzte und mit einem Appetit, der Floridas Vorräten Gefahr drohte, die für einen europäischen Magen ekelhaften Gerichte verschlang, wie Frösche-Frikassee, gedämpftes Affenfleisch, Fisch-Allerlei, Beuteltierbraten, Waschbär-Rostbraten.

Aber auch wie mancherlei Getränke oder Schnäpse kamen der Verdauung zu Hilfe! Und welch aufmunterndes Geschrei, einladendes Zurufen hallten in den Schenkbuden und Gaststuben voll Gläsern und Bechern, Flaschen und Karaffen von allen möglichen Formen, Mörsern zum Zuckerstampfen u. dgl.

»Hier Münz-Julap!« rief's schallend aus einer Schenkbude.

»Sangaree mit Bordeaux!« erwiderte eine andere mit kreischender Stimme.

»Und Gin-sling!« ließ ein anderer sich vernehmen.

»Und Cocktail! Brandy-smash!« schrie ein anderer.

»Wer echten Münz-Julap kosten will nach neuester Mode!« riefen die gewandten Verkäufer, indem sie so flink wie Taschenspieler Zucker, Zitrone, Münzkraut, zerstoßenes Eis, Cognac, Ananas mit Wasser mengten, den erquickenden Trank zu bereiten.

So wiederholten sich gewöhnlich die lockenden

Zurufe an die lechzenden, durch Gewürze gereizten Kehlen, durchkreuzten sich in betäubendem Lärm. Aber am 1. Dezember hörte man wenig von solchem Geschrei; die Schenkwirte hätten vergeblich sich heiser gerufen. Kein Mensch dachte an Essen und Trinken, und um vier Uhr nachmittags hatten manche ihren gewohnten Imbiß noch nicht zu sich genommen. Noch mehr, die leidenschaftliche Spiellust der Amerikaner unterlag der Spannung der Gemüter. Wie ließ man Kegel und Würfel beiseite, kümmerte sich nicht um Roulette und Cribbage, ließ die Whistkarten, Rouge et noir, Monte und Faro unangetastet: das Ereignis des Tages verschlang jedes andere Bedürfnis und ließ für keinerlei andere Zerstreuung Raum.

Bis zum Abend lief eine dumpfe geräuschlose Bewegung, wie die Schwüle vor schweren Naturereignissen, durch diese harrende Menge. Unbeschreibliches Mißbehagen beherrschte die Geister, peinliche Zerschlagenheit, unerklärliche Beklemmung lastete auf den Gemütern. Jeder wünschte, »es möge vorüber sein«.

Gegen sieben Uhr wurde dies dumpfe Schweigen plötzlich unterbrochen. Der Mond stieg am Horizont empor, begrüßt von etlichen Millionen Hurras. Er fand sich pünktlich auf seinem Platze ein. Das Geschrei drang bis zum Himmel empor; auf allen Seiten Händeklatschen, während die blonde Phöbe friedlich in bewunderungswürdigem Schein erglänzte und die berauschte Menge mit liebevollen Strahlen entzückte.

In diesem Moment erschienen die drei unerschrokkenen Reisenden. Bei ihrem Anblick immer lauteres Zurufen. Urplötzlich, einmütig erschallte der Nationalgesang aus beklommener Brust, und das *Yankee doodle* drang im Chor aus fünf Millionen Kehlen gleich rauschendem Sturmwind bis zum Ende des

Luftmeers hinan.

Nach diesem unwiderstehlichen Aufschwung verstummte der Gesang, die letzten Harmonien lösten sich auf, das Geräusch verschwand, und eine schweigende Bewegung durchlief die tief ergriffene Menge. Inzwischen waren der Franzose und die beiden Amerikaner in den umzäunten Raum getreten, um welchen herum die unzählige Menge sich drängte. Sie erschienen in Begleitung der Mitglieder des Gun-Clubs und der von den europäischen Observatorien gesendeten Deputationen. Barbicane erteilte mit kalter Seelenruhe seine letzten Befehle. Nicholl schritt mit geschlossenen Lippen, die Arme auf dem Rücken gekreuzt, mit festem, gemessenem Tritt einher. Michel Ardan, stets leichten Herzens, in vollständiger Reisekleidung, mit Ledergamaschen und Reisetasche, von weiter, braunsamtener Kleidung umwallt, teilte im Vorübergehen warme Händedrücke mit fürstlicher Freigebigkeit aus. In unversiegbarer Laune munterster Heiterkeit lachend, scherzend, schnitt er dem würdigen J. T. Maston Grimassen; mit einem Wort »Franzose«, und was noch schlimmer ist, »Pariser« bis zur letzten Sekunde.

Es schlug zehn, und nun ward es Zeit in dem Projektil Platz zu nehmen. Das zum Hinabsteigen erforderliche Verfahren, das feste Zuschrauben des Verschlusses, das Hinwegschaffen der Kräne und Gerüste über der Mündung der Columbiade kostete eine gewisse Zeit.

Barbicane hatte seinen Chronometer fast bis auf eine Zehnteilsekunde nach dem des Ingenieurs Murchison gerichtet, der beauftragt war, das Pulver vermittelst des elektrischen Funkens zu entzünden. So konnten die in dem Projektil eingeschlossenen Reisenden mit dem Auge die rührungslose Nadel verfolgen, welche ihnen genau den Augenblick der Abfahrt anzeigte.

Der Moment des Abschieds war gekommen; eine rührende Szene. Trotz seiner fieberhaften Munterkeit empfand Michel Ardan eine Gemütsbewegung. J. T. Maston hatte unter seinen trockenen Wimpern eine alte Träne wiedergefunden, die er ohne Zweifel für diese Gelegenheit gespart hatte. Er vergoß sie auf das Antlitz seines teuren, wackeren Präsidenten.

»Wenn ich doch mitginge!« sagte er, »noch ist's Zeit!«

»Unmöglich, alter Freund«, erwiderte Barbicane.

Nach einigen Augenblicken befanden sich die drei Reisegefährten im Projektil und hatten die Öffnung innen fest zugeschraubt; die Mündung der Columbiade klaffte nach Entfernung des Gerüstes frei himmelwärts.

Nicholl, Barbicane und Michel Ardan waren in ihrem metallenen Waggon unabänderlich verschlossen.

Die allgemeine Bewegung der Gemüter auf ihrem Höhepunkt zu schildern ist unmöglich.

Der Mond stieg in reinster Klarheit am Firmament empor, die funkelnden Sterne seiner Umgebung überstrahlend; bereits über das Zwillingsgestirn hinaus, befand er sich eben am Horizont auf halber Bahn bis zum Zenit. Jeder begriff also leicht, daß man dem Zielpunkt voranvisierte, wie der Jäger dem Hasen, welchen er treffen will, vorausvisiert, seine Bewegung berücksichtigend.

Eine Stille zum Erschrecken lastete auf der ganzen Szene. Kein Windhauch über der Erde! Kein Atemzug aus der Brust! Die Herzen wagten keinen Pulsschlag. Alle Blicke waren angstvoll auf die klaffende Mündung der Columbiade gerichtet.

Murchisons Auge begleitete die Nadel seines Chronometers. Kaum noch vierzig Sekunden hatten zu verfließen, und jede dauerte eine Ewigkeit.

Bei der zwanzigsten entstand ein allgemeines Schaudern, es fiel der Menge ein, daß die eingeschlossenen Reisenden ebenso die erschrecklichen Sekunden zählen! Man vernahm einzelne Rufe:

»Fünfunddreißig! – Sechsunddreißig! – Siebenunddreißig! – Achtunddreißig! – Neununddreißig! – Vierzig! *Feuer!!!*«

Sofort drückte Murchison mit dem Finger auf den Unterbrechungsapparat, daß die hergestellte Strömung den elektrischen Funken auf den innersten Grund der Columbiade leitete.

Sofort ertönte ein fürchterlicher, unerhörter, donnerartiger Knall, ebenso wie das Blitzen und Krachen beim Ausbruch über alle menschlichen Begriffe hinausging. Eine himmelhohe Feuersäule schoß aus dem Boden wie aus einem Krater empor. Die Erde erbebte, und kaum einzelne Personen konnten einen Augenblick das Projektil gewahren, wie es inmitten flammender Dünste siegreich in die Lüfte empordrang.

Siebenundzwanzigstes Kapitel

Bedeckter Himmel

Der Feuerstrahl, welcher weißglühend zum Himmel sich erhob, verbreitete sein Licht über ganz Florida, und eine Weile war weit und breit das Land taghell erleuchtet. Das unermeßliche sprudelnde Feuer ward hundert Meilen weit auf dem Meere gewahrt, und von manchem Schiffskapitän als riesenhafter Meteor aufgezeichnet.

Ein wahres Erdbeben begleitete die Explosion der Columbiade; Florida ward bis in die innersten Tiefen erschüttert. Das von der Hitze entwickelte Pulvergas drängte mit unvergleichlicher Gewalt die Luftschichten zurück, und der künstliche Orkan strich hundertfach stärker als Gewitterstürme gleich einer Trombe durch die Lüfte.

Nicht ein einziger Zuschauer konnte sich auf den Beinen halten; Männer, Frauen, Kinder sanken wie die Ähren beim Hagel; es entstand ein entsetzlicher Tumult, unzählige Personen wurden schwer verletzt, und J. T. Maston, der aller Vorsicht zuwider sich allzuweit vorangewagt, ward hundertundzwanzig Fuß weit weggeschleudert, flog wie eine Kugel über die Köpfe seiner Mitbürger. Dreimal hunderttausend Menschen waren momentan von Betäubung getroffen.

Der Luftstrom warf die Baracken um, riß die Hütten nieder, entwurzelte die Bäume in einem Umkreis von zwanzig Meilen, trieb die Eisenbahnzüge bis Tampa, stürzte wie eine Lawine über diese Stadt und zerstörte eine Menge Häuser, unter anderem die Marienkirche und das neue Börsengebäude, welches seiner ganzen Länge nach beschädigt ward. Manche Fahrzeuge im Hafen wurden widereinander geworfen und versanken und ein Dutzend Schiffe wurden von der Reede an die Küste getrieben, nachdem ihre Ketten wie Baumwollfäden zerrissen.

Der Kreis dieser Zerstörungen war noch weiter ausgedehnt, reichte über die Grenzen der Vereinigten Staaten hinaus. Ja die Wirkungen des Stoßes wurden, von den Westwinden begünstigt, über dreihundert Meilen vom amerikanischen Ufer entfernt auf dem Atlantischen Meere verspürt. Ein gemachter, unerwarteter Sturmwind, welchen der Admiral Fitzroy nicht voraussehen gekonnt, traf mit unerhörter Gewalt die Schiffe; manche Fahrzeuge, die nicht Zeit hatten, sich dem fürchterlichen Wirbel zu entziehen, scheiterten mit vollen Segeln, unter anderen der Child Harold aus Liverpool, eine bedauerliche Katastrophe, die von seiten Englands lebhafte Anklagen hervorrief.

Endlich, um nichts zu übergehen, obwohl die Tatsache keine andere Bürgschaft hat als die Aussage einiger eingeborenen Bewohner von Gorée und Sierra Leone, welche behaupten, eine halbe Stunde nach Abfahrt des Projektils eine dumpfe Erschütterung verspürt zu haben, die äußerste Verpflanzung der Tonwellen, welche über das Atlantische Meer drang und an der afrikanischen Küste erlosch.

Doch auf Florida zurückzukommen. Als der erste Moment des Tumults vorüber war, erwachten die Verwundeten, die ganze Menge aus ihrer Betäubung, und wahnsinniges Geschrei: »Hurra für Ardan! Hurra für Barbicane! Hurra für Nicholl!« drang zum Himmel empor. Einige Millionen Menschen, mit Fernröhren, Brillen, Lorgnetten bewaffnet, forschten in den Lüften, ihre Quetschungen und Erschütterungen vergessend, nur allein mit dem Projektil beschäftigt. Aber vergebens. Es war nicht mehr wahrzunehmen, man mußte sich darein geben, auf Telegramme von Longs Peak zu warten. Der Direktor der Sternwarte zu Cambridge, Belfast, war auf seinem Posten im Felsengebirge, und diesem geschickten, ausdauernden Astronomen waren die Beobachtungen anvertraut.

Aber eine unvorausgesehene Erscheinung, die jedoch leicht vorauszusehen, obwohl nicht zu verhindern war, stellte die Ungeduld des Publikums auf eine harte Probe.

Das bisher so schöne Wetter änderte sich; der Himmel ward trübe, mit Gewölk verhüllt. War es anders möglich nach der fürchterlichen Veränderung in der Lage der Luftschichten und nach der Zerstreuung der enormen Menge von Dünsten, welche durch die Verbrennung von viermal hunderttausend Pfund Schießbaumwolle erzeugt wurden? Die ganze Naturordnung war gestört worden. Darüber sollte man sich nicht wundern, denn bei den Seeschlachten hat man oft wahrgenommen, daß durch die Kanonensalven der Zustand der Atmosphäre plötzlich verändert wurde.

Am folgenden Tag war bei Sonnenaufgang der Horizont mit dichtem Gewölk bedeckt, ein undurchdringlicher Vorhang zwischen Himmel und Erde gezogen, der leider bis zu den Regionen des Felsengebirgs reichte. Eine ärgerliche Sache. Allerwärts in der Welt wurden Reklamationen laut. Aber die Natur ließ sich nicht rühren, und gewißlich, da die Ordnung in der Atmosphäre von den Menschen gestört worden war, so mußten sie auch die Folgen davon sich gefallen lassen.

Während dieses ersten Tages suchte jeder den düsteren Wolkenschleier zu durchdringen, aber vergebens, und zudem irrte man auch, indem man seine Blicke zum Himmel richtete, denn in Folge der täglichen Bewegung der Erde befand sich das Projektil notwendig über den Köpfen der Antipoden.

Wie dem auch sei, da die Nacht wiederkam, undurchdringlich finstere Nacht, konnte man, als der Mond am Horizont emporstieg, ihn doch nicht sehen; man konnte meinen, er entziehe absichtlich seinen Anblick den Verwegenen, die nach ihm geschossen. Eine Beobachtung war also nicht möglich, und die Depeschen aus Longs Peak bestätigten den leidigen

Unstern.

Jedoch wenn der Versuch glückte, so mußten die am 1. Dezember um zehn Uhr sechsundvierzig Minuten und vierzig Sekunden abends abgefahrenen Reisenden am 4. zu Mitternacht ankommen. Daher geduldete man sich bis dahin ohne allzuviel Murren, zumal da es unter diesen Umständen doch sehr schwierig gewesen wäre, einen so kleinen Gegenstand wahrzunehmen.

Am 4. Dezember wäre es nun wohl, von acht Uhr abends bis zu Mitternacht, möglich gewesen, dem Projektil, welches wie ein schwarzer Punkt vor der glänzenden Mondscheibe erschienen wäre, auf die Spur zu kommen. Aber das Wetter blieb unbarmherzig bedeckt, was die Erbitterung des Publikums auf die Spitze trieb. Man ging so weit, gegen den Mond Schmähungen auszustoßen, weil er sich gar nicht zeigen wollte. So geht's leider stets hienieden!

J. T. Maston reiste in Verzweiflung nach Longs Peak. Er wollte selbst beobachten. Er hatte nicht den mindesten Zweifel, daß seine Freunde am Ziel ihrer Reise ankämen. Zudem hatte man noch nicht gehört, daß das Projektil irgendwo auf den Inseln oder Kontinenten der Erde wieder niedergefallen sei, und J. T. Maston hielt gar nicht für möglich, daß es in ein Meer gefallen, wovon doch die Erde zu drei Vierteln bedeckt ist.

Am 5. gleiche Witterung. Die großen Teleskope der Alten Welt, Herschels, Rosses, Foucaults, waren unablässig auf das Nachtgestirn gerichtet, denn in Europa war es prächtiges Wetter; aber diese Instrumente waren verhältnismäßig zu schwach, um mit Erfolg beobachten zu können.

Am 6. gleiches Wetter. Drei Viertel der Erde wurde von Ungeduld verzehrt. Man kam darauf, die unsinnigsten Mittel vorzuschlagen, um die in der Luft gesammelten Wolken zu zerstreuen.

Am 7. schien der Himmel ein etwas anderes Aussehen zu bekommen. Aber die gefaßte Hoffnung währte nicht lange, und am Abend verhüllte ein dichter Wolkenvorhang das bestirnte Himmelsgewölbe allen Blicken.

Dieser Umstand wurde nun bedeutend. In der Tat, am 11. um neun Uhr elf Minuten vormittags mußte der Mond in sein letztes Viertel treten. Nach Ablauf dieser Frist würde er stets abnehmen und wäre auch das Wetter wieder völlig heiter, so würden doch die Aussichten für die Beobachtung immer geringer; denn der Mond würde dann nur einen stets geringer werdenden Teil seiner Scheibe zeigen, und am Ende würde es Neumond werden, d. h., er würde zugleich mit der Sonne unter- und aufgehen, so daß die Strahlen derselben ihn völlig unsichtbar machten. Dann müßte man bis zum 3. Januar um zwölf Uhr vierundvierzig Minuten warten, um beim Vollmond die Beobachtungen wiederaufzunehmen.

Die Journale veröffentlichten diese Erwägungen mit tausend Kommentaren und verhehlten dem Publikum nicht, daß es sich mit einer Engelsgeduld waffnen müsse.

Am 8. nichts. Am 9. zeigte sich die Sonne wieder einen Augenblick, als wolle sie der Amerikaner spotten. Lautes Hohngeschrei empfing sie, und ohne Zweifel dadurch beleidigt, zeigte sie nur um so spärlicher ihre Strahlen.

Am 10. keine Änderung. Maston wäre bald zum Narren geworden, und man hegte ernstliche Besorgnisse für das Gehirn des würdigen Mannes, welches bisher unter seinem Guttapercha-Schädel sich gut konserviert hatte.

Aber am 11. entluden sich fürchterliche Stürme, wie sie zwischen den Wendekreisen vorkommen. Starke Ostwinde fegten die so lange gehäuften Wolken hinweg, und am Abend stieg das Nachtgestirn mit halb angenagter Scheibe majestätisch zwischen den übrigen Sternen hinan.

Achtundzwanzigstes Kapitel

Ein neues Gestirn

In derselben Nacht verbreitete sich die so ungeduldig erwartete Nachricht zuckend wie ein Blitzstrahl in allen Staaten der Union und durchlief über den Ozean springend alle Telegrafendrähte des Erdballs. Das Projektil war durch den Riesenreflektor zu Longs Peak bemerkt worden.

Es folge hier die vom Direktor des Observatoriums zu Cambridge gegebene Meldung. Sie enthält den wissenschaftlichen Schluß dieses großen Experiments des Gun-Clubs.

Longs Peak, 12. Dezember.

An die Herren Mitglieder des Bureaus des Observatoriums zu Cambridge.

»Das vermittelst der *Columbiade* zu Stone's-Hill abgeschossene Projektil ist von den Herren Belfast und J. T. Maston am 12. Dezember um acht Uhr siebenundvierzig Minuten abends wahrgenommen worden, als der Mond eben in sein letztes Viertel trat.

Das Projektil ist nicht an seinen Zielpunkt gelangt, sondern neben vorbei, doch ziemlich nahe, so daß es von der Anziehungskraft des Mondes festgehalten wird.

Seine Bewegung in gerader Richtung hat sich in eine Kreisbewegung mit reißender Schnelligkeit verwandelt, und es ist in eine elliptische Bahn um den Mond herum fortgerissen worden, so daß es ein wirklicher Trabant desselben ist.

Die Elemente dieses neuen Gestirns festzustellen, ist noch nicht möglich gewesen. Man kennt weder die Schnelligkeit seiner Fortbewegung, noch der Bewegung um seine Achse. Seine Entfernung von der Mondoberfläche läßt sich auf etwa zweitausendachthundertdreiunddreißig Meilen anschlagen.

Jetzt sind zwei Fälle als möglich anzunehmen, welche eine Änderung im Stand der Dinge herbeiführen.

Entweder die Anziehungskraft des Mondes wird überwiegen, und die Reisenden gelangen dann an ihr Ziel.

Oder unveränderlich festgehalten, wird das Projektil bis zum Ende der Jahrhunderte um die Mondscheibe herumkreisen.

Darüber werden die Beobachtungen einmal Auskunft geben, aber bis jetzt hat der Versuch des Gun-Clubs nichts weiter erzielt, als daß unser Sonnensystem mit einem neuen Gestirn ausgestattet worden ist.

J. Belfast.«

Wie viele Fragen wurden durch diese unerwartete Lösung angeregt! Welche geheimnisvolle Lage blieb den Forschungen der Wissenschaft vorbehalten! Dank dem Mut und der Hingebung dreier Männer hatte dieser dem Anschein nach ziemlich unbedeutende Versuch, eine Kugel nach dem Mond zu schleudern, ein unermeßliches Ergebnis von unberechenbaren Folgen bekommen. Hatten auch die in dem neuen Trabanten eingeschlossenen Reisenden ihr Ziel nicht erreicht, so gehörten sie doch wenigstens der Mondwelt an, kreisten um das Nachtgestirn, und zum ersten Mal konnte das Menschenauge in alle seine Geheimnisse eindringen. Die Namen Nicholl, Barbicane, Michel Ardan haben sich in den Annalen der Astronomie ruhmvoll verewigt, denn diese kühnen Forscher haben, aus Begierde den Kreis der menschlichen Kenntnisse zu erweitern, sich verwegen in den Weltenraum gewagt und in dem seltsamsten Unternehmen der Neuzeit ihr Leben aufs Spiel gesetzt.

Wie dem auch sei, als die Meldung aus Longs Peak sich verbreitete, wurde die ganze Welt teilnehmend von Staunen und Schrecken erfüllt. Gab's eine Möglichkeit, diesen kühnen Erdbewohnern Beistand zu leisten? Nein, ganz gewiß nicht, denn sie hatten sich durch Überschreitung der von Gott den Kreaturen der irdischen Welt gesteckten Grenzen außer Verbindung mit der Menschheit gesetzt. Sie konnten sich zwei Monate lang Luft bereiten. Mit Lebensmitteln waren sie auf ein Jahr versehen. Aber hernach? ... Die gefühllosesten Herzen erbangten bei dieser fürchterlichen Frage.

Ein einziger Mensch wollte das Verzweifelte der Lage nicht zugeben; ein einziger hatte Zuversicht, ihr ergebener, kühner und gleich ihnen entschlossener Freund, der wackere J. T. Maston.

Übrigens verlor er sie nicht aus den Augen. Der Posten Longs Peak war von nun an sein Wohnsitz, der Spiegel des unermeßlichen Reflcktors sein Horizont. Sobald an demselben der Mond emporstieg, faßte er ihn in den Rahmen seines Sehfeldes, verlor ihn keinen Moment aus den Augen und begleitete ihn mit Beharrlichkeit auf seiner Bahn durch die Sternenräume; mit unverwüstlicher Geduld beobachtete er den Weg des Projektils vor seiner silbernen Scheibe, und wahrhaftig, der würdige Mann blieb in fortwährender Verbindung mit seinen drei Freunden, welche wiederzusehen er die Hoffnung nicht aufgab.

»Wir werden mit ihnen korrespondieren«, sagte er zu jedem, der ihn hören wollte, »sobald die Umstände es gestatten. Wir werden Kunde von ihnen bekommen und sie von uns! Zudem weiß ich, daß es sinnreiche, erfinderische Männer sind, die alle Hilfsquellen der Kunst, Wissenschaft und Industrie bei sich haben. Damit richtet man aus, was man will, und wir werden sehen, daß sie sich aus der Verlegenheit ziehen können!«

COLLECTION JULES VERNE

1. Von der Erde zum Mond
Direkte Fahrt in 97 Stunden 20 Minuten
2. Reise um den Mond
3. Reise um die Erde in 80 Tagen
4. Reise zum Mittelpunkt der Erde
5. Fünf Wochen im Ballon
6./7. Zwanzigtausend Meilen unter dem Meer
8. Abenteuer von drei Russen und drei Engländern in Süd-Afrika
9./10. Abenteuer des Kapitän Hatteras
11./12./13. Die Kinder des Kapitän Grant
14./15./16. Die geheimnisvolle Insel
17./18. Das Land der Pelze
19. Eine schwimmende Stadt
Die Blockadebrecher
20. Eine Idee des Doktor Ox
Meister Zacharius
Ein Drama in den Lüften
Eine Überwinterung im Eis
Eine Mont-Blanc-Besteigung
21. Der Chancellor
Tagebuch des Passagier J. R. Kazallon
22./23. Der Kurier des Zaren
Michael Strogoff
24. Schwarz Indien
25./26. Reise durch die Sonnenwelt
27./28. Ein Kapitän von 15 Jahren
29./30./31. Die Entdeckung der Erde
32. Die fünfhundert Millionen der Begum
33. Die Leiden eines Chinesen in China
34./35. Die großen Seefahrer des 18. Jahrhunderts
36./37. Das Dampfhaus

38./39. Der Triumph des 19. Jahrhunderts

40./41. Die Jangada

42. Die Schule der Robinsons

43. Der grüne Strahl

44./45. Keraban der Starrkopf

46. Der Südstern oder das Land der Diamanten

47. Der Archipel in Flammen

48./49./50. Mathias Sandorf

51. Robur der Sieger

52. Ein Lotterie-Los

53./54. Nord gegen Süd

55./56. Zwei Jahre Ferien

57. Kein Durcheinander

58./59. Die Familie ohne Namen

60./61 Mistreß Branican

62. Das Karpatenschloß

63. Claudius Bombarnac
Notizbuch eines Reporters

64./65. Der Findling

66./67. Meister Antisers wunderbare Abenteuer

68./69. Die Propeller-Insel

70. Vor der Flagge des Vaterlandes

71. Clovis Dardentor

72./73. Die Eissphinx

74./75. Der stolze Orinoco

76./77. Das Testament eines Exzentrischen

78./79. Das zweite Vaterland

80. Das Dorf in den Lüften

81. Die Historien von Jean-Marie Cabidoulin

82./83. Die Gebrüder Kip

84./85. Reisestipendien

86. Ein Drama in Livland

87. Der Herr der Welt

88. Der Einbruch des Meeres

89. Der Leuchtturm am Ende der Welt

90./91. Der Goldvulkan

92./93. Reisebüro Thompson & Co.

94. Die Jagd nach dem Meteor

95. Der Pilot von der Donau

96./97. Die Schiffbrüchigen der Jonathan

98. Wilhelm Storitz' Geheimnis

99./100. Cäsar Cascabel